Norbert
Dornauer

DIE CHANCE AUS DER DUNKELHEIT

Geschichten, die
das Leben schreibt.

FÜR MEINE ELTERN

Mit euch hat mein Leben
begonnen, ich danke euch!

INHALTSVERZEICHNIS

EINLEITUNG

Dies sollte ein Buch werden, das anders ist als viele Bücher, die bereits geschrieben wurden. Anders deshalb, weil mein Leben nicht in den üblichen Bahnen verlaufen ist. Das Buch zeigt, dass ein Leben auch anders geführt werden kann, und welche Chancen sich aus der Dunkelheit ergeben. Mehr wird an dieser Stelle nicht verraten, daher lassen Sie sich vom Inhalt des Buchs einfach überraschen.

Ich möchte mit diesem Buch zeigen, wie man sich die Welt eines Erblindeten besser vorstellen kann. Wo man überall anstößt, was man alles zu organisieren hat und: dass die Blindheit kein Handicap sein muss. Wenn man schon in der Kindheit erblindet, ist es eine Herausforderung, zu lernen, wie man sich selbst organisiert, und gleichzeitig erkennt man, dass es mehrere Wege gibt, die nach Rom führen. Ich will niemanden kritisieren oder beleidigen. Ich will hiermit auch die Wahrheit schreiben, aber manche Personen sollen sich nicht dadurch angegriffen fühlen, denn viele wussten selber nicht, wie sie mit manchen Situationen umzugehen haben. Das Leben mit dieser Beeinträchtigung bleibt immer spannend und man lernt stets dazu. Es gibt auch sehr schwierige Aufgaben, die zu es meistern gilt. Eigentlich ist es unglaublich, wie viele Aufgaben auf einen Blinden zukommen.

Es ist wie bei einem Hürdenlauf. Springt man über die Hürden, bezwingt man quasi Berg und Tal. Trotzdem ist man schneller im Ziel als der, der die Hürden umgeht. Hat man dabei auch noch alle Höhen und Tiefen erlebt, hat man sich die Erkenntnis erarbeitet, dass es – ganz metaphorisch – am Berggipfel Erfolge zu erleben gibt, im Tal hingegen niemals. Oder es ist wie wenn man ein Haus baut. Zuerst hat man ein Grundstück und dann wird darauf ein zwei- bis dreistöckiges Haus gebaut. Am Anfang gibt es aber nur ein tiefes Loch. Ich habe es oft erlebt, dass zuerst nichts da war, und genau darauf habe ich dann aufgebaut. Ich musste nicht, aber ich wollte!

ES IST NUR EIN ABENTEUER

Ich finde mein Leben sehr interessant, denn meine Einschränkung, nichts zu sehen, hat mir allerhand lustige Erlebnisse gebracht. Blindheit, Epilepsie und Gleichgewichtsstörung muss man als Abenteuer betrachten und nicht als extreme Einschränkung. Natürlich gibt es auch Erlebnisse, die problematisch waren, aber ich sehe sie als Abenteuer und staune immer wieder, was ich so erlebt habe. Ich habe meine Blindheit nur dann richtig gespürt, wenn ich ständig bei Ärzten war und eine Untersuchung nach der anderen hatte, sobald das aber vorbei war, war meine Blindheit für mich wie weg bzw. habe ich nicht die ganze Zeit darüber nachgedacht! Ich hatte keine Vergleichswerte und wollte mich auch nicht vergleichen. Es gibt immer einen, der besser ist, von daher nutzt es mir nichts, mich da zu vergleichen, sondern ich muss sehen, dass es mir gut geht und ich so ein schönes Leben führen kann. Ich halte viel von Alchemie. Denn hier macht man sozusagen aus Dreck Gold. Ich will meine drei Einschränkungen auch verwandeln. Aus dem Dreck – der Behinderung – zum Gold! Ich danke jenen, die mir Schwierigkeiten bereitet haben, denn so habe ich mich noch mehr zum Gold vorgekämpft!

In meinem Buch „Die Chance aus der Dunkelheit“ möchte ich zum Ausdruck bringen, dass man im Leben nicht unbedingt die besten Karten haben muss, sondern es geht darum, es zu wollen und zu tun. Gewisse Dinge einfach zu akzeptieren. Es ist ein Irrglaube, dass es einem immer gut gehen muss. Es kommen Herausforderungen auf einen zu, von denen man vorher natürlich nichts wissen und die man auch nicht erkennen kann. Man wird immer wieder ins kalte Wasser fallen, nur darin schwimmen sollte man nicht. Man muss eben Wege und Mittel finden, um sich nicht dort lange aufzuhalten. Interessanterweise bereichern gerade diese Tiefs und die Umwege unser Leben. Es wäre ja geradezu langweilig, wenn uns im Leben immer alles gleich gelingen würde. Viele meiner Erlebnisse zeigen die Notwendigkeit, am Erlebten zu wachsen.

Ich habe einmal einen blinden Jungen gekannt, der die Blindenschule in Wien besucht hat. Diese Schule war mit einem Internat verbunden und deren Erzieher haben dem blinden Jungen das Fleisch beim Mittagessen nicht in mundgerechte Stücke aufgeschnitten. Er hat es einfach selbst machen müssen. Was jedoch nicht zu seinem Nachteil, sondern zu seinem Vorteil war. Mit der Herausforderung, das Fleisch aufzuschneiden, hat er selbst zurechtkommen müssen. Sein Vater war da anderer Meinung. Er wollte, dass der Erzieher es macht, er war ja schließlich dafür da. Er hat nicht daran gedacht, dass es besser für seinen Sohn wäre, es selbst zu probieren, denn nur so hat er lernen können, mit der Situation umzugehen.

Viele Herausforderungen sind deshalb besonders wichtig, um zu lernen, wie man sich verhalten soll. Von Erzählungen allein, wie man etwas macht, wird man jedoch nicht klug. Erst wenn man es selbst erlebt hat, wie schwer so manche Tätigkeit für einen ist, lernt man auch leichter den Umgang damit.

Im Buch habe ich viele lustige Geschichten, die mir passiert sind, niedergeschrieben. Sie sollen auch veranschaulichen, dass es nicht nur auf die Behinderung allein ankommt, sondern auf die Lebenslust. Die hat man oder eben nicht. Und man darf nie vergessen: „Der Glaube versetzt Berge."

DIE BEHINDERUNG

Eine Behinderung zwingt einen, schnell nachzudenken. Wie wird sich das Rad drehen? Vorwärts oder rückwärts? Es gibt ja nur noch eine dritte Alternative – dass das Rad stehen bleibt. Es ist wie in der Schule: Will man die erste Klasse ein Jahr besuchen und nächstes Jahr noch einmal wiederholen? Oder will man im nächsten Jahr in die zweite Klasse aufsteigen? Es kommt nur darauf an, was man aus seinem Leben machen will: Lässt man es einfach an sich vorüberziehen oder will man etwas erreichen?

Die Buddhisten sagen, dass die Dunkelheit nur mit Licht überstrahlt werden kann...

Dazu ein Beispiel: Zwei Kinder gehen spazieren und kommen an einem Garten vorbei. Da treffen sie auf einen Gärtner, der am Unkrautentfernen ist. Dabei schwitzt, schimpft und flucht er. Er kommt mit seiner Arbeit einfach nicht voran, da das Unkraut schneller nachwächst, als er es entfernen kann. Die Kinder gehen weiter und treffen auf den nächsten Gärtner, der in seinem Garten auf einer Bank sitzt und ein fröhliches Lied vor sich hin pfeift. Die Kinder fragen ihn, warum er so fröhlich ist und nicht schwitzt, schimpft und flucht wie der erste Gärtner. Er antwortet den Kindern, dass auch er früher geschwitzt, geschimpft und geflucht habe, bis er nachgedacht habe. Und jetzt setzt er in seinem Garten Pflanzen, die schneller als das Unkraut wachsen. Er lädt die Kinder zu sich zum Abendessen ein und während des Essens schaltet er das Licht aus und sagt den Kindern: „Bitte reißt die Dunkelheit aus wie der Gärtner das Unkraut." Die Kinder sagen, dass das gar nicht möglich sei. Er schaltet das Licht wieder ein und sagt: „Die Dunkelheit kann nur mit Licht überstrahlt werden."

Das bedeutet: Probleme soll man nicht stehen lassen, sondern sich Gedanken darüber machen, wie man sie am besten lösen kann, und das dann auch tun.

Probleme und Schwierigkeiten wird es immer wieder geben. Wir sollen nachdenken, wie wir aus solchen Situationen herauskommen. Wie man einfach aus dieser Dunkelheit ausbricht. Die Kinder in meiner Geschichte aus dem Buddhismus haben auch herausgefunden, dass es doch eine Lösung gibt, und dass der zweite Gärtner einfach nachgedacht und das Richtige gemacht hat. Er hat Heilpflanzen angebaut, die zwei entscheidende Vorteile hatten: Einerseits sind es Pflanzen, die schneller als das Unkraut wachsen, und andererseits hat er Pflanzen ausgesucht, die der Menschheit dienen, da man aus ihnen auch Medizin herstellen oder sie essen kann. Und so kann man sich daran ein Beispiel nehmen: Was ist für mich alles möglich und wo sind meine Chancen?

In diesem Buch werden Namen genannt, die sich nicht auf reale Personen beziehen. Die Namen habe ich bewusst geändert, damit sich niemand betroffen fühlt. So viel sei an dieser Stelle verraten: Hinter dem Buchtitel „Chance aus der Dunkelheit“ verbirgt sich meine Geschichte, die aus der Sicht eines Blinden erzählt wird. Ich schreibe die Erlebnisse so nieder, wie ich sie erlebt habe. Manche Dinge werden deutlicher dargestellt, um sie nachvollziehbarer zu machen. Meine Geschichten sollen nicht abstrakt sein, sondern die Chance bieten, aus meinen Erlebnissen Erkenntnisse für das eigene Leben zu gewinnen.

In meinem Leben habe ich schon einiges erlebt. Ich war bereits 14 Mal in Lebensgefahr, hatte zwei Verkehrsunfälle, bin acht Mal erpresst worden, hatte mit einer Morddrohung zu kämpfen und sogar ein Mord ist mir nachgesagt worden. Ich bin sieben Mal vor dem Konkurs gestanden, habe es aber immer wieder geschafft, nicht hineinzurutschen. Zum Essen hat es in dieser Zeit halt nur Kartoffeln und Wasser gegeben, mehr war nicht drin. Bei zwei Polizeiposten war ich als Kindesentführer gemeldet, zweimal ist Feuer direkt in meiner Wohnung ausgebrochen, erstaunliche neun Mal, als ich im Zug gesessen bin, hat es genau in dem Waggon, wo ich war, gebrannt und bei neun Einbrüchen bin ich als Haupttäter verdächtigt worden...

Ja, es ist schon einiges im Laufe der Jahre zusammengekommen. Auf alle Punkte möchte ich nicht näher eingehen, das würde den Rahmen dieses Buchs sprengen. Zum Glück kann ich mich auch nicht mehr an alles genau erinnern. Das Buch soll einfach zum Weiterlesen einladen. Für den Nicht-Betroffenen ist es interessant, das Geschehene aus der Sicht eines Blinden zu sehen. An dieser Stelle möchte ich betonen, dass auch weibliche Nicht-Betroffene gemeint sind, aber um den Lesefluss beizubehalten, wird im Buch immer nur die männliche Form genannt. Ich bitte alle Leser, vor allem alle Leserinnen, dafür um Verständnis. Das Buch bietet die einmalige Chance, ein Stück des Weges in meinen Sandalen zu gehen und neue Eindrücke und Lebensperspektiven für sich selbst daraus zu gewinnen.

MEINE EINDRÜCKE BEI DER ERBLINDUNG

Mein Name ist Norbert Dornauer, ich wurde am 5. Oktober 1968 in Zell am Ziller geboren. Ich habe zwei Brüder, die wie ich mit acht Jahren erblindet sind. Meine Eltern haben zusammen mit unzähligen Ärzten versucht, den Grund für unser Erblinden zu finden. Doch bis heute ist der ausschlaggebende Grund dafür nicht gefunden worden. Mein älterer Bruder ist im Alter von acht Jahren erblindet. Deshalb sind vorsorglich auch meine Augen untersucht und meine Sehkraft gemessen worden. Mit sieben Jahren ist sie bei sehr guten 130% (üblich sind 111%) gelegen. Also habe ich zu diesem Zeitpunkt noch außerordentlich scharf gesehen. Im darauffolgenden halben Jahr ist der Wert auf „Normalsichtigkeit" gesunken und ich habe sozusagen „normal" gesehen.

Ich bin erst mit sieben Jahren eingeschult worden, da ich ein „Oktoberkind" bin. In der Schule habe ich alle zwei Monate eine Bankreihe nach vorne gewechselt, bis ich schließlich einen halben Meter vor der Tafel gesessen bin. Meine Lehrerin hat an der Tafel doppelzeilig geschrieben, um mir zu helfen. Meine Mutter hat die Zeilen im Heft dicker gemacht, damit ich über eine Doppelzeile schreiben konnte. Als Seh-Hilfe ist eine enorm starke Stehlampe neben mir gestanden, an der ich mich sehr oft verbrannt habe. Die Lampe war extrem heiß und ich habe den Abstand zwischen Lampe und mir schlecht kontrollieren können. Ich musste mich immer sehr anstrengen, etwas zu erkennen, dabei habe ich nicht darauf geachtet, wie nah ich der Lampe gekommen bin.

Meine Mutter konnte und wollte es nicht akzeptieren, dass auch ich nah am Erblinden war, und so bin ich als „fauler Hund" beschimpft worden. Sie wollte einfach nicht wahrhaben, dass auch ihr zweiter Sohn erblindet, und in ihrer Verzweiflung hat sie mich manchmal auch geschlagen. Dabei bin ich einmal sogar mit dem Kopf an die Wand geknallt. Ich habe das als ungerecht empfunden, denn ich habe mich wirklich sehr bemüht, aber ich konnte einfach nicht sehen. Das klingt alles zwar sehr schlimm, ich möchte da aber meine

Mutter nicht angreifen, denn sie hat einfach nicht gewusst, wie sie die Situation bewältigen soll.

Ich habe mal ein Buch gelesen über einen Mann, der keine Hände und keine Füße mehr hatte. In seinem Buch erzählt er, wie er ein blindes Mädchen getroffen und ihr gesagt hat, dass er nicht mit ihr tauschen möchte. Blind sein sei für ihn schlimmer als seineeigene Behinderung. Aber ich sage so: Ich möchte nicht mit ihm tauschen. Erst durch die Erfahrung lernt man damit zurecht zu kommen, deshalb würde ich mit keinem tauschen und auch niemand sollte es mit mir wollen.

Als ich neun Jahre alt war, wollte ich einen Arzt umarmen – den ich mit meinen Eltern mehrmals besucht habe –, als ich schließlich von ihm ein Brillenverbot erteilt bekommen habe. Das hat mich ungemein gefreut, denn ich habe eine sehr dicke Brille mit 32 Dioptrien und einer Glasstärke von fast 3 Zentimetern getragen! Auch durch dieses Glas habe ich sehr schlecht gesehen. Meine Sehkraft ist schon so gering geworden, dass ich ohne Brille schon mehr gesehen habe als mit Brille. Die Erwachsenen haben jedoch gedacht, dass ich mit Brille mehr sehen würde. In unbeobachteten Momenten habe ich sie abgelegt. Dabei bin ich unzählige Male erwischt und ermahnt worden. Das Tragen der schweren Brille hat sogar das Wachsen einer Hornhaut auf meiner Nashat verursacht. Wenn ich über eine Treppe nach unten gegangen bin, musste ich die Brille festhalten, damit sie nicht herunterfällt. Wenn ich schneller gegangen bin, war es genauso. Bei jeder ruckartigen oder schnelleren Bewegung kam auch die Brille in Bewegung.

In der Schule habe ich im Schönschreiben einen Einser bekommen, doch habe ich keinen Buchstaben selbst geschrieben. Die Lehrerin wollte mir einfach entgegenkommen und hat mir deshalb gute Noten gegeben. In der vierten Klasse haben die Mitschüler für mich mitgeschrieben und meine Mutter hätte es mir vorlesen sollen, was sie aber nicht getan hat. Das war mir sehr recht. So habe ich die vierte Klasse mit lauter „Sehr gut" im Zeugnis verlassen. Danach bin ich nach Wien ins Bundesblindenerziehungsinstitut gegangen. Mein älterer Bruder war zu diesem Zeitpunkt schon dort. Aber bevor ich nach Wien gekommen bin, habe ich so einige Erlebnisse gehabt.

Zuhause in Tirol war mir die Umgebung sehr vertraut, ich habe da einfach jeden Zentimeter gekannt. Obwohl meine Sehkraft praktisch nicht mehr vorhanden war, bin ich nach wie vor mit dem Fahrrad gefahren. Was nicht ungefährlich war, einmal bin ich sogar mit einem anderen Fahrradfahrer zusammengestoßen. Zu spät habe ich ihn bemerkt und schon hat es gekracht. Es hat mir auch sehr leidgetan. Hindernisse, die vor mir plötzlich aufgetaucht sind, konnte ich unglücklicherweise nicht wahrnehmen. Auch meine Mitschüler wollten mich testen, was ich sehe und was nicht. Sie haben sich zu diesem Zweck in die offene Tür gestellt und ich bin ahnungslos in sie hineingerannt. Ich denke, das war meistens nicht böse gemeint. Durch den Umzug nach Wien ins Internat habe ich meine Tiroler Freunde verloren. Doch auch vorher wurde es zunehmend schwierig mit Freundschaften, denn durch meine kaum noch vorhandene Sehkraft war ich anders. Ich konnte noch hell und dunkel, auch Schatten und Umrisse unterscheiden, frei bewegen wie die anderen Buben konnte ich mich natürlich nicht mehr. Für echte Freunde wurde meine Behinderung zum Problem, eine Freundschaft war scheinbar unmöglich.

Meine Sehkraft hat sich noch weiter verschlechtern und meine Betroffenheit war groß, als ich gemerkt habe, dass meine Freunde bewusst weggeschaut haben, wenn sie mich kommen gesehen haben. Später, als ich fast nicht mehr sehen konnte, hat es mir nichts mehr ausgemacht, denn ich habe ohnehin nicht mehr wahrgenommen, wer den Blickkontakt meidet.

SAISONKARTE VOLL AUSGENÜTZT

Mein Vater hat die Skipiste im Ort präpariert. Dafür hat er eine Saisonkarte bekommen, die er mir geschenkt hat. Ich bin lediglich nur einmal zum Skifahren gegangen – da hat er sich beleidigt gefühlt. Der Grund dafür ist eine kleine, nicht sehr erfreuliche Geschichte: Bei meiner allerersten Skiabfahrt bin ich einem anderen Skifahrer über seine Ski gefahren. Das war gar nicht spaßig, denn seine Ski sind kaputtgegangen und die Leute haben mit mir geschimpft.
Ich bin geflüchtet und noch einmal mit dem Lift hinaufgefahren, aber ich habe nicht die Skipiste, sondern eine Abfahrt neben dem Bach und dem Lift genommen. Hier war ich allein, doch ich hatte keine Ahnung, dass die Kinder in diesem Stück eine Schanze gebaut hatten. Ich habe weder den Wasserbehälter noch die Auffahrt auf die Schanze gesehen. Und schon bin ich abgehoben und unsanft neben dem Bach gelandet. Glücklicherweise war an meinem „Landeplatz" kein Stein, aber das Flussbett war schon sehr nahe. Ich habe mich hochgerappelt und bin ein letztes Mal zur Schlepplift-Bergstation und dann über die Bachbrücke direkt nach Hause gefahren. Das war meine einzige Fahrt mit der Saisonkarte meines Vaters, aber die hat auch gereicht.

DIE ZEIT IN WIEN

In Wien habe ich das BBI besucht, das Bundesblindenerziehungsinstitut. Gewohnt habe ich im Internat. Ich habe es dort als sehr nebelig empfunden. Anfangs konnte ich mich in den riesigen Räumlichkeiten nicht orientieren, eine Wand hat mir schließlich als Richtungsweiser weitergeholfen. In Tirol hat es durch die Sonne einfach mehr Licht gegeben und natürlich kannte ich meine Umgebung. In Wien, im Blindenerziehungsinstitut, war für mich alles neu und befremdlich. Mit dem Fortschreiten meiner Erblindung hat sich allerdings der Nebel um mich herum gelichtet und meine Schüchternheit hat auch nachgelassen.

Ja, ich war schüchtern. Extrem. Um das ein wenig überwinden zu können, habe ich in der Blindenschule in Wien begonnen, Trompete zu spielen. Damit wollte ich einfach mehr Sicherheit gewinnen. Da ich keine eigene Trompete besessen habe, hat man mir eine Leih-Trompete gegeben. Zusätzlich habe ich ein eigenes Mundstück kaufen müssen und dieses habe ich in den Sommerferien mit nach Hause genommen. Ich habe es in meinem Zimmer auf dem Dachboden verstaut. Meine Mutter hat es beim Aufräumen weggeworfen, da sie damit nichts anzufangen wusste. Voller Verzweiflung habe ich mein verschwundenes Mundstück gesucht. Als ich gehört habe, dass meine Mutter es weggeworfen hatte, habe ich den Müllkübel von oben bis unten durchwühlt und es zum Glück auch wiedergefunden. So konnte ich weiterhin Trompete spielen.

An der Schule hat es neben mir noch ungefähr 150 weitere Schüler gegeben, die das gleiche Handicap wie ich hatten. Ein Hörbuch auf Kassette über die Burg Schreckenstein hat unter den Kindern die Runde gemacht. Diejenigen, die sich dieses Hörbuch angehört haben, haben dann das Internat als „Burg“ bezeichnet. Gemäß der Handlung wurden Neuzugänge zur Einweihung in der Burg Schreckenstein extra „behandelt“. In der Geschichte ist Stefan neu in der Burg angekommen und ist mit Spannlack beschmiert worden, die langen Hosen hat man ihm abgeschnitten und man hat ihn auf die Folterbank gespannt.

Im echten Leben am BBI (Bundesblindeninstitut) war ich dieser Neuling. Die älteren Schüler haben sich so auch für mich etwas ausgedacht. Jedes mal wenn die Erzieherin zu einem Treffen gegangen ist, sind die Schüler zu mir in den Schlafsaal geschlichen, haben mich auf den Boden geworfen und mich den ganzen langen Weg zu ihrem Schlafsaal gezerrt. Sie haben mich mit Riemen und Gürteln an ein Bett gefesselt und jeder in dieser Gruppe hat auf mich einschlagen dürfen. Schreien hat nichts geholfen, da haben sie umso fester zugeschlagen. Der Anführer dieser Schlägertruppe hat seine Jungs mit eiserner Hand kontrolliert. Mein älterer Bruder war auch Mitglied und auch er hat mich geschlagen. Er hat es nicht gewagt, gegen den Anführer aufzubegehren. Wer sich das getraut hat, den hat man seinerseits auch verprügelt. Erst nach einem dreiviertel Jahr der ständigen Angst und Prügel habe ich meinen Eltern davon erzählt und der nächtliche Horror hat aufgehört. Ich war total eingeschüchtert und verängstigt, die andauernden Schlägereien haben meine ohnehin schon große Schüchternheit noch verstärkt.

Dazu ist auch noch gekommen, dass mich in der Schule bei der Umschulung auf die Blindentechnik ein Lehrer unterrichtet hat, der sehr streng und überaus unfair war. Ich habe zwar das Alphabet beherrscht, aber nicht das Blindenalphabet.

Diese Punktkombinationen musste ich erst lernen zu entziffern. Habe ich einen Fehler gemacht, musste ich auf den Stuhl steigen, dann weiter auf den Tisch und dann habe ich mir drei Kopfnüsse geben und sagen müssen: „Ich bin dumm und weiß nicht warum, ich bin dumm und weiß nicht warum, ich bin dumm und weiß nicht warum!“ Anfangs habe ich beim Ertasten der Blindenschriftpunkte viele Fehler gemacht und so kann man sich vorstellen, wie oft ich dieses „Ritual“ machen musste.

Im ersten Schuljahr bin ich in Wien überhaupt nicht zurechtgekommen. In der Woche hatte ich 42 Stunden Unterricht, zuerst die erste Klasse Hauptschule und dann noch die Umschulung auf die Blindentechnik. In der ersten Hauptschulklasse habe ich zehn Stunden pro Woche gefehlt, weil ich die Umschulungsklasse besuchen musste, daher hatte ich hier ein großes Lerndefizit. Den vielen Lernstoff haben ich nicht bewältigen können. In der ersten Hauptschulklasse hatten wir fünf Stunden Blindenkurzschrift-Unterricht wöchentlich. Doch die konnte ich noch immer nicht lesen. Die Blindenkurzschrift ist mit Stenografie überhaupt nicht gleichzusetzen, da sie viele Buchstabenkombinationen wie z.B. „gg = gelegen“ enthält.

Auch das Maschinenschreiben hatten wir schon ab der ersten Hauptschulklasse, in der üblichen Hauptschule ist damals Maschinenschreiben erst ab der dritten Klasse unterrichtet worden. Da ich das Alphabet in der Blindenschrift nicht lesen konnte, hat das zu Problemen geführt. Ich habe eine Strafe von meinem Erzieher bekommen: drei Seiten Aufsatz in Deutsch, diesen habe ich dann ins Englische übersetzen müssen. Mit meinem schlechten Englisch war das sehr schwierig. Ich bemühte und plagte mich sehr damit. Als ich fertig war, zeigte ich es meinem Erzieher und der warf meine Arbeit kurzerhand in den Papierkorb.

Im Schlafsaal war für uns 15 Schüler um 21.00 Uhr Nachtruhe. An einem Abend hat jemand um 21.05 Uhr „Gute Nacht" gesagt. Der Erzieher ist noch im Raum gestanden und hat es gehört. Wir alle sind dafür bestraft worden. Für die nächsten drei Monate haben wir bereits um 18.30 Uhr schlafen gehen müssen. Um 18.00 Uhr war der Unterricht vorbei, dann war das Abendessen und um 18.30 Uhr haben wir schon fertig gewaschen im Bett liegen müssen. Nach fast drei Monaten hat dann ein Schüler wieder einmal knapp nach 18.30 Uhr „Gute Nacht" gesagt. Der Erzieher war noch immer da und hat es gehört. Die Strafe ist um ein dreiviertel Jahr verlängert worden. Wenn jemand auf die Toilette musste und laut Erzieher dafür zu lange gebraucht hat, ist er und die gesamte Gruppe bestraft worden. Dasselbe ist auch dann geschehen, wenn ein Schüler aus der Gruppe etwas gesagt oder getan hat, was den Anordnungen widersprochen hat. Das waren die Erziehungsmethoden. An nur wenigen Abenden habe ich wirklich um 21.00 Uhr schlafen gehen dürfen.

Allerdings waren wir Schüler nicht immer brav. Es hat da einen Waschraum gegeben, in dem Fußwaschbecken und normale Waschbecken für uns alle waren. Unsere tägliche Körperhygiene haben wir in den Waschbecken erledigen müssen, denn Duschen war nur einmal pro Woche erlaubt. Nur mit Unterhosen bekleidet sind wir also jeden Tag in den Waschraum gegangen. Mitten im Raum sind wackelige Regale gestanden, in denen wir unsere Zahnhygieneartikel, ein wenig Seife und unsere Unterhosen legen konnten. Manchmal hat es eine wilde Wasserschlacht gegeben, bei der die Großen die Kleinen besiegen wollten oder umgekehrt. Alles ist durcheinander geflogen – Seife, Unterhosen, Handtücher – das Wasser hat umhergespritzt und die wackeligen Regale haben den Schlachten nicht immer standgehalten. Dann ist auch noch der Gully verstopft und mittendrin haben wir Blinden nach Seife und Unterwäsche gesucht. Ja, das waren schon lustige Erlebnisse, denn da haben wir endlich alle einmal gelacht.

Das erste Schuljahr in Wien habe ich mit elf „Nicht genügend" und zwei „Sehr gut" beendet. Meine Eltern haben es mir zum Glück nicht übel genommen. Ich habe zuerst das Lesen der Blindenschrift erlernen müssen bzw. das Ertasten der Punkte. Eigentlich hätten die Lehrer meine Leistungen gar nicht benoten dürfen, denn ich hatte sehr viele Fehlstunden. Ich habe ja nicht gleichzeitig in zwei Klassen sein können. Ich bin dann sitzengeblieben und habe die Klasse wiederholen müssen. In der ersten Hauptschulklasse, die ich jetzt zum zweiten Mal besucht habe, ist es mir dann viel besser gegangen. Ich habe die Blindenschrift gut lesen können und die Doppelbelastung war weg. In diesem Schuljahr waren wir nur zu dritt in der Klasse und wir haben eine Sondergenehmigung bekommen, da man nur mit vier Schülern eine Klasse gründen durfte. In den Schulklassen hat es keine Tafel gegeben, die Texte sind uns diktiert und sehr blindennah dargebracht worden, sodass jeder von uns Blinden sich das Diktierte gut vorstellen konnte. Die Lehrer haben sehr präzise gesprochen, denn mit Bezeichnungen wie z.B. „das da", „da vorne" oder „jetzt machen wir dies da hinten" kann ein Blinder nichts anfangen. Die präzise Ausdrucksweise in der Blindenschule hat mir sehr gut gefallen und ich habe viel von den anderen Schülern, die alle ganz blind waren, lernen können. In puncto Lebenstüchtigkeit habe ich im Internat mehr als in der Schule gelernt. Wir haben Dinge geübt, die sehende Kinder mit links machen. An einer Tafel

Schokolade zum Beispiel haben wir trainiert, wie ein Schnitzel aufgeschnitten wird. Erst dann hat man uns an die Wiener Schnitzel losgelassen. Als ich noch ein Neuling im Internat war, war die Unterstützung der übrigen 150 blinden Internatsbewohner großartig. Sie haben mir erklärt, wie dieses oder jenes funktioniert, und halfen mir in jeder Lebenssituation. Wenn ein Blinder erklärt, wie etwas funktioniert, ist es für mich verständlicher, da er selbst blind ist. Ein Sehender beschreibt eine Situation ganz anders. Er sagt zum Beispiel: „Da drüben ist die blaue Tafel." Ein Blinder sagt jedoch, dass man den Gehsteig entlang gehen soll, und wenn die Säule kommt, soll man sich nach links richten. Seine Angaben sind so präzise, dass ich damit etwas anfangen kann.

Im Internat wollten wir jüngeren Blinden die älteren ein wenig ärgern. Jedes Mal, wenn wir sie in der Nacht überfallen haben, sind wir erwischt worden und haben unsere Strafe bekommen. Nach einigen Monaten sind wir dahintergekommen, wieso man uns immer geschnappt hat. Ein älterer Schüler hat sich bei der Elektrizität ausgekannt und hat auch gewusst, dass in jedem Schlafsaal ein Lautsprecher montiert war. Er hat die Spirale herausgeschraubt und dort ein Kabel befestigt, das er an ein Aufnahmegerät angeschlossen hat, und dann hat er beim Gerät auf Aufnahme gedrückt. So hat er das gesamte Internat abhören können. Daher haben die größeren Burschen immer über unsere Pläne Bescheid gewusst – und deshalb haben wir auch immer eins auf den „Deckel" bekommen.

Mit zwölf Jahren haben wir den Schein zum Rausgehen machen können, den sogenannten Mobilitätsschein. Ab diesem Zeitpunkt hat man alleine hinausgehen dürfen. Mein Bruder ist älter als ich und er war vor mir im Internat. Er hatte den Mobilitätsschein schon, als ich gekommen bin, aber er hatte für ein paar Monate eine Ausgangssperre. Er ist nämlich erwischt worden, als er auf das Nachtkästchen geklettert ist und die Spirale (Bestandteil des Lautsprechers) entfernen wollte. Genau dann, als er den Lautsprecher an das Aufnahmegerät anschließen wollte, hat der Erziehungsleiter den Raum betreten.

Es war schon seltsam, was wir so alles ausgeheckt haben. Wir hatten im Internat auch einen Garten, der aber nicht besonders interessant war. Da hat es nur ein Klettergerüst, eine Schaukel, einen Sandkasten und ein Ringelspiel gegeben. Oder um große Gegenstände erfassen und deren Form begreifen zu können, haben wir sie in unserem Sandkasten mit Rädern in Miniatur nachgebaut. All das haben wir furchtbar langweilig gefunden. Wir haben uns deshalb immer besondere Späße ausgedacht. Hat es zu Mittag oder am Abend z.B. einmal Kirschkompott gegeben, haben wir die Kerne im Mund gesammelt, sind dann in den dritten Stock hinauf und haben von einer Plattform aus auf die gegenüberliegenden Fenster die Kirschkerne gespuckt. Wenn ein Fenster getroffen worden ist, hat es „Ping“ gemacht. Bei einem Treffer haben wir dann zweimal spucken dürfen. Das war immer sehr unterhaltsam und das waren unsere Abenteuer. Die Putzfrauen werden uns verflucht haben, weil wir die Fenster immer wieder schmutzig gemacht haben.

Wir haben auch von einem Lichtschacht gewusst, der im Internat war. So haben wir einmal beschlossen, eine mit Wasser gefüllte Glasflasche in den Lichtschacht zu werfen. Einer von uns ist in den vierten Stock hinaufgegangen und hat sie hinuntergeworfen. Alle anderen sind in den Keller gegangen und haben sich angehört, wie die Flasche heruntergefallen und dabei zerschellt ist. Allerdings haben wir nicht gewusst, ob sich im Lichtschacht jemand aufhält. Einmal aber war ein Arbeiter im besagten Lichtschacht. Die Flasche ist am Betonboden zerschellt und hat einen extrem lauten Knall verursacht. Der Mann erschrak und sprang auf vor Angst. Er hat uns dann in einer fremden Sprache wie wild verflucht. Die, die unter uns Blinden noch ein wenig sehen konnten, haben aber erzählt, dass der Mann sich sehr geärgert hat. Wir alle haben einen Schutzengel gehabt, denn da hätte viel mehr passieren können. Für uns war es einfach nur Spaß und ein wenig Ablenkung vom tristen Alltag.

Wir hatten einen Professor, der Künstler und ein Träumer war. Man hat ihn zig Mal ansprechen müssen, ehe er auf einen Schüler aufmerksam geworden ist. Immer dabei hatte er seinen Hund. Wir haben gewusst, dass sich am Tonkasten am Boden eine Ritze befindet. In diesen Tonkasten haben wir Wasser hineingeschüttet. Das Wasser-Tongemisch ist durch die Ritze geronnen. Den armen Hund haben wir in dieses Gemisch hineingejagt. Überall in der Klasse hat er Abdrücke seiner Pfoten hinterlassen. Was wir lustig gefunden haben, hat dem Professor gar nicht gefallen, und er hat getobt.

Auch in den Gipskasten haben wir Wasser geleert, es hat gedampft und gekocht, der Gips ist richtig warm und hart geworden. Zur Strafe haben wir den Gipsstein zerschlagen müssen. Im Werkraum war auch ein Amboss mit einem Loch. Um den Professor zu ärgern, wollten wir einen Nagel in das Loch schlagen. Wir haben fürchterlichen Krach gemacht und es hat uns sehr gefallen. Der Professor hat wiederum getobt, aber so hat er uns wenigstens seine Aufmerksamkeit geschenkt. Sonst war es nur langweilig und wir waren ja nur zu viert im Werkraum. Mein Freund und ich waren sehr geschickt und zur gleichen Zeit fertig, die anderen Burschen haben etwas länger gebraucht.

Wir haben auch Mosaike gelegt, was für uns sehr schwierig war. Dabei haben wir uns enorm konzentrieren müssen, aber darum haben wir auch viel gelernt. In einem Kasten haben wir unsere Werkarbeit verstauen können. Es hat aber zu wenige Fächer gegeben, in die wir die Arbeit legen konnten. Die anderen Klassen haben ebenfalls ihre Arbeiten darin abgelegt. Einer hat das untere, der andere das obere Fach bekommen. Wir haben also „schauen“ (tasten) müssen, wo oben und wo unten ist, es war wieder die Orientierung gefragt, und so sind etliche Mosaiksteine verschoben worden, weil schon Arbeiten von anderen vorhanden waren. Eine Vogeltränke habe ich fünfmal oder noch öfter legen müssen. Mit einem Fisch habe ich es auch versucht, bloß mit der schwierigen Rundung des Fischleibes war es nicht einfach, da sich die Steine immer wieder verschoben haben.

In Wien hat es das Phantasie-Festival gegeben und unser Professor hat daran teilgenommen. Wir haben dafür bei 12.000 Nägeln die spitzen Enden abschleifen, daraufhin in eine Dachpappe schlagen, eine Luftmatratze nicht ganz mit Wasser füllen und die Nageldachpappe auf die Luftmatratze legen müssen. Wenn man über die Nägel gestrichen hat, ist das Wasser hin- und hergeschwappt, das war für mich fad und monoton.

Wir haben einen Wiener Schüler gehabt, der noch nie zuvor das Geräusch einer laufenden Kreissäge gehört hatte. Wir sind mit ihm in einen Raum im Keller gegangen, den wir allein nicht betreten durften. Hier ist eine Kreissäge gestanden. Unser Professor hat sie gestartet und wir haben vor der Türe mithören können. Wir haben den Professor von außen angefeuert, dass er uns das Geräusch der laufenden Kreissäge immer wieder vorführt. Auch so kann eine Unterrichtsstunde schnell vergehen!

Ein einziges Mal in meinem Leben habe ich in der Schule geschwindelt, und zwar bei einer Prüfung in Geschichte. Ich habe in einem Fach in meiner Bank einen Zettel versteckt gehabt. Der Professor, der auch schlecht gesehen hat, hat es nicht mitbekommen. Ich bin mir schäbig vorgekommen, deshalb habe ich es nie mehr gemacht.

Unser Englischprofessor war neu am BBI (Blindenerziehungsinstitut), wie auch ein neuer polnischer Schüler in meiner Klasse. Der Professor hat gesagt: „Good morning, children", wir darauf: „Good morning, teacher". Der neue Schüler hat kein Wort verstanden. Als der Professor ihn gefragt hat: „Wie heißt du denn?" und gleich darauf „What's your name, please?", hat er keine Antwort gegeben. Dann haben wir dem Professor gesagt, dass er Derrick heiße, und der Professor hat darauf gesagt: „Was, wie der im Film (eine Krimiserie aus dem TV damals)?" Immer wenn wir Englisch Unterricht gehabt haben, haben wir nur „der Film" gesagt, um anzukündigen, dass der Englischprofessor kommt.

In der Schule hat man auch Führungen gemacht. Unsere Lehrer haben die Besucher durch das Blindeninstitut geführt. An diesem Tag hatten wir Naturgeschichte-Unterricht. Mit den Besuchern sind wir in den Lehrmittelraum gegangen. Da hat es viele Tiere zum Ertasten gegeben. Einer der Schüler war zusätzlich zu seiner Blindheit leider auch noch geistig beeinträchtigt. Für den Schüler war sehr tragisch, dass gleich zwei Behinderungen zusammengekommen sind. Beim Buchstabieren bzw. Aufzählen des Alphabets (A – Z) war er felsenfest davon überzeugt, dass nach dem Buchstaben „G“ anstatt „H“ das „P“ kommt, daran hat es für ihn keine Zweifel gegeben.

Beim Erkennen der Tiere durch Ertasten hatte der Lehrer immer große Bedenken, dass er die Tiere erkennen wird können. Ich bin nach einem Tier gefragt worden, das ich gleich erkannt habe. Dann ist er dran gekommen. Der Lehrer hat ihn nach einem Tier gefragt und darauf hat er geantwortet, dass es ein Fuchs sei. Das hat gestimmt. Der Lehrer hat gefragt, woher er das weiß, und er hat gemeint, dass das ganz logisch sei. Er hat sich genau gemerkt, dass beim Fuchsmodell ein Nagel herausgestanden ist. Den Fuchs selber hat er nicht erkannt, aber der Nagel war für ihn der entscheidende Hinweis. Alle anderen Modelle haben keinen Nagel gehabt, der herausgeragt ist. Das war ein Zufallstreffer, denn normalerweise hat er die Tiere nicht erkannt. Für uns war das so lustig, was haben wir gelacht, denn wir haben auch den Hintergrund gekannt. Diesem Jungen etwas beizubringen, war sehr schwierig.

Wir haben auch Lehrausflüge gemacht, einer hat uns nach Mauthausen geführt. Es war Herbst und es hat geregnet. Wir sind am Platz vor dem Konzentrationslager gestanden und haben die Geschichte eines russischen Generals erzählt bekommen, der im Winter mit Wasser übergossen wurde und daraufhin erkrankt und gestorben ist. An diesem Tag habe ich nur ein dünnes T-Shirt angehabt, mir war kalt und es hatte ja geregnet. Ich habe mir gut vorstellen können, wie es seinerzeit diesem russischen General ergangen ist. Ich erinnere mich noch, dass die Räume und die Wände nach Desinfektionsmitteln gerochen haben.

In Wien war ich sechs Jahre lang, ein Jahr habe ich die Umschulung auf Blindentechnik besucht, dann folgten vier Jahre Hauptschule. Die vierte Hauptschulklasse habe ich mit einem „Befriedigend", einem „Gut" und sonst alles „Sehr gut" abgeschlossen. Dann bin ich zur Telefonie gekommen - eigentlich hätte ich zur Telefonisten-Ausbildung in den polytechnischen Lehrgang gehen müssen. Da ich die erste Klasse wiederholt habe, bin ich gleich dem Berufsleben zugeteilt worden. In der vierten Klasse Hauptschule waren wir vier Personen in der Klasse, zwei wollten gleich in die Berufsausbildung, mein Freund und ich in den polytechnischen Lehrgang. Im polytechnischen Lehrgang wäre ein halbes Jahr Kochen unterrichtet worden. Kochen hätte mich sehr interessiert. Wir haben alle eine Aufnahmeprüfung für die Berufsausbildung machen müssen und die zwei Mitschüler, die in die Berufsausbildung wollten, haben die Aufnahmeprüfung nicht geschafft, mein Kollege und ich, die eigentlich nicht wollten, schon.

Ich war sehr sportbegeistert und habe immer wieder das Wort „Masseur" gehört. In meinem Leben bin ich bis zu diesem Augenblick noch nie massiert worden, aber irgendwie hat mir das gefallen, da man dabei geistig und körperlich arbeiten muss. Meine Mutter hat für mich 172 Bewerbungen geschrieben. 30 Betriebe haben sich darauf gemeldet, und als meine Blindheit genannt wurde, blieb nur noch ein Unternehmen übrig. Der Chef wollte mich einstellten, seine Mitarbeiter aber waren dagegen, daher ist diese Möglichkeit auch weggefallen, weil ich ja im Team hätte arbeiten sollen. Beim Abendessen habe ich meiner Erzieherin (Internat) auch noch von der letzten Absage erzählt und sie hat mir daraufhin erklärt, dass es in Kärnten in einem Kurzentrum einen blinden Masseur gebe. Zu diesem habe ich bald Kontakt aufgenommen. Er hat sich sehr gefreut, mich kennenzulernen, und schlussendlich hat die Kuranstalt meiner Mutter sieben Mal mündlich zugesagt, dass ich aufgenommen werde.

Meine Mutter hat um eine schriftliche Bestätigung gebeten, dass sie mich als Lehrling auch wirklich aufnehmen würden. Denn sie musste ja schließlich eine Wohnung für mich suchen, in die ich mich einleben bzw. mir den Weg von der Wohnung zur Arbeitsstelle einprägen sollte. Eine Maschine zum Schreiben und dann noch ein Rekorder zum Aufnehmen des Unterrichts wäre auch notwendig. Zu dieser Zeit waren die speziellen Maschinen zum Schreiben schwer erhältlich, da sie damals aus Amerika gekommen waren, und ein Schiff mit einigen hundert Maschinen für Europa war vor nicht so langer Zeit gesunken.
Mein Vater war zu Hause in Tirol Feuerwehrhauptmann, sozusagen ein „Besserer" und Ehrenkommandant im Zillertal. Es hat ein großes Zeltfest gegeben, bei dem er die Geschicke der ganzen Feuerwehrmannschaften gelenkt hat. Dort sprach meine redegewandte Mutter den damaligen Landeshauptmann einfach an und erzählte ihm, dass sie drei blinde Kinder habe, wovon eines keine Lehrstelle bekommt. Spontan hat der Landeshauptmann ein Empfehlungsschreiben verfasst und so bin ich in diesem Kurzentrum aufgenommen worden. Da habe ich mir beim Orientieren sehr schwer getan, denn ich habe noch immer Hindernisse gebraucht - und brauche sie immer noch -, um mich zurechtzufinden. Deshalb bin ich am Wochenende heimlich ins Kurzentrum gegangen, wo ich mich von einer Wandkante zur nächsten vorgetastet und auf diese Weise „umgesehen" habe. Auf diese Art habe ich eine Idee bekommen, wo ich bin und wie es da aussieht. Der Abteilungsleiter hat es zu gut mit mir gemeint, indem er mir dann alle Hindernisse aus dem Weg geräumt hat. Ich aber brauche eben genau diese Hindernisse, damit ich mich orientieren kann.

BERUFSSCHULE

In der Berufsschule, die ich daraufhin besucht habe, waren wir 28 Schüler in der Klasse, ich als einziger blind. Bei den Prüfungen hat mich die Lehrerin nicht fair behandelt. Sie hat immer meine Mitschüler geprüft, zum Schluss bin ich an die Reihe gekommen. Wenn ich auf ihre Frage die Antwort nicht gewusst habe, habe ich ein „Nicht genügend" bekommen. Meine Mitschüler hatten die Antwort auch nicht gewusst, haben deshalb aber keine schlechten Noten erhalten. Ihre Handlungsweise hat mir sehr wehgetan. Dann habe ich mir gedacht: Das werde ich in Zukunft ändern und ich werde lernen, lernen und noch einmal lernen. Bei der nächsten Prüfung haben meine Mitschüler wieder die Antwort nicht gewusst, aber ich habe sie gewusst und bekam ein „Sehr gut". Jedes Mal, wenn die 27 Mitschüler als Erste geprüft worden sind und ich als Letzter, habe ich immer die richtige Antwort gewusst. Die Berufsschule habe ich mit „Sehr gut" abgeschlossen. Natürlich war meine Freude darüber unbeschreiblich, denn meine Schulanfänge in Wien haben mit den vielen „Nicht genügend" doch etwas anders ausgesehen.

Meine Mutter hat sich unermüdlich bemüht, meine beginnende Erblindung zuerst zu untersuchen, dann zu behandeln und zu korrigieren und schließlich zu stoppen. Ich habe zu unzähligen Fachärzten gehen müssen. In der Schule war ich immer Letzter und man hat ständig auf mich warten müssen. Mit fortschreitender Erblindung bin ich immer langsamer geworden und hatte sehr viele Fehlstunden. Arztbesuche haben mich viel Zeit gekostet. So habe ich zu Ärzten unter anderem nach Wien, München, Zürich, Graz und Innsbruck gehen müssen. Meine Augenbefunde sind auch nach New York und Moskau gegangen.

Leider habe ich erleben müssen, dass Leute von den Philippinnen bei den Bemühungen, mir mein Augenlicht wiederzugeben, verhaftet worden sind. Sie haben mir angeboten, mit ihrer Heilmethode mein Augenlicht wiederherzustellen, die in Österreich jedoch nicht zugelassen war. Während ich durch den Garten ins Haus gegangen bin, habe ich Stimmen gehört und bin ihnen gefolgt. Ich wurde Zeuge, wie im Haus die philippinischen Wunderheiler neben mir von der Polizei verhaftet worden sind. Gut gemeinte Hilfe kann oft im wahrsten Sinne des Wortes ins Auge gehen...

Die Netzhautströme in meinen Augen sind in Mainz in einer Dunkelkammer gemessen worden. Für die elektronische Netzhautstrommessung habe ich sechs Haftschalen bekommen, um meine Augen aufklemmen zu können, dann ist alle 20 Sekunden ein Blitzlicht in unterschiedlichen Farben von oben, von unten, von links oder von rechts auf mich zugeschossen. Ich habe die Augen schließen wollen, aber das ist durch die Haftschalen nicht gegangen, und noch bevor sich die Augen erholt hatten, ist der nächste Blitz gekommen. Das Gewicht meines Pullovers hat sich durch den starken Tränenfluss verdoppelt. Er war patschnass, als ob er gerade aus der Waschmaschine ohne Schleudergang gekommen wäre. Das war ziemlich anstrengend und ermüdend für mich, ich habe mich danach ausruhen müssen, denn mein Sehnerv wurde extrem gereizt.

Ich habe eine Brille tragen müssen, weil mein Sehnerv für lange Zeit so gereizt war, dass ein Lufthauch durch ein herkömmliches Türschloss gereicht hat, dass die Tränenflüssigkeit aus meinen Augen geschossen ist. Sogar ein Lichtschimmer durch die Ritze zwischen Boden und Türunterkante hat gereicht, dass mein Sehnerv darauf empfindlich reagiert hat. In der Folge habe ich mir ein Lichtempfindlichkeitssystem zugelegt, um festzustellen zu können, ob ein Licht brennt oder nicht.

FRISCHZELLENTHERAPIE

Auf Anraten meiner Mutter bin ich für eine neuartige Therapie zum Facharzt gegangen. Die Tür zu seinem Behandlungszimmer war halb aufgegangen und ich habe gedacht, dass ich jetzt etwas mit dem Professor besprechen werde. Schon beim Eintreten habe ich eine Nadel im Auge gehabt. Ich habe nicht gewusst, wie mir geschieht und habe mich sehr erschrocken, allein schon deshalb, weil man mir eine Nadel direkt ins Auge gestochen hat. Einerseits habe ich starke Schmerzen gehabt, andererseits war ich sprachlos - ich habe einfach nicht reagieren können. Mein blinder Bruder bekam auch diese Therapie. Er ist dabei von der Spritze so schwer verletzt worden, dass es in seinen Augen zu Blutungen gekommen ist und er infolgedessen Zwei- und Dreifachbilder gesehen hat. Wenn bei einer Treppe wirklich nur eine Stufe war, hat mein Bruder zwei oder drei Stufen gesehen, hat die Treppe fünf Stufen gehabt, hat mein Bruder dann zehn oder fünfzehn Stufen gesehen. Darüber hinaus war die Therapie sehr teuer und äußerst schmerzhaft, daher ist sie abgebrochen worden.

REGENBOGENADER-HAUTENTZÜNDUNG

Über Monate hindurch sind meine Augenschmerzen dermaßen intensiv geworden, dass mich nur die praktische Arbeit von den Schmerzen abgelenkt hat. Am Tag habe ich 18 Mal die Augentropfen anwenden müssen, zum Schluss habe ich Tropfen sogar schon im Mund geschmeckt. Um überhaupt schlafen zu können, habe ich eine Zeit lang sogar Schlaftabletten genommen. Schließlich waren meine Augenschmerzen so groß, dass ich die Orientierung in meiner eigenen Wohnung verloren habe.

Als ich einmal auf die Toilette musste, habe ich die Türe, die aus meinem Schlafzimmer geführt hat, nicht gefunden. Ich bin zigmal gegen die Mauer gerannt, weil ich geglaubt habe, dass dort die Türe sei. So habe ich mich notgedrungen angemacht.

Einmal bin ich morgens anstatt in meinem Bett im Kleiderschrank aufgewacht. Dabei war ich felsenfest überzeugt, dass ich im Bett liege. Ich habe sehr lange gebraucht, um zu verstehen, dass ich wirklich in meinem Kleiderschrank war. So weit war es schon mit meiner Orientierung! Dann habe ich den Augendruck messen lassen müssen. Bei sehenden Menschen wird der Augendruck schmerzfrei mit dem Luftdruck gemessen. Dabei muss allerdings ein Ziel mit den Augen fixiert werden. Beim Vollblinden kann das Auge aber kein Ziel fixieren und es zittert ständig. Daher habe ich alle Muskeln im Körper anspannen müssen, damit ich das Auge für ein paar Sekunden lang an einer Stelle fixieren konnte. Es war sehr anstrengend und schmerzhaft. Bei Sehenden ist die Augendruckmessung in ein paar Sekunden erledigt. Bei mir dauerte diese Untersuchung viel länger und war derart ermüdend, dass ich mich danach habe hinlegen müssen. Durch die Anstrengung habe ich auch die Orientierung für kurze Zeit verloren.

Der normale Augendruck beträgt zwischen 10 und 20 mmHG (Millimeter-Quicksilbersäule). Der Grenzwert für eine Operation betrug damals 10 Torr, bei 9 Torr hat man das Auge herausnehmen müssen. Meine Augen haben mir zwar große Schmerzen und enorme Schwierigkeiten bereitet, aber das Auge herausnehmen wollte und will ich nicht zulassen. Ich hatte mich einfach unter Kontrolle und habe nicht zugelassen, dass der Augeninnendruck in meinem Auge unter 10 Torr sinkt. Ich konnte ja noch ein ganz klein wenig sehen, meine Sehkraft hat damals noch 0,06 % betragen – hell und dunkel konnte ich unterscheiden.

Als ich mit 17 Jahren von Tirol nach Kärnten übersiedelt bin, habe ich zum Amtsarzt gehen müssen. Ich habe die Berechtigung gebraucht, einen Blindenstock und eine Schleife tragen zu dürfen. Mein Termin war um 9 Uhr angesetzt, aber erst um 12.30 Uhr bin ich an die Reihe gekommen. Das hat zu ungeahnten Schwierigkeiten geführt, denn die Frau, die mich begleitet hat, musste heim zum Kochen.

Die Untersuchung hat sich sehr sonderbar gestaltet. Der Arzt hat mich gefragt, welches T-Shirt ich trage. Ich habe ihm geantwortet, dass ich es nicht wüsste. Er hat gesagt, dass ich das eigentlich wissen müsse. Und wie lange ich es schon habe usw. So ist das das hin- und hergegangen, ich habe wirklich nicht gewusst, welches T-Shirt ich damals getragen habe. Es war mir auch total egal. Es hat sich herausgestellt, dass „Nassau" draufgestanden ist. Das Shirt hatte mir meine Mutter geschenkt. Sie hatte es gekauft, als sie an einer Kreuzfahrt nach Nassau teilgenommen hat.

Der Arzt hat mich auch gefragt, welche Krankheiten ich mit sechs Jahren gehabt hatte. Auch das habe ich nicht gewusst.

Er hat gesagt, dass ich damals drei Wochen krank war und dass ich Grippe hatte. Endlich hat sich der Amtsarzt auch meine Augen angeschaut. Zu dieser Untersuchung habe ich 31 Atteste von namhaften Kliniken aus Innsbruck, Graz, München, Frankfurt, Zürich und Mainz mitgebracht, die belegt haben, dass ich blind war und noch immer bin. Auf diese Untersuchung wartete ich von 9 bis 12.30 Uhr und beim Amtsarzt dauerte es ganze fünf Minuten!

Eines Tages ist ein Psychotherapeut in meine Praxis gekommen. Obwohl es genügend Atteste gegeben hat, die meine Blindheit bestätigten, hat mir dieser Psychotherapeut nicht geglaubt und mich sogar vor Gericht zerren wollen. So weit ist es zum Glück nicht gekommen. Wenn ich ein Schauspieler und Betrüger wäre, dann bräuchte ich keine Blindenbücher, keinen Spezialcomputer und auch keinen Aufnahmerekorder. So gern bin ich ja auch nicht blind.

Viele Augenarztkontrollen und viele Schmerzen hatte ich in meinem Leben zu ertragen. Jede einzelne Untersuchung war eine Tortur, weil meine Augen so überempfindlich waren. Ich habe also viele, viele Augenuntersuchungen hinter mich gebracht. In der Augenklinik in Innsbruck hat man insgesamt 35 Mal eine Akupunktur vorgenommen. Beim Setzen der Akupunkturnadeln habe ich so stark geblutet, dass man mich kurzerhand in eine Wanne gestellt hat, damit mein Blut abfließen konnte und der Boden nicht verschmutzt wurde.

DÄNEMARK

Für eine weitere Augenakupunktur bin ich mit einer Reisegruppe von sieben Personen bis nach Dänemark gereist. Die Anreise dorthin hat 24 Stunden gedauert und wir sind knapp vor unserem Behandlungstermin angekommen. Gemeinsam haben wir ein Haus angemietet, und als wir da eingetroffen sind und an der Türglocke geläutet haben, hat sich nichts gerührt. Die Zeit ist immer knapper geworden, denn schon in wenigen Minuten hätte unser Termin stattfinden sollen. Schließlich hat ein Mitglied unserer Gruppe ganz ungeduldig die Türklinke gedrückt und die Tür ist einfach aufgesprungen. Wir haben schnell unser Gepäck ins Zimmer gebracht und sind zur Augenakupunktur geeilt, die zum Glück in der Nähe stattfand. In Dänemark werden die Häuser offenbar nicht zugesperrt: Dort hat es offensichtlich kein Problem mit Einbrechern gegeben – zumindest damals nicht.

Bei der Augenakupunktur hat man mir 25cm lange Nadeln gesetzt, in die Hände und in die Füße, und zwar in die Falten, wo die Finger und Zehen abgebogen werden können. In diesen Hautknickstellen hat man die Nadeln eingebracht, das Gewicht der Nadeln lastet an dieser einen Stelle und führt so zu einem Reiz. Ein Patient sei einmal mit 18% Sehkraft zur Behandlung gekommen, nach dreimaliger Behandlung hätte er 60 % Sehkraft gehabt, hat der behandelnde Akupunkteur gesagt. Dieser Patient war für uns der Auslöser der ganzen Dänemark-Reise. Wir haben auch auf solch einen Erfolg gehofft.

Die Behandlung hat jeden Tag zwei Stunden gedauert, eine Stunde vormittags und eine Stunde nachmittags. Zu Mittag sind wir gemeinsam zum Essen gegangen. Als wir am Zahlen waren, habe ich den Kellner nach dem Rechnungsbetrag gefragt, und der Mann mit dem fantastischen Behandlungsergebnis hat 15 Kronen aus meiner Geldtasche gesucht. Der Kellner hat mir jedoch jede Menge Geld zurückgegeben. Da habe ich ihn ganz erstaunt gefragt, warum ich so viel Geld zurückbekomme, ich hätte ihm ja dreimal fünf Kronen gegeben. Der Kellner hat geantwortet: „Es waren 60 Kronen." Darum habe ich auch 45 Kronen zurückerhalten. Es waren keine 5-Kronen-Münzen, sondern jeweils 20-Kronen-Münzen, die ihm mein Kollege gegeben hatte. Da ist mir klar geworden, dass er doch nicht so gut gesehen hat, wie der behandelnde Akupunkteur ihm gesagt hatte.

Insgesamt waren bei der Augenakupunktur elf Patienten zugleich in Behandlung, jeweils eine Stunde am Vormittag und am Nachmittag. Für die Feststellung unserer Sehkraft hat der Akupunkteur eine Schautafel mit Buchstaben benutzt: n, o, p, q, r, s, t, u, v, w. Wir haben diese Buchstabenreihe unzählige Male gehört, in der Früh und am Nachmittag wieder, mittlerweile haben wir sie alle auswendig gekonnt. Mit dieser Schautafel hat man gemessen, wie sehr sich unsere Sehleistung durch die Augenakupunktur verbessert hat. Zuerst waren wir 5 Schritte von der Schautafel entfernt, tags darauf waren es schon 10 Schritte, und wir haben immer wieder dieselbe Buchstabenreihe zum Lesen bekommen. Unsere Sehkraft würde immer besser werden, hat er uns gesagt.

Um immer dieselbe Buchstaben-Reihe ablesen zu können, brauche ich gar nichts sehen zu können. Ich könnte sie als Vollblinder auch aus 100 Meter Entfernung lesen, weil ich bereits auswendig gewusst habe, wie sie geht. Weiter hat man uns immer wieder die gleichen, uns allen schon bekannten Bilder – sogenannte Blitzableiter – gezeigt, dann sind wir wieder ein paar Schritte zurückgegangen. Und wieder hat uns der Augenakupunkteur gesagt, dass wir durch die Akupunktur besser sehen würden. Das waren recht seltsame Methoden der Sehkraftüberprüfung. Dieser Augenakupunkteur hätte schon selbst wissen müssen, dass seine Methoden für die Sehkraftfeststellung nicht wirklich effektiv waren.

LEGOLAND

In Dänemark gibt es das berühmte Legoland - auch wir haben es besucht. Da gibt es sehr viele berühmte Sehenswürdigkeiten aus aller Welt, die mit Legobausteinen zusammengebaut wurden. Hier bin ich mir überflüssig vorgekommen, denn vor jeder Sehenswürdigkeit war ein Wassergraben. Aufgrund meiner kurzen Arme war es mir nicht möglich, die Sehenswürdigkeiten zu erreichen und zu ertasten. Ich habe höchstens mit den Händen in einen Behälter mit Legosteinen fassen und darin wie ein kleines Kind wühlen können. Das war aber auch schon das Einzige, was mir von diesem Besuch im Legoland in Erinnerung geblieben ist.

Es hat aber auch heitere Erlebnisse in Dänemark gegeben. Ich war bekannt dafür, ein gutes Müsli zu machen. Während des Aufenthalts habe ich für sieben Personen das Müsli zubereitet. Es war so begehrt, dass ich mit dem Zubereiten kaum nachgekommen bin. In unserer Gruppe war auch ein Mann, der ganz normal sehen konnte. Er hat mir beim Müslizubereiten zugeschaut. Dabei hat er sich die Verpackung mit den Getreideflocken genauer angesehen, die ich für das Müsli verwendet habe, und er hat mir gesagt, dass es sich dabei um Hundeflocken handeln würde. Die Getreideflocken hatte ich gekauft, als ich gemeinsam mit einem Mann, der auch ganz schlecht gesehen hat, einkaufen war. Er war also unschuldig. Jetzt hat niemand mehr mein Müsli essen wollen und ich musste die Riesenportion alleine essen.

Bei der Heimfahrt hat man uns erzählt, dass es im Berliner Bahnhofsrestaurant guten Kartoffelsalat gibt. Beim Umsteigen sind wir eingekehrt und haben sieben Portionen bestellt. Leider haben wir keinen serviert bekommen denn die Tatsache war, dass sie überhaupt keinen Kartoffelsalat kannten. Dann wollten wir das Tagesmenü bestellen, das wir laut Speisekarte bis 18.30 Uhr ordern konnten. Da es aber schon 18.33 Uhr war, haben wir auch das Tagesmenü nicht erhalten. Schließlich haben wir Frikadellen, Pommes frites und grünen Salat bestellt. Bei der Frikadelle hat es sich um ein Fleischlaibchen gehandelt, die Pommes frites waren so dünn wie die Zahnstocher und beim grünen Salat hat es sich um eine aufgeschnittene Essiggurke gehandelt. Mahlzeit.

Über ein Erlebnis aus meiner Kindheit möchte ich an dieser Stelle erzählen. Zu Hause in Tirol hat es Pfützen mit sehr viel Schlamm darin gegeben und wir Kinder sind mit den Fahrrädern gerne durchgefahren. Wer durch diese Dreckpfütze hindurch gekommen ist, war Sieger. Ich habe ein Klapprad mein eigen nennen dürfen. Es ist genau bei meinem Versuch, durch die Pfütze zu kommen, zusammengekracht. Ich bin umgefallen und war von oben bis unten voller Dreck. Mit zehn Jahren bin ich zur Prüfung eingeteilt worden, um den Fahrradschein zu erlangen. Ich habe die Prüfung bestanden. Ich war mir ziemlich sicher, dass ich damit auch auf der Straße zurechtkommen würde. Doch ich habe einmal einen anderen Fahrradfahrer übersehen, den habe ich umgeworfen. Zum Glück ist ihm und seinem Fahrrad nichts passiert und auch mir ist nichts geschehen. Mit großem Bedauern habe ich feststellen müssen, dass es um mein Sehvermögen nicht so gut bestellt war.

Als ich acht Jahre alt war, habe ich aufgrund meiner mangelnden Leistungen auch einen Psychotest machen müssen, der eigentlich ein Leistungstest war. Bei diesem Psychotest bin ich unter das Niveau eines Sonderschülers gefallen. Die Zeit für die Aufgabenlösung war bereits abgelaufen, noch ehe ich mitbekommen habe, um welche Aufgaben es sich überhaupt handelt. In den Aufgabenbereichen, die mir bekannt waren, habe ich richtig antworten können. Auf unbekannten Aufgabengebieten war ich jedoch ungeschickt, weil ich aufgrund meiner kaum noch vorhandenen Sehkraft nichts erkennen habe können.

DER NEUE STAR AM VERSEHRTEN SKIKADERHIMMEL

Mit 15 Jahren war ich der neue Star am versehrten Skikaderhimmel. Im schönen Bodental in Kärnten, nahe der Grenze zum damals noch existierenden Jugoslawien, haben wir mit zwei Skigruppen – die erste Gruppe waren die Vollblinden und die zweite Gruppe waren Sehrestler (ein paar Prozent Sehrest) – und mit lebendigen Torstangen trainiert. Anstatt Torstangen sind Leute auf der Skipiste gestanden und haben ausweichen können, wenn Kollisionsgefahr bestanden hat. Zu dieser Zeit bin ich schon komplett blind gewesen. Als Vollblinder bin ich hervorragend Ski gefahren, ich war schneller als der beste von der Sehrest-Gruppe. Und der „neue Star am versehrten Skikaderhimmel" war geboren. In der Folge bin ich aufs Kitzsteinhorn gekommen und habe zum Kadertraining einen eigenen Trainer zugeteilt bekommen. Einmal beim Training habe ich bei der vorletzten Torstange einen Fehler gemacht – allerdings waren es hier richtige Torstangen und keine lebendigen. Um mit den Torstangen nicht zusammenzustoßen, war von mir sehr viel Aufmerksamkeit und hohe Konzentration gefordert. Dieser Torfehler war der Grund für eine wüste Beschimpfung durch meinen Trainer. Oft hat er mich mit Kraftausdrücken bedacht, vor allem mit Namen aus dem Tierreich wie „dummer Hund" und Ähnliches.

Ein Bekannter hat mir mal beim Training zugesehen und mich daraufhin bei meinem Trainer „ausgeliehen“. Mit ihm bin ich auf Anhieb gleich zwei fehlerfreie Trainingsläufe gefahren! Diesen Mann hatte ich beim Laufen in einer Sportstätte kennengelernt. Er war auf der Suche nach einem Schüler, um seine Skilehrerprüfung ablegen zu können. Ich bin sein Schüler geworden und er hat die Prüfung mit Bravour bestanden, weil ich die Torstrecke zwei Mal fehlerfrei gefahren bin. Zurück bei meinem Trainer, habe ich prompt wieder einen Fehler gemacht, diesmal beim letzten Tor. Beeinflusst durch das Knirschen des Schnees, durch Lärm und Wind war es für mich sehr, sehr schwierig, mich am Vordermann zu orientieren. Ich habe an der richtigen Stelle und im richtigen Augenblick den Bogen machen müssen, wo mein Trainer auch den Bogen gemacht hatte. Der Befehl dazu war: „Geht, geht, geht und hopp!“ Das „Hopp“ stand für den Bogen, den ich machen sollte.

Mit dieser erlernten Methode habe ich auch mit meinem Vater im Zillertal geübt. Jedoch hatte ich große Schwierigkeiten beim Fahren mit dem Lift. Der Schlepplift hat sich nicht, wie ich es bisher gewohnt war, mit sechs bis acht Meter in der Sekunde bewegt – der Aufstieg hier war wesentlich schneller, mit zehn bis zwölf Meter in der Sekunde. Ich habe eine Kleinhirnschrumpfung und diese Beeinträchtigung bereitet mir Probleme mit der Geschwindigkeit. Ich ertrage nur eine Geschwindigkeit von höchstens sechs Metern in der Sekunde. An der Bergstation angekommen, war mir sehr übel. Mein Vater hat jedoch gemeint, dass sich die Übelkeit beim Skifahren schon legen würde. Also sind wir losgedüst, ich habe immer wieder die Anweisungen „geht, geht und hopp“ gehört und mich an meinem Vater orientiert. Zwei Urlauber, die in der Nähe Ski gefahren sind, haben meinen Vater nachgeäfft und auch immer „geht, geht und hopp“ gerufen. So bin ich dann hinter einem der Urlauber gefahren, weil ich aufgrund des

Lärms, des Windes und des Knirschens des Schnees nicht mehr die Stimmen unterscheiden konnte. Da ist es passiert: Ich bin auf einer Eisfläche gestürzt und mit dem Kopf nach unten liegend in einem rasend schnellen Tempo 150 Meter den Hang hinabgerutscht. Mein Vater hat mir von oben zugeschaut, doch tun hat er nichts können. Ich bin mit einer heftigen Geschwindigkeit auf eine Betonsäule bei der Liftanlage zugeschlittert. Bevor ich mit dem Kopf in die Säule gekracht bin, habe ich diesen instinktiv zur Seite gerissen und so habe ich den Sturz mit der Schulter stoppen können. Mein Vater ist völlig hilflos und wie angewurzelt oben auf der Piste stehen geblieben und hat tausend Ängste ausgestanden. Bis heute kann ich mir nicht erklären, warum ich genau im richtigen Moment den Kopf zur Seite gerissen habe, aber es hat mir das Leben gerettet. Ich glaube daran, dass es im Leben doch eine Art von Bestimmung gibt.

SCHNEE ZU OSTERN

Einmal hat es zu Ostern geschneit. Es war über ein halber Meter Schnee gefallen und man hat perfekte Tunnel in die weiße Pracht hineingraben können. Wie Maulwürfe haben wir uns durch den Schnee gewühlt. Es war ein so toller Pulverschnee, und ich habe einen sehr langen Tunnel gegraben. Plötzlich habe ich nicht mehr gewusst, in welche Richtung ich mich bewegt habe. Es war alles weiß, zu dieser Zeit habe ich noch ein wenig sehen können, und ich habe nicht mehr nach Hause gefunden. In der Hoffnung, dass ich wieder heimfinde, habe ich weitere Gänge gegraben und ich bin immer wieder aufgestanden, um zu sehen (hören), wo ich mich befinde. Aber ich habe nichts gefunden. Mir war auch schon ziemlich kalt und es war alles nur weiß. Irgendwann ist schließlich ein Schneepflug gefahren und so habe ich erkennen können, wo sich da die Straße befindet und so habe ich mich an ihr wieder orientieren können. Das war für mich so ein lustiges Tunnelerlebnis, denn ich habe mir ausnahmsweise dabei nicht wehgetan. Der Schnee war so herrlich weich, es hat keine Hindernisse gegeben und durch das viele Graben habe ich vergessen zu überlegen, wie ich wieder zurückkommen sollte. Ich habe einfach alles um mich herum vergessen.

BEGEGNUNG MIT ANDEREN MENSCHEN

Manchmal waren meine Begegnungen mit anderen Menschen alles andere als angenehm. Einmal bin ich einen Gang entlang gegangen wo sich zwei Frauen angeregt miteinander unterhalten haben. Im Vorbeigehen habe ich „Mahlzeit" gesagt, da es eben um die Mittagszeit war. Die Frauen haben so laut, dass ich es hören konnte - wenn man blind ist, ist man nicht gleichzeitig auch taub –, gesagt, ich „sei ein wenig blöd". Ein andermal bin ich in einen Zug eingestiegen und ein Jugendlicher im Zug hat gemeint, dass ich an meiner Blindheit selber schuld sei. Das sind jetzt nur zwei Beispiele für Aussagen, die man ohne zu denken tätigt. Ich könnte noch weitere hundert aufzählen. Eigentlich berühren mich derartigen Aussagen der Leute nicht mehr so sehr. Brennend interessieren würde mich jedoch die Frage, woher diese Einstellung stammt. Eine Vermutung von mir ist, dass die Allgemeinheit so über Leute mit Behinderungen denkt. Nur eine Feststellung an dieser Stelle von mir: Man kann nur froh und dankbar sein, dass man gesunde Augen hat - auch wenn man manchmal Brille oder Kontaktlinsen tragen muss!

Als ich die Berufsschule besucht habe, hat man mir am Anfang des Schuljahres gesagt, dass ich den Stoff über den

Heilbademeister nicht lernen brauche. Am Ende des Schuljahres hat man mich auch über diesen Teil des Stoffes geprüft – die Aussage vom Schulanfang ist einfach vergessen worden. Mein Glück war, dass ich den Heilbademeister gelernt hatte, obwohl ich es nicht notwendig hatte. Es hat mich einfach interessiert. Und somit habe ich auch auf diesem Gebiet ein „Sehr gut" geschafft.

Schon immer war meine Blindheit eine große Herausforderung, die interessant und spannend zugleich war. Und sie ist es auch bis heute geblieben. Viele Mitmenschen können mit meiner Blindheit nicht umgehen, wieder andere schon, und diese Personen sprechen auch darüber. Oft werden Fragen, die eigentlich mir gelten, an meine Begleitpersonen gerichtet, wie z.B.: „Kann er hören?" oder „Kann er sitzen?" Plötzlich und für mich völlig unerwartet ist einmal ein Psychotherapeut in meine Wohnung gekommen und hat gesagt, wir würden uns vor Gericht wiedersehen, da ich meine Blindheit einfach nur vorspielen würde. Diese und ähnliche Situationen haben mich oft amüsiert, denn so interessant ist meine Erblindung auch wieder nicht, dass man deswegen gerichtlich gegen mich vorgehen sollte. Es ist ja nicht so, dass ich mir meine Blindheit ausgesucht habe. Wenn mir jemand meine Blindheit neidet, dann braucht derjenige nur die Augen zu schließen, dann sieht er zumindest Schwarz oder einen Lichtschimmer. Ich als Vollblinder sehe jedoch nichts, also wirklich nichts. Dieses Nichts lässt sich auch schwierig beschreiben, denn ich sehe nicht einmal Schwarz! Schwarz wäre ja schon wieder eine Farbe. Aber diejenigen, die Neid empfinden, können ruhig für ein paar Jahre ihre Augen schließen und dann für sich beurteilen, welche unglaublichen „Vorteile" sich durch die Blindheit anbieten.

Durch meine Beeinträchtigung habe ich gelernt, meine Stärken zu fördern und weiter auszubauen. Ich suche andauernd nach neuen Möglichkeiten, schaue, welche Tätigkeit mir ganz besonders liegt und wie ich meinen Alltag organisiere. Es gibt keinen Vorteil ohne Nachteil: Durch meine Beeinträchtigung habe ich begonnen, mein Gedächtnis speziell zu trainieren. Unter anderem kann ich mir alle Telefonnummern meiner Freunde und Geschäftspartner merken. Leute ohne Sehbehinderung führen in ihrem Handy eine Liste mit Telefonnummern. Auch sie könnten ihr Gedächtnis trainieren und sich die Nummern einfach merken. Es ist aber weitaus bequemer, in der Namensliste im Handy nachzusehen und den Knopf zu drücken, ohne dass man je überhaupt versucht hat, die Telefonnummern im Gedächtnis zu behalten.

Einmal bin ich mit einem Freund nach der Arbeit die Straße entlang heimgegangen. Neben der Straße hat ein Wassergraben vorbei geführt. Plötzlich kam ein Autofahrer direkt auf uns zu. Erwähnen möchte ich, dass diese Straße von den Autofahrern als Rennstrecke benutzt worden ist. Mein Freund hat mich geistesgegenwärtig in den Wassergraben geschubst, denn sonst wäre ich im wahrsten Sinne des Wortes „unter die Räder gekommen". Die dreckige Kleidung war mir egal, für mich war nur wichtig, dass ich raus aus der Gefahrenzone war und mit dem Leben davongekommen bin. Da kann ich nur danke sagen, dass mein Freund für mich mitgedacht und mir das Leben gerettet hat.

In meinem Leben habe ich schon viele schmerzhafte Erlebnisse gehabt, Folgendes ist mir sogar mehrmals widerfahren. Zum Beispiel, in dem Haus in dem ich wohne, habe ich freundlich einen Mann gegrüßt, hinter dem ich gegangen bin. Vielleicht war ich zwei Schritte hinter ihm, als er die Eingangstüre aufgemacht hat und hinausgegangen ist. Er hatte mich garantiert gehört, da ich ihn ja gegrüßt habe. Den Gruß hat er nicht erwidert, er hätte auch die Türe einfach eine Sekunde länger aufhalten können, dann hätte auch ich problemlos hinausgehen können. Er hatte sie mir aber direkt ins Gesicht geknallt. Am Rahmen der zufallenden schweren Glastür habe ich mir sehr wehgetan.

Als ich wieder mal in Wien war, habe ich auf die Straßenbahn gewartet. Neben mir ist ein Herr gestanden und ich habe ihn gefragt, welche Straßenbahn da einfahren würde, da sich an dieser Stelle zwei Straßenbahnlinien befunden haben, die nur wenige Meter voneinander entfernt waren. Bei viel Lärm habe ich oft nicht genau hören können, ob das vordere oder hintere Gleis befahren wird. Ich hätte mich über eine Antwort gefreut. Dieser Mann aber hat mich am Kragen gepackt, hochgehoben und mir gesagt, dass er wüsste, wo die Blinden hingehören. Er hat mich sodann zur Straßenbahn getragen, die gerade eingefahren ist, um mich auf die Plattform zu stellen. Es war zufällig die richtige Straßenbahn, wie man mir auf mein Fragen gesagt hat.

Aus einem Zug bin ich einmal auf der falschen Seite ausgestiegen. Ich habe mir dabei nichts gedacht, denn es war recht spät, schon so gegen Mitternacht. Deshalb bin ich am Gleiskörper stehen geblieben und habe abgewartet, bis der Personenzug, aus dem ich gerade ausgestiegen war, wegfährt. Ich dachte mir, wenn der Personenzug weggefahren ist, werde ich über den Gleiskörper zum Bahnsteig gehen. Nur inzwischen ist am zweiten Gleis ein Güterzug gekommen. Zum Glück habe ich einen vollgefüllten, sehr dicken Rucksack getragen. Der Güterzug hat mich erfasst und ich bin dreimal um die eigene Achse gedreht worden. Ich bin nur leicht gestreift worden, mehr ist mir zum Glück nicht geschehen. Daraus habe ich meine Lehre gezogen. Als ich Jahre später wieder einmal auf der falschen Seite ausgestiegen bin, ist es sehr tief hinab gegangen. Als ich mit dem rechten Fuß den Gleiskörper berührt habe, wusste ich sofort, dass ich auf der falschen Seite vom Waggon ausgestiegen bin. Ich habe gleich reagiert, habe mich schnell umgedreht und bin auf der richtigen Seite ausgestiegen. Da heißt es einfach: Ich muss sehr schnell reagieren. Meine Mutter hat sich aufgeregt, was mir da überhaupt einfällt, auf der falschen Seite auszusteigen. Ja, solche Verwechslungen können einem Blinden leider passieren. Denn bei einem Zug gehen bei den Waggons beide Seiten auf – zumindest bei den alten Zügen. Heute ist das bei den neuen Zügen nicht mehr der Fall, dennoch gibt es noch reichlich alte Waggons.

Die Gefahr beim U-Bahnfahren ist für mich deshalb gegeben, weil sie sich in einem geschlossenen Raum befindet. Wenn die U-Bahn zweigleisig ist kann ich als Blinder nicht hören, ob sie am vorderen oder hinteren Gleis einfährt. Der große Lärm blockiert dabei weitgehend meine Orientierung. Erfreulicherweise kommen immer wieder sehr liebe Menschen auf mich zu, die mir in verschiedenen Lebenslagen ihre Hilfe anbieten. Dafür bin ich sehr dankbar.

In der „normalen" Schule – also Volksschule bzw. Grundschule – haben mir die Lehrer gesagt, dass auf mich immer gewartet werden müsste. Mit anderen Worten: Sie haben gemeint, dass ich langsam sei. Langsam beim Fortbewegen. Ja, das mag schon stimmen, denn die Summe meiner Beeinträchtigungen lässt mir ein flottes Gehen nicht zu.

Jedoch bin ich auf anderen Gebieten sehr schnell, sogar viel schneller als alle anderen. In dieser „normalen" Schule fand einmal ein Schulfest statt, dabei hat es auch Kopfrechnen-Wettbewerbe gegeben. Im Kopfrechnen war ich in der „normalen" Schule der Beste, in der Blindenschule dagegen war ich nur mittelmäßig gut. Denn es hat dort viele Blinde gegeben, die es gewohnt waren, im Kopf zu rechnen, und kein Papier oder andere Hilfsmittel benutzten.

Als Späterblindeter war es für mich verblüffend, wenn ich meine blinden Mitbewohner gehört habe, wie sie durch die ewig langen Gänge Rollschuh fuhren. Die Gänge waren 150 Meter lang, sind im rechten Winkel ums Eck gegangen und es hat sogar Zwischentüren aus Glas gegeben. All dies haben sie gut gemeistert. Sie sind da enorm schnell gefahren. Ich habe das Gefühl, sie sind mindestens 30 km/h gefahren. Wie sie sich in diesen Bereichen, wo sie sich gut ausgekannt haben, orientieren konnten, war einfach unglaublich und bewundernswert.

„Schön" ist für Sehende anders als für uns Blinde. Der Sehende nimmt die optische Schönheit wahr. Wir Blinden finden es schön, wenn etwas gut riecht oder sich angenehm angreifen lässt. Blumen, die gut riechen, sind für uns schön, sie müssen dabei optisch gar nicht gut aussehen. Unsere Definition von „Schönheit" ist eine andere, sie hebt sich vom gewöhnlichen Begriff der Schönheit ab.

KURZENTRUM

Ein Vorfall, der mir auch gezeigt hat, wie verrückt manchmal die Leute nach Sensationen sind, hat sich im Kurzentrum, in dem ich gearbeitet habe, zugetragen. Jemand hatte behauptet, ich hätte einen Patienten umgebracht. Innerhalb von einigen Minuten haben dies unzählige Leute gewusst. In den darauffolgenden Tagen hat man mich ich zig Mal mit den Worten „Achtung, der Mörder kommt" angesprochen. Auch

Leute, die mich eigentlich gar nicht gekannt haben, haben mich mit diesen Worten angesprochen. Es hat sich wie ein Lauffeuer herumgesprochen, dass der blinde Masseur einen Patienten umgebracht hätte. Dass ich blind bin, das war klar zu erkennen: Der unrhythmische Bewegungsablauf hat das verraten. Wegen dieser Behauptung habe ich zum Abteilungsleiter gehen müssen – auch der Oberarzt und der Chefarzt sowie der Betriebsrat haben mir große Vorwürfe gemacht. Bis zu diesem Zeitpunkt habe ich ja nicht einmal gewusst, wen ich überhaupt umgebracht hatte. Auf welche Art und Weise schon gar nicht! Erst der Betriebsdirektor hat mich aufgeklärt, um wen es überhaupt geht. Als Folge dieser Behauptung ist mein Dienstverhältnis gekündigt worden, auch aus dem Personalhaus habe ich hinaus müssen. Und zu meinen Eltern habe ich auch nicht gehen können, da diese bereits vom Kurzentrum angerufen worden waren und leider der ganze Geschichte geglaubt haben – warum auch immer. So bin ich also dagestanden, mit 150 Schilling – heute Euro 10,90 – im Hosensack. Ich habe bitterlich geweint. Ich habe mir gedacht, mit diesem Betrag für eine Nacht doch noch ein Zimmer finden zu können. Am nächsten Tag ist es mir dann so dreckig gegangen, dass ich mich sogar umbringen wollte, weil ich nicht gewusst habe, was ich nun machen soll.

Ein Freund, der dort gearbeitet hat, hat gemeint: „Halb so wild.“ Für mich war es alles andere als „halb so wild“. Ein anderer Freund, der auch dort gearbeitet hat, hat mir geglaubt, dass ich es nicht war. Er hat mir helfen wollen und hat gesagt, er habe leider kein Bett für mich frei. Jedoch in der Spielzeugecke seiner drei Kinder sei immer für mich Platz. Das war auch meine einzige Hoffnung bzw. mein Rettungsfaden. Seinen gutgemeinten Vorschlag mit der Spielzeugecke habe ich nicht angenommen, da ich gehofft habe, dass ich beim

Personalhaus trotz Rauswurfs eine Schlafgelegenheit finden würde. Ich habe nämlich gewusst, dass sich die Haustüre des Personalhauses nicht ganz schließen hat lassen. In einem unversperrten Zimmer, in dem eigentlich ein Kollege von mir oft übernachtet hat, habe ich Unterschlupf gefunden. Ausgerechnet an diesem Abend war er nach Hause zu seiner Frau gefahren. Da hat es ein Bett gegeben, jedoch ohne Bettwäsche. Dort habe ich angezogen die Nacht verbracht. Am nächsten Tag bin ich dann heimlich in den Betrieb gegangen – durch die Hintertüre – und bin eine Woche lang geduldet und ertragen worden, und obwohl mich alle gesehen haben, hat keiner mit mir gesprochen. Ich habe ganz normal in meinem Zimmer geschlafen, denn die Schlüssel hatte ich ja noch gehabt. Das soll mal einer verstehen! An einem Tag war es so und am anderen wieder anders. Komische Leute! Eine Woche später habe ich einen Kollegen bzw. meinen guten Freund gesehen, als ich auf dem Weg vom Kurbad zum Personalhaus war. Er hat zu mir gesagt, morgen müsste er zu Herrn Huber – dem „Opfer" – gehen. Ich habe nicht gewusst, wieso er mir das überhaupt sagt. Das Einzige, was ich mir habe vorstellen können, war, dass es sich um das Begräbnis handelt. Denn es war ja jemand gestorben bzw. ich hatte ja jemanden umgebracht... Er hat selber nicht gewusst, wieso er zu diesem Herrn Huber gehen soll. Denn er war ja angeblich tot. Am nächsten Tag habe ich meinen Freund wieder nach der Arbeit getroffen und er hat gleich rundheraus gesagt, dass Herr Huber lebt!

Am nächsten Tag habe ich Herrn Huber, mein angebliches Mordopfer, angerufen. Ich hatte durch meinen Freund erfahren, in welchem Zimmer er liegt. Nachdem ich ihm meine Geschichte erzählt habe, hat er sich darüber sehr geärgert und nicht verstehen können, wie man darauf kommt, dass er überhaupt tot sei.

Um zum Kern der Geschichte zu gelangen – passiert ist Folgendes: Bei uns im Kurzentrum, in der Elektrotherapie, hat ein Lehrling gearbeitet, der sich beim Schwellstrom nicht ausgekannt hat. Im Zuge dieser Therapie wird der Muskel zuerst gereizt, darauf folgt eine kurze Pause und dann wird er wieder gereizt. Dieser Lehrling hatte jedoch eine eigene Therapieart erfunden, die er bei Herrn Huber angewendet hat. Als Folge dieser besonderen Therapie ist in Hubers Beinen eine starke Muskelentzündung aufgetreten. Dann ist dieser zu mir zur Massage gekommen. Ich habe nicht gewusst, wer er war und welche Therapie er vorher gemacht hatte. Ich habe nur meinen Job machen müssen und das ist Massieren – ich habe in 8 Stunden 32 Personen massiert! Der Mann ist aufgestanden und wie jeder andere Patient hinausgegangen. Stunden später hat es plötzlich geheißen, ich sei ein Mörder. Ich habe keine Ahnung – auch bis heute nicht –, was die Leute dort dazu gebracht hat, zu behaupten, er sei tot und dass ich ihn umgebracht hätte. Wodurch? Durch eine Massage? Komplett unerklärlich erscheint mir das Ganze. Man kann einfach keinen Zusammenhang finden. Das Verständnis für diesen Vorwurf hat mir damals einfach gefehlt – übrigens tut es das auch heute noch. Dieser Vorwurf hat mir sehr, sehr viele Probleme bereitet. Diese Mordgeschichte war für mich ein Horror. Was ich gelitten habe, wie ich mich gefühlt habe, war einfach schrecklich. Das muss man sich einmal vorstellen! Ich bin froh, dass sich das dann als Dummheit erwiesen hat. Es hat niemand hören wollen, was ich zu sagen habe. Ich bin als Sündenbock hingestellt worden. Es ist erschreckend, wie schnell mich die Leute verurteilt haben. Es ist mir ein Toter vorgehalten worden, der nicht tot war – und den Lehrling habe ich auch nicht gekannt.

Ich habe wieder einmal einen Kurs besucht. Spät in der Nacht, oder besser gesagt, am Morgen, bin ich angekommen. Es war Sonntag und ich habe ein wenig herumgetrödelt und bis in der Früh meine Sachen ausgepackt. Plötzlich habe ich einen fürchterlichen Lärm gehört. Es war so laut, dass ich mir gedacht habe, der dritte Weltkrieg sei ausgebrochen. Vor meiner Türe sind Leute auf- und abgelaufen, und auch vor meinem Fenster sind Leute herumgelaufen. Das war möglich, da das Dach des Zubaus mit dem Fensterbrett meines Zimmers abgeschlossen hat. Ich bin hinaus auf den Gang gegangen und habe laut gesagt: „Seid ihr wahnsinnig, am Sonntag in aller Gottesfrüh einen solchen Radau zu machen?“ Es hat mich leider keiner gehört, denn es war sehr, sehr laut. Ich bin in die Richtung gegangen, von der der Lärm gekommen ist, und habe plötzlich jemanden „Stopp!“ schreien hören. Die Stimme ist von unten her gekommen und ich habe innegehalten. Ich habe aber nicht begriffen, was da los war. Da waren doch die Zimmer gewesen, wie hat der Mann vom Keller heraufrufen können, er hat mich doch gar nicht sehen können? Ich bin zurück ins Zimmer, um meinen Blindenstock zu holen und um nachzusehen, was da vor sich geht. Der Schock: Wenn ich fünf Zentimeter weitergegangen wäre, wäre ich hinuntergefallen, denn da ist es senkrecht in die Tiefe gegangen! 40 Quadratmeter Decke sind vom ersten Stock hinuntergekracht. Das war der Lärm, den ich gehört habe, und daher hat es auch diesen Wirbel gegeben. Wenn der Mann nicht „Stopp!“ gerufen hätte, wäre ich kopfüber auf die abgesenkte Betonplatte gefallen. Warum das Ganze? In der Wäscherei im Erdgeschoss hat man Platz benötigt, deshalb hatte man einfach die Zwischendecke durchgebrochen.

Monate später hat das Personalhaus ein Baugerüst bekommen. Ein Gerüst hat ja einen Steher, darauf kommt ein Brett horizontal, und vertikal kommt dann wieder ein Steher. Allerdings habe ich nichts davon gewusst. Ich bin von der Arbeit gekommen und habe ins Haus gehen wollen. Plötzlich hat es mich zurückgeworfen und ich habe mich mit meiner Stirn auf das horizontal liegende Brett des Baugerüsts gestoßen. Mit diesem unerwarteten Hindernis hatte ich nicht gerechnet. Die Arbeiter haben von früh bis spät in die Nacht gearbeitet, jeden Tag, auch an Sonn- und Feiertagen. Den Weg zur Arbeit habe ich genutzt, um mich körperlich zu ertüchtigen. Hier waren auf einem Hang 133 Stufen, die ich hinauf laufen wollte. Nur mit einem T-Shirt und einer kurzen Hose bekleidet bin ich aus meinem Zimmer gegangen. Noch bevor ich überhaupt zum Laufen anfangen habe können, bin ich in einem Graben gelandet. Warum? Ich habe nicht gewusst, dass über Nacht um das ganze Personalhaus herum wegen Umbauarbeiten an der Wäscherei ein Graben entstanden war. Ich habe gewusst, dass es in der Nacht viel geregnet hatte, aber dass ein Graben um das ganze Haus gemacht wurde, ist mir nicht aufgefallen. Vor der Haustüre waren normalerweise drei Stufen, die aber auf einmal verschwunden waren. Und ehe ich reagieren habe können, bin ich in den voll mit Wasser gefüllten Graben gefallen. Fast bis zur Hüfte bin ich nun im Matsch gesteckt, denn es hatte ja die ganze Nacht heftig geregnet. Ich weiß zwar nicht, wie, aber irgendwie habe ich mich aus dem Matsch befreien können.

Aber ich habe noch das eine oder andere Erlebnis hier gehabt. Wieder einmal auf den Weg zu meiner bereits erwähnten Laufstrecke mit den 133 Stufen, die auf dem Hang waren, bin ich in den nächsten Graben gefallen. Ich bin die Stufen hinaufgelaufen und plötzlich ist es wieder abwärts gegangen – 2,5 Meter. Ich habe es kaum hinausgeschafft, der Boden war weich und die Erde war schmierig. Ich habe nicht einfach heraufklettern können. In der Nähe war alles Moorgebiet, es war generell sehr matschig und feucht. Ich bin einfach den Graben entlanggegangen und habe es dann irgendwann einmal heil hinausgeschafft, nur habe ich nicht gewusst, wo ich mich befinde. Nach langem Suchen habe ich dann glücklicherweise auch den Weg nach Hause gefunden.

Beim nächsten Mal war es eine Kuh, die mich beim Laufen behindert hat. Als ich wieder einmal meine Stufen hinaufgerannt bin, hat mich etwas abrupt gestoppt und ein lautes „Muh“ ist ertönt. Mitten auf der Treppe ist eine Kuh gestanden! Nicht nur die Kuh, auch ich habe mich ziemlich erschreckt, denn wer rechnet schon mit einer Kuh auf der Treppe?

Eines Tages bin ich über meine 133 Treppen heimgegangen, als ich die überaus freundliche Chefin vom Kurzentrum getroffen habe. Ich habe ihr erzählt, dass meine Blindensachen sehr viel Platz beanspruchen würden, und ich habe sie gefragt, ob ich mir noch eine Stellage bauen darf. Darauf hat sie gemeint, dass ich in meinen 15 m² so viele Ablagen bauen darf, wie ich möchte. Als mein Vater mich wieder besuchen gekommen ist, hat er mir zu meinen sechs Regalen noch ein siebentes dazu gebaut. Im Haus hat es einmal im Monat Schlafzimmerkontrollen und hie und da in der Nacht auch Bettkontrollen gegeben, obwohl nie jemand bei mir übernachtet hat, eine Frau schon gar nicht. Ich bin um 2.30 Uhr geweckt worden Unter meinem Bett und in allen Ecken wurde hat man nachgesehen, ob wohl niemand außer mir im Zimmer ist. Eines Tages bin ich heimgekommen und meine Zimmertür ist weit offen gestanden. Ich habe mir gedacht, dies ist nicht meine Art, denn ich halte meine Zimmertür gewöhnlich geschlossen. Als ich hineingegangen bin, habe ich bemerkt bzw. gefühlt, dass die siebente Stellage senkrecht gestanden ist. Mein Vater und ich hatten damals beim Einbau der siebenten Stellage einen „100-er-Nagel“ verwendet. Es waren 3 Löcher in der Aufhängung und in das, was noch frei war, hatten wir den 100-er-Nagel hineingeschlagen. Jetzt war es genau dieser 100-er-Nagel, der plötzlich aus dem Holz geragt ist, und die siebente Stellage ist senkrecht mitten im Raum gestanden. Ich habe zum Glück geahnt, dass da etwas herausragt, sonst hätte dieser 100-er-Nagel mich verletzen können bzw. wäre genau in mein Auge gefahren. Modelle sind von der Stellage gefallen, es war staubig, Mauerteile und Kassettenkoffer sind am Boden verstreut gelegen. Die Kassettenkoffer waren beschädigt, die Kassetten kaputt, auch die Leihbücher, die am Boden gelandet waren, waren beschädigt. Dabei hat es sich um sehr wertvolle Bücher gehandelt, die sehr schwer zu beschaffen waren. Mit der Leihbücherei in Wien habe ich dann sehr große Probleme gehabt und ein jahrelanges Ausleihverbot bekommen. Für diesen Vorfall habe ich die ganze Schuld auf mich genommen. In Wirklichkeit aber war der Betriebsrat schuld, denn er hat bei der Zimmerkontrolle, die einmal im Monat war, gesehen, dass es in meinem Zimmer eine siebente Stellage gibt, die mein Vater und ich ohne sein Wissen errichtet hatten. Nachdem mir meine Chefin dies aber erlaubt hatte, bin ich nicht auf die glorreiche Idee gekommen, auch noch den Betriebsrat zusätzlich um Erlaubnis zu fragen.

WASCHEN MIT DER WASCHMASCHINE

Im Personalhaus hat es auch eine gemeinsame Personalwaschmaschine gegeben – darüber kann ich auch Einiges erzählen. Damit auch ich die Waschmaschine nutzen konnte, habe ich mit farbloser Paste an der Bedientastatur

Punkte angebracht. Zusätzlich habe ich im Waschraum ein großes Plakat aufgehängt. Auf diesem habe ich gebeten, meine Markierungspunkte nicht zu entfernen. Trotzdem hat man meine Punkte Woche für Woche konsequent abgenommen. Erst Jahre später bin ich draufgekommen, dass ein Mitbewohner geglaubt hatte, jemand wolle ihn ärgern. Daher hatte er meine farblosen Punkte, die eigentlich keinen gestört haben, immer wieder entfernt. Dazu kann ich nur sagen: Gegen diese Art von Dummheit ist kein Kraut gewachsen!

Die Befestigung des Bullauges dieser Waschmaschine ist eines Tages von einem Unbekannten herausgerissen worden. Den Umstand, dass die Befestigung repariert werden müsse, habe ich dem Betriebsrat mitgeteilt. Als Antwort habe ich bekommen, dass ich die Reparatur zahlen müsse. Selbstverständlich habe ich mich geweigert, da ich sie nicht kaputt gemacht hatte. Da ich aber Wäsche waschen musste, habe ich mich mit einem Buch vor die Waschmaschine gehockt und habe das Bullauge mit den Füßen zur Waschmaschine gehalten. Der Waschgang hat ungefähr eineinhalb Stunden gedauert – immer wieder ist ein wenig Wasser aus der Waschmaschine herausgespritzt, da ich mich zu sehr auf den Inhalt des Buches konzentriert hatte. Das Bullauge habe ich nicht ständig zur Waschmaschine halten können, und so ist der Waschraum unter Wasser gestanden. Daraufhin habe ich das Wasser aufwischen müssen. Diese besondere Art des Wäschewaschens habe ich mehrere Monate lang durchgezogen. Erst dann hat man die Waschmaschine endlich repariert.

KEINE HEIZUNG

Im Zubau zum Personalhaus hat sich, wie gesagt, die Wäscherei befunden. Die Wäschereimitarbeiter sind am

Samstag zu Mittag heimgegangen, vorher haben sie die Heizung abgestellt. Da die Fenster sehr undicht waren, ist mein Zimmer sehr schnell abgekühlt. Bis Montagfrüh hat es nur noch kaltes Wasser und keine Heizung gegeben. Im Sommer war das nicht so ein großes Problem, im Winter dagegen schon. Ich bin beim Lernen in eine dicke Jacke gehüllt im Zimmer gesessen und habe trotzdem entsetzlich gefroren. Bei Kälte haben meine Fingerkuppen Falten gebildet und ich konnte die Blindenschriftpunkte kaum noch wahrnehmen. Den Betriebsrat habe ich gebeten, eine Lösung zu finden, damit ich auch am Wochenende über eine Heizung verfügen könnte. Seine „freundliche" Antwort war, dass er mich lieber umbringen würde, bevor er mir zeigt, wie die Heizung eingeschaltet wird. Diese Antwort meiner Vertretung, des Betriebsrats, hat große Verwunderung in mir hervorgerufen, denn er hat mich nicht vertreten, sondern richtiggehend getreten.

DER BAUM

Auf dem Nachbarsgrund neben dem Personalhaus ist ein Baum gestanden. Allerdings habe ich bis zu jenem Tag, an dem der Bauer, dem der Grund mit dem Baum gehörte, ihn gefällt hat, nichts von seiner Existenz. Der umstürzende Baum ist auf das Personalhaus gefallen und hat dessen Dach beschädigt. Auch die Stromleitung wurde beschädigt und die Stromzufuhr unterbrochen. Ich bin schnell zur Telefonzelle marschiert und habe im Betrieb angerufen, um mitzuteilen, dass es bei mir im Zimmer keinen Strom mehr gibt. Das Ganze ist an einem Freitag passiert und ich habe befürchtet, dass die Lebensmittel in meinem Kühlschrank verderben würden. Gleich am Telefon habe ich die Auskunft bekommen, dass ich den Schaden, verursacht durch den umgestürzten Baum, zu bezahlen habe. Diese Aussage habe ich für einen Scherz gehalten, denn ich habe weder den Bauern gekannt noch hatte ich mit dem Fällen des Baumes etwas zu tun gehabt. Am Montag, gleich in der Früh, habe ich also im Lohnbüro erscheinen müssen und die Nachricht bekommen, dass ich für den entstandenen Schaden aufkommen müsse - oder ich müsste kündigen. Vier Stunden später habe ich meinen Job gekündigt und mich auch vom Betriebsrat verabschiedet. Der Betriebsrat hat wegen meiner Kündigung kein Bedauern ausgedrückt, im Gegenteil, er hat sogar gesagt, dass er froh sei, dass ich endlich den Betrieb verlasse. Seiner Meinung nach gehörte ich ja schon längst aus dem Betrieb rausgeschmissen. Mittlerweile weiß ich, warum ich hätte kündigen sollen: weil sie ja so keine Abfertigung an mich zahlen haben müssen!

In meinem bisherigen Leben bin ich sehr oft in Lebensgefahr gewesen. Im Leben eines Blinden kommen gefährliche Situationen dem Anschein nach häufiger als unter Sehenden vor. Mein Blindenführhund hat mich des Öfteren vor großen Gefahren beschützt. Einmal bin ich in einer Gruppe von mehreren Leuten vor einem Bus gestanden und wollte einsteigen. Ich habe den Knopf zum Öffnen der Bustüren gedrückt. Im selben Augenblick hat der Busfahrer gestartet und wollte wegfahren. Mein Blindenführhund hat bemerkt, dass sich ein Teil meiner Füße vor dem Vorderrad des Busses befunden hat, und hat mich kurzerhand umgeworfen. Somit hat mich mein Hund davor bewahrt, vom Bus überrollt zu werden.

Man darf als blindes Kind das Internat nicht verlassen. Mit 14 Jahren darf man zwar alleine rausgehen, muss aber vorher eine Prüfung darüber machen, wie man z.B. in den Zug oder in die U-Bahn einsteigt oder wie man eine Kreuzung überquert. Man lernt, wie man dabei den Stock zu halten hat, damit der Körper geschützt ist und man nicht irgendwo hineinrennt bzw. verletzt wird. Ich habe die Prüfung bestanden. Das Härteste daran war, eine 4-spurige Straße zu überqueren, genauer gesagt, den Franz-Josefs-Kai. Als Vollblinder braucht man einen Hinweis wie rauschende Kanaldeckel, um zu wissen, was gerade vor einem ist, denn Links und Rechts kennt man. Denn wenn man keinen Hinweis hat, geht man nicht in einer geraden Linie, da ein Bein immer stärker ist als das andere. Vor lauter Verkehrslärm hört man die gegenüberliegende Seite nicht. Hier muss man sich genau konzentrieren, um wirklich auch dort anzukommen. Ich durfte dann nach bestandener Prüfung das Internat allein verlassen.

Ich bin dann einmal auf die Landstraße bzw. Hauptstraße in Wien gegangen. Wie so oft in Wien sind erneut Arbeiten an Wasser-, Strom- und Gasleitungen unter dem Gehsteig durchgeführt worden. Wenn man gerade nicht daran gearbeitet hat, hat man einfach Holzbretter über die Baugrubenlöcher gelegt, damit niemand in die Gruben fallen kann. Ich habe solche Holzbretter zur Genüge gekannt und wusste, wie ich mich zu bewegen habe. An diesem Tag bin ich wieder drüber gegangen. Links von mir waren Asphaltier-Maschinen, ich habe sie am Ton und Geruch erkannt. Plötzlich war aber Stille. Aufgrund der eingetretenen Ruhe habe ich in der Tiefe jemanden sprechen hören. Ein Mann hat etwas in einer fremden Sprache zu einem anderen gesagt. Ich habe zwar nichts verstanden, aber bemerkt, dass die beiden Arbeiter sehr weit unter mir sein mussten. Mit meinem Blindenstock habe ich mich nach vorne getastet und auf einmal gab es keine Bretter mehr vor mir. Vorsichtig bin ich auf den Knien am Brett zurück gerutscht, um mich aus der Gefahrenzone zu bringen. Später habe ich im Radio gehört, dass in Wien die U3 gebaut wird und dass dazu ein Loch von 17 Metern Tiefe ausgehoben werden muss. Auf diesen Brettern bin ich also gestanden, sie sind waagrecht zum tiefen Loch verlaufen. Hätten die Asphaltier-Maschinen nicht plötzlich aufgehört zu lärmen und der Mann in der Tiefe nicht gesprochen, wäre ich nicht hellhörig geworden und in die Tiefe gestürzt. Hätte man die Bretter etwas schräger nach oben hingelegt, dann wäre ich sicher nicht darauf gegangen. Was noch besser als Absicherung gewesen wäre, wären Scherengitter, denn dann hätte ich gleich gemerkt, dass ich da nicht hingehen soll.

EINBRÜCHE

Ich habe auch ungebetenen Besuch von Einbrechern bekommen. Bereits neun Mal hat man bis jetzt bei mir eingebrochen. Sieben Mal war ich nicht da während des Einbruchs, aber zwei Mal war ich im Betrieb selber anwesend. Eigenartig, in welcher kurzen Zeitspanne sich die Einbrüche abgespielt haben. Und vor allem, wie der Einbrecher mein Wechselgeld finden hat können. Damit ich meine Geldverstecke nicht vergesse, habe ich sie in Blindenkurzschrift in meinem Computer notiert. Der Einbrecher muss sehr viel Zeit gehabt haben, dass er meine Verstecke überhaupt hat finden können. Alle Diebstähle habe ich selbstverständlich immer meiner Haushaltsversicherung gemeldet. Beim achten Einbruch war ich zu Hause anwesend. Ich habe plötzlich meinen Schuhlöffel klirren hören und bin schnell ins Vorhaus gegangen. Da habe ich bemerkt, dass dort jemand war bzw. ein Einbrecher hereingekommen ist. Dieser aber hat nicht gewusst, dass ich das Geräusch meines Schuhlöffels kenne, wenn er zu Boden geht, und war überrascht, dass ich da war. Blitzartig ist er verschwunden und ich habe einfach wieder bei meiner Arbeit weitergemacht. Der Anwalt der Haushaltsversicherung hat mir doppelsinnig gesagt, dass ich dem Einbrecher künftig immer Bescheid geben soll, wann er einbrechen kann, aber die

Einbruchstermine sollte er weiter auseinander legen. Seine Worte haben mich irritiert, der gute Mann hat anscheinend gedacht, dass ich selber bei mir einbreche. Der Einbrecher ist nicht von mir, sondern von fremden Leuten beim Einbruch beobachtet worden. Damit war ich aus dem Schneider.

ICH BIN KEIN MELDEAMT UND NICHT DIE KRIPO

Oft bin ich auch an der Nase herumgeführt worden. Ein Kunde hat mir erzählt, er sei 25 Jahre alt. Grundsätzlich ist es mir aber egal, ob ein Mensch 25, 30, 60 oder gar 80 Jahre alt ist oder wie er heißt. In diesem Fall sind aber die Eltern des Kunden zu mir gekommen und wollten mich anzeigen, weil ich ihren Sohn angeblich nicht massieren hätte dürfen, und sie seien außerdem von der Kripo. Er sei doch keine 25 Jahre alt! Ich sei dafür zuständig, die persönlichen Daten meiner Kunden zu überprüfen, hat mir seine Mutter vorgeworfen. Wenn mir ein Kunde sein Alter sagt, dann schenke ich dieser Aussage Glauben. Die Mutter des „zu jungen" Kunden hat mehrfach betont, dass ich strafrechtlich verfolgt gehöre. Ihre Vorwürfe haben mich enttäuscht, denn diesem „zu jungen" Kunden habe ich mit meiner Massage nichts Schlechtes getan. Bis heute verstehe ich nicht, wieso sie hereingekommen sind und behauptet haben, dass ich vorher überprüfen müsse, wer wie alt ist. Mir geht es nur um die Sache selbst, das heißt, Menschen mit meiner Massage zu helfen bzw. ihre Schmerzen zu lindern, und da spielt das Alter keine Rolle.

Ich bilde mich andauernd weiter. Bisher habe ich 162 Seminare besucht, die meisten davon in Deutschland. Einmal bin ich für eine dreiwöchige Fortbildung in die Schweiz gefahren. Einen kleinen Rest an Fortbildungen habe ich in Österreich absolviert.

Dafür habe ich zusammengerechnet 287.000 Bahnkilometer zurückgelegt. In diesen Seminaren habe ich sehr viel gelernt. Meine Seminare habe ich alle selbst bezahlt und immer im Rahmen meines Urlaubs absolviert. Alles, was ich kann, ist Resultat harter Arbeit. Ich habe selbst hinfahren müssen, mich um die Quartiere kümmern, die meist in Deutschland waren, und für die gesamten Kosten selbst aufkommen. Fragen sind entstanden wie komme ich von der Kursstelle zum Bahnhof oder vom Zug zum Quartier? Alles musste ich selber machen. Jeder Ort war für mich neu. Allein, wo sich was im Hotel befindet oder wo der Frühstücksraum war, stellte für mich eine Herausforderung dar. So habe ich den Wert jedes einzelnen Seminars zu schätzen gewusst. Ich war wie ein Staubsauger, der die Erkenntnisse aufsaugte, ich war voll motiviert, auch deswegen, weil ich mir alles selbst finanzieren musste.

Das Massieren habe ich durch Nachahmung gelernt, das heißt, ich habe meine Hände auf die Hände meines Lehrers gelegt und mir so seine Bewegungen „angesehen“. Oft hat man für mich eine Decke zusammengeknüllt und diese habe ich massiert, als wäre sie ein Muskel. Auf diese Art habe ich sehr viel lernen können. Bei den Kursen habe ich durch Ausprobieren gelernt und so massiert, wie ich mir gedacht habe, dass es richtig sein könnte, und die Lehrer haben meine Handstellung korrigiert.

MAGISTRAT

Im Jahr 1991 habe ich mich selbstständig gemacht. Bereits kurz danach hat es wieder Probleme gegeben. Die Verwaltungsstelle im städtischen Magistrat hat mir gleich eine beträchtliche Lohnsummensteuer vorgeschrieben, und zwar für das Jahr 1990, als ich noch gar keinen Betrieb hatte.

Diese Höhe der Lohnsummensteuer, die mir vorgeschrieben worden war, bezahlt man eigentlich dann, wenn man einen Betrieb mit 15 Angestellten hat. Damals habe ich aber gar noch keine Mitarbeiter beschäftigt, daher war mir diese Vorschreibung rätselhaft. Der zuständigen Verwaltungsstelle habe ich dreimal eingeschriebene Briefe geschickt und ihnen alles ganz genau erklärt. Es hat nichts genutzt. Ich habe drei Mal Besuch von einem Exekutor bekommen, der meine Betriebsgegenstände pfänden und mitnehmen wollte. Schließlich ist es mir doch gelungen, die Unrechtmäßigkeit der Forderung der zuständigen Stelle im Magistrat zur Einsicht zu bringen und sie davon zu überzeugen, dass ihre Lohnsummensteuerforderung unrichtig war.

IN DER PAUSE

In der Berufsschule habe ich einen Lehrer mit kaum Berufserfahrung und sehr wenig Einfühlungsvermögen gehabt. Auf die Tafel hat er etwa eine bestimmte Zahl geschrieben und gesagt: „Dann geben wir das da dazu." Ich habe nachgefragt, was „das da" bedeutet, und seine Antwort darauf hat mich überhaupt nicht zufriedengestellt. Seine Antwort war: „Ja, das da." In der Pause, so der Berufsschullehrer, würde er mir alles genauer erklären. Nach zwei Stunden war dann die Pause, und als ich nachgefragt habe, bekam ich als Antwort, dass jetzt Pause sei und er keine Zeit hat. Mit seinen Ausführungen im Unterricht habe ich leider nichts anfangen können. Ich kann mir die Zahlen sehr gut merken, aber ohne einen konkreten Bezug zu dieser Zahl zu kennen, gelingt es mir leider nicht. Ach ja, ich war der einzige Blinde in der Berufsschule.

IN DIE ECKE

Beim Berufsförderungsinstitut in Wien hat ein Ausbilder auch Ausdrücke wie „wenn wir das machen, dann machen wir dies und dann das“ usw. verwendet. Ich habe „das“ und „dies“ schwer zuordnen können, daher habe ich den Ausbilder um detailliertere Informationen gebeten. Darauf hat er geantwortet, dass ich herkommen soll. Dann hat er mich in eine Ecke gestellt und ich konnte der Ecke meine vielen Fragen stellen, weil ihm meine ewige Fragerei schon so auf die Nerven gegangen ist.

VOLL MIT KREIDE

Bei der Lymphdrainageausbildung in Deutschland haben wir von einem Lehrenden auch nur so halbherzige Informationen wie „da vorne“, „da hinten“, „da oben“ bekommen. Auch da habe ich nachgefragt, damit ich vom Unterricht auch etwas mitbekomme. Der Zusammenhang geht oft verloren, weil der Vortragende nicht immer gleich antworten kann und weil es den Unterricht unterbricht. Dieser Lehrer hat auch gesagt, dass ich meinen Mund halten soll. Dann habe ich aufstehen müssen und bin zur Tafel nach vorne geführt worden. Er hat mich dann zur Tafel gedrückt, sodass mein ganzer Körper voll mit Kreide beschmiert war, und hat gemeint, dass ich es mir jetzt so endlich merken werde.

Daher mache ich gerne bei Kursen mit, wo auch andere erblindete Masseure dabei sind, weil dann die Instruktoren eher bereit sind, sich präziser zu artikulieren. Meine Erkenntnis, dass es in zwischenmenschlichen Beziehungen große Berührungsängste gibt, ist enorm.

SPÄTER KURSTEILNEHMER

Einmal bin ich im Herbst nach Deutschland gefahren, es war ein regnerischer und kalter Tag. Nach Falkau, dieser Ort liegt in der Nähe von Freiburg bei Breisgau. Beim letzten Zug hat es sich um einen Schienenbus gehandelt. Das sind nur zwei Waggons, und ich war alleine im Zug, weil um diese Zeit - um 22.45 Uhr - nicht mehr viel los war. Ich habe den Zugführer gefragt, ob er mir sagen kann, wann ich aussteigen muss, und ob er weiß, wo die nächste Telefonzelle ist, damit ich mir ein Taxi rufen kann. Seine Antwort war: „Ja, es gibt eine Telefonzelle, aber ich kann Ihnen den Weg dorthin nicht zeigen, da ich den Zug nicht verlassen darf." Da habe ich ihn gebeten, einfach hinauszuschauen, um mir den Weg zur Telefonzelle anzusagen. Ich bin bei der nächsten Zughaltestelle, in Falkau, ausgestiegen, bin alleine im Regen dagestanden und der Zug ist einfach weitergefahren. Ich habe mich auf 1.100 Meter Seehöhe befunden, die weiteren 700 Meter zu meinem Quartier habe ich auch irgendwie schaffen müssen. So habe ich systematisch die Gegend abgesucht, mich 20 bis 30 Minuten lang orientiert und die Telefonzelle gefunden, die sich ohnehin in der Nähe von mir befunden hat. Ich habe die Nummer der Taxigesellschaft aber nicht gewusst. Zum Glück habe ich die Telefonnummer der deutschen Auskunft im Kopf gehabt. Ein paar deutsche Mark in Münzen habe ich noch besessen, damit habe ich angerufen, wobei das sehr lange gedauert hat, bis sich jemand gemeldet hat. Ich habe ständig ein paar Pfennige nachwerfen müssen, um nicht aus der Leitung geschmissen zu werden. Für mich war das sehr schwierig, da ich in einer Hand den Hörer halten musste, und in der anderen musste ich ertasten, was die Pfenning sind, und dann diese noch einwerfen.

Schlussendlich habe ich bei der Taxi-Zentrale die Auskunft bekommen, dass die Taxis nur bis 22.00 Uhr fahren. In 30 Kilometer Entfernung sei aber noch ein Taxiunternehmen, das auch in der Nacht arbeitet. In meiner Not habe ich mir für 700 Meter Wegstrecke aus einer Entfernung von 30 Kilometer ein Taxi rufen müssen. Mittlerweile war es bereits knapp vor Mitternacht. Die Dame in der Taxizentrale hat gemeint, dass es etwas dauern kann, bis das Taxi eintreffen würde. Mir war eiskalt, es hat geregnet und der Wind hat durch die Telefonzelle geblasen, da diese unten offen war. Um 01:30 ist endlich das Taxi gekommen, also hatte ich ganze 2 Stunden lang darauf gewartet. Die Anfahrt des Taxis hat deutlich mehr gekostet als die Wegstrecke zum Quartier. Diese 700 Meter sind mir sehr, sehr teuer gekommen.

Am Zielort angekommen, habe ich den Taxifahrer gebeten, mir vom Taxi aus zu sagen, wo die Haustüre ist. Der Taxifahrer ist jedoch mit mir zur Haustüre gegangen und hat mir auch die Glocke gezeigt. Ich habe geläutet, aber nichts hat sich gerührt. Der Taxifahrer wollte sogar noch mit mir warten, bis eben jemand die Türe öffnet, aber ich habe ihm gesagt, dass es nicht notwendig sei, denn sie würden ja wissen, dass ich heute komme. Ich war an diesem Tag seit 7.45 Uhr unterwegs, hundemüde und wollte nur mehr irgendwie ins Haus hineinkommen. Ich habe mir gedacht, vielleicht gibt es eine Hintertüre, die offen steht. In meiner Verzweiflung bin ich um das Haus herumgegangen, um nach einem anderen Eingang zu suchen. Dabei bin ich auch noch an einem Dornenstrauch hängengeblieben und musste mich erstmal von den Dornen befreien. Plötzlich habe ich bei einem Fenster Stimmen gehört. Ich habe angeklopft und schlagartig war es ganz ruhig. Beim Fenster hat es sich um ein Kellerfenster gehandelt und ich habe gerufen: „Hallo, ich bitte um Eintritt, ich bin der Spätankömmling." Eine laute und forsche Stimme hat gerufen: „Wer ist da draußen, wir sind zu viert, gegen uns haben Sie keine Chance, wir haben Waffen!" Ich habe nochmals gesagt, dass ich ein Kursteilnehmer sei und um Einlass bitte.

Ich bin zurück zur Haustüre gegangen und auf dem Weg dorthin wieder am Dornenbusch hängengeblieben. Endlich an der Haustüre angekommen, ließ sich diese öffnen, aber es war niemand da. Nun bin ich im Hausflur gestanden und habe nicht gewusst, wo genau sich mein Zimmer befindet. Vom Vorgespräch mit dem Verwalter war mir bekannt, dass es im dritten Stock liegt. Ich habe eine Stiege gesucht und als ich sie schließlich gefunden hatte, bin ich ein paar Stufen hinuntergegangen und war im Keller gelandet. Von diesem aus bin ich die Stufen hinaufgegangen, habe aber nicht gewusst, wann ich welchen Stock erreicht habe. Schlussendlich bin ich am Dachboden gelandet. Ich bin dann wieder sehr langsam zurückgegangen und habe dabei gehofft, dass das Haus nur drei Stockwerke besitzt. Im richtigen Stockwerk angekommen – zumindest habe ich das gehofft! –, bin ich einfach von Tür zu Tür gegangen, aber alle waren versperrt. Ich habe aber auch dringend aufs WC müssen. Endlich habe ich eine Tür gefunden, die sich öffnen lässt, und ich habe darin ein Bett gefunden. Als ich meinen Rucksack am Bett abgestellt hatte, habe ich gleich darauf dringend nach einer Toilette gesucht und wieder das Zimmer verlassen. Zum Glück habe ich schnell eine weitere unverschlossene Tür gefunden – und es hat sich dabei tatsächlich ums WC gehandelt, was ich auch am Geruch gleich erkannt habe.

Wann die Fortbildung in der Früh beginnt, habe ich nicht gewusst. Als ich wach war, habe ich bereits Stimmen im Haus gehört. Ich bin schnell aufgestanden, habe mich angezogen, eilig meine Morgentoilette gemacht und bin dorthin gegangen, wo die Stimmen hergekommen sind. Auf dem Weg dorthin bin ich hingefallen, da plötzlich am Gang eine Stufe war. Ich bin gegen eine Türe gekracht – das war die Eingangstüre zum Frühstücksraum. Ich habe laut und höflich „Guten Morgen" gesagt, aber keine Antwort bekommen. Nachdem ich mich im Raum orientiert habe, habe ich am Tisch ein Stück Gebäck gefunden und wieder laut und höflich gefragt, ob ich dieses haben könnte, habe aber erneut keine Antwort bekommen. Da mir niemand geantwortet hat, ich aber einen riesigen Hunger hatte, habe ich das Gebäck genommen und gegessen. Beim weiteren Umschauen habe ich am Tisch noch ein Stück gefunden und ich habe gesagt, dass ich dieses auch noch essen würde. Keiner hat Notiz von mir genommen und ich habe auch das zweite, trockene Stück aufgegessen. Dann hat eine Stimme gesagt, dass wir ins Nebenhaus (Lernstätte) hinaufgehen würden, das anscheinend höher gelegen war als unsere Unterkunft. Zu meiner Frage, ob ich auch mitgehen soll, habe ich, wie erwartet, neuerlich keine Antwort bekommen. Ich bin der Gruppe mit meinem Blindenstock gefolgt, was eigentlich gar nicht leicht war, denn ich muss zuerst alles einmal mit dem Stock erkunden, um zu merken, wohin und über was ich gehe. Die anderen sind natürlich viel schneller als ich gegangen. Ich bin dann auf einmal zu einer Stiege gekommen, die ständig die Richtung gewechselt hat, und plötzlich bin ich auf irgendeinem freien Platz gestanden – einem Parkplatz vielleicht. Nun habe ich mit meinem Stock herumpendeln müssen und bin nach einer Zeit bei einer Mauer angekommen. Diese bin ich dann entlang gegangen und dann war Gott sei Dank die Haustüre da, die ins Lerngebäude geführt hat. Ich bin schließlich im Unterrichtsraum angekommen und der Lehrer, der unterrichtet hat, kannte mich bereits. Der Lehrer hat gesagt: „Wir arbeiten so, dass einer von euch am Massagebett liegt, und der andere massiert denjenigen." Ich habe in die Runde gefragt, wer mit mir zusammenarbeiten möchte, und habe darauf abermals keine Antwort bekommen. Erst nach eineinhalb Tagen hat mich einer der Kursteilnehmer gefragt, ob ich schlecht sehen würde. Das war keine großartige Erkenntnis, da der Lehrer schon am ersten Kurstag bekanntgegeben hatte, dass ich blind bin. Naja, nach zwei Tagen war der Kurs zu Ende und ich habe mich wieder auf die Heimreise begeben.

Am darauffolgenden Tag habe ich mir für fünf Uhr in der Früh ein Taxi bestellt. Ich bin vor die Tür gegangen und habe im selben Moment gehört, wie ein Auto wegfährt. Ich habe den Stock hochgerissen und gerufen: „Hallo, hallo!" Das Auto ist abrupt stehengeblieben und jemand hat mich gefragt, ob ich ein Taxi bestellt habe. Ich habe ja gesagt und den Mann gefragt, ob er das Taxi wäre und ob er ohne mich losfahren wollte. Er hat mir geantwortet, dass er das Taxi ist, aber dass es bereits zehn Minuten nach fünf Uhr wäre. Mit Schrecken habe ich feststellen müssen, dass meine Uhr um zehn Minuten verstellt war. Ich habe erklärt, dass ich schnell zum Zug muss, daraufhin hat der gute Mann gemeint, dass sich das nicht mehr ausgehen würde.

Ich habe ihn gebeten, schnell loszufahren und den Zug anzuhalten. Als wir um die Kurve zur Einstiegsstelle gefahren und angekommen sind, hatte sich der Zug bereits in Bewegung gesetzt. Der Taxifahrer hat die Lichthupe betätigt, der Zug ist Gott sei Dank stehengeblieben – es war ja nur ein Schienenbus – und ich war glücklich, dass es sich noch ausgegangen ist. Ich habe dem Taxifahrer neuerlich eine Menge Geld bezahlen müssen, er war wieder – wie bei meiner Anreise – von einem Ort, der 30 Kilometer weit entfernt war, gekommen. Ich habe ihn freundlich noch um eine Rechnung für die Taxifahrt gebeten. Da habe ich eine mürrische und ungehaltene Antwort bekommen: „Verschwinde endlich aus meinem Auto!" Ich bin in den Zug gestiegen, drei Minuten gefahren, dann habe ich schon wieder umsteigen müssen. Durch meine Zuganhalte-Aktion waren wir zu spät dran, glücklicherweise hatte der Anschlusszug auch Verspätung gehabt und innerhalb von dreißig Minuten bin ich dreimal umgestiegen. Endlich war ich in Freiburg im Schwarzwald, und im Zug nach Hause bin ich neben einem Burschen gesessen, dem ich erzählt habe, dass ich in Ulm umsteigen muss, und habe ihn gefragt, ob er mir dabei behilflich sein könnte. Der Bursche hat „ja" gesagt und noch gemeint, dass es nur etwas länger dauern würde, da er einen großen Sack mit Obst mit dabei gehabt hat.

In Ulm sind wir ausgestiegen und haben auf den nächsten Zug gewartet. Über die Lautsprecher haben wir gehört, dass der Zug in Richtung München noch nicht da ist und dass es noch dauern würde, da der Zug aufgrund einer Reparatur Verspätung gehabt hat. Der Bursche hat mich gebeten, auf seinen Sack mit Obst aufzupassen, währenddessen er einen Anruf getätigt hat. Natürlich habe ich zugesagt. Es war ein Riesenmüllsack voll mit Obst. Auf einmal habe ich über die Lautsprecher gehört, dass es eine Gleisänderung gibt und dass der Zug in Richtung München auf einem anderen Gleis einfahren würde. Ich habe nicht gewusst, was ich tun soll. Ich habe eine Hand gebraucht, um meinen Blindenstock zu führen, und den Riesenmüllsack mit dem Obst hätte ich nie mit einer Hand alleine tragen können. Dazu hätte ich ohne Zweifel beide Hände gebraucht.

Ich erinnerte mich, dass ich in meinem Rucksack einen kleinen Sack mit Haltegriffen hatte, habe ihn rasch herausgeholt und das Obst umgefüllt. Ich habe mich sehr beeilt, damit ich den anderen Wartenden zum richtigen Bahnsteig folgen konnte. Dann ist der Zug bereits eingefahren und ich habe von weit hinten jemanden laufen hören. Ich habe geahnt, dass es mein Begleiter mit dem vielen Obst war, und er ist keuchend bei mir angekommen. Die erste Frage von ihm war: „Wo ist mein Obst?“ Ich habe ihm den kleinen Sack vor die Nase hingehalten und gesagt: „Da ist dein Obst.“ Daraufhin hat er gemeint: „Das ist aber nur ein kleiner Sack, wo ist das andere Obst?“ Ich habe erwidert, dass es drüben beim anderen Gleis ist. Der Bursche ist unheimlich wütend geworden, weil ich nur knapp die Hälfte des gesamten Obstes mitgenommen hatte. Mehr habe ich einfach nicht tragen können. Daraufhin hat sich der Bursche lautstark über mich aufgeregt. In München angekommen, habe ich den Burschen gebeten, mir beim Umsteigen zu helfen, um den nächsten Verbindungszug noch zu erreichen. Den Sack mit seinem Obst haben wir an eine Säule gestellt, dann sind wir losgerannt, aber den Zug haben wir nicht mehr erreicht. Dem Zug nach Salzburg habe ich nur mehr nachsehen und nachhören können. Nur ein paar Sekunden haben gefehlt, aber wir waren schlicht zu spät.

In München hatte ich daraufhin zwei Stunden lang Aufenthalt. Damit ich nicht so lange warten musste, habe ich bei der Information nachgefragt, ob es vielleicht einen früheren Zug nach Salzburg geben würde. Es gab tatsächlich einen Personenzug, den ich auch genommen habe. In Freilassing hat es plötzlich an meinem Waggonfenster geklopft, ich habe es geöffnet und da hat der Fensterklopfer gemeint, dass wir gar nicht mehr am Zug hängen. Ich habe mich zu den anderen 25 Mitfahrern gedreht und gesagt: „Leute, wir hängen gar nicht mehr am Zug.“ Wir sind alle ausgestiegen und knapp einhundert Meter den Bahndamm entlang gegangen, zu unserem Verbindungszug nach Salzburg. Nach einem Schrei „Steig ein!“ habe ich einen Schritt Richtung Gleis gemacht und bin schon auf der ersten Stufe des Zuges gestanden.

Ich habe mich in ein Abteil des Zuges begeben. Eine Frau hat mich gegrüßt und gleich dazu gemeint, dass die jungen Leute heute so dumm seien, und sie hat das noch einmal wiederholt. Warum sie das gesagt hat? Nun, ich weiß es auch nicht. Ich habe darauf gesagt, dass ich auch so ein Dummer sei, und die Frau gefragt, warum sie die Meinung, dass junge Leute dumm seien, vertritt. „Die wissen nicht, was ich bin“, hat die Frau gemeint. Sie war eine Privatkrankenschwester. „Darf ich als Dummer fragen, was das genau ist?“, habe ich gefragt. Und sie hat gesagt, dass sie Privatpersonen pflegen würde.

Ich habe den Schaffner gefragt, wann die Fahrt fortgesetzt wird, und ihn sagen hören: „Um 17:14 Uhr.“ Die Frau, die Privatkrankenschwester, habe ich gebeten, mich in Salzburg zum Zoll zu begleiten, weil es sich ohne Hilfe zeitlich sonst sehr knapp ausgehen würde. Freundlicherweise hat sie sich dazu bereit erklärt, mir zu helfen. In Salzburg sind wir ausgestiegen und ich habe der Frau meinen Reisepass gegeben, den ich bereits vorbereitet hatte. Gleichzeitig habe ich sie daran erinnert, dass unser Zug in einigen Minuten abfahren wird und wir uns beeilen müssen. Die Zeit, bis wir bei der Zollstelle waren, ist mir wie eine kleine Ewigkeit vorgekommen. Endlich im Zollgebäude angekommen, hat sie mich gefragt, wann unser Zug die Fahrt fortsetzen wird. Ich habe ihr lapidar entgegnet, dass es jetzt bereits 17:15 Uhr wäre und laut Fahrplan unser Zug schon längst weg ist. Sie hat auf der Informationstafel nachgeschaut und gemeint, dass wir noch genügend Zeit bis zur Weiterfahrt hätten. Als der Schaffner mir die Information gegeben hat, habe ich mich zum Glück verhört, denn unser Zug hat die Fahrt erst um 17:40 Uhr fortgesetzt. Daraufhin hat die Frau gemeint, dass sie jetzt noch genügend Zeit hätte, um ihre Freundinnen zu besuchen. Wir sind gleich um die Ecke abgebogen und zu einer Pflegestelle marschiert, die sich am Bahnhof befand. Doch die Freundinnen waren gerade alle zu ihren Pflegepatienten unterwegs. Nun wollte die Dame in ein Restaurant gehen, ich habe sie aber gebeten, mich gleich zum Bahnsteig zu bringen. Ich habe mir gedacht: „Sicher ist sicher." Die Frau hat daraufhin gesagte, wir hätten noch viel Zeit und sie wollte unbedingt ins Restaurant. Ich wollte jedoch zurück zum Bahnsteig. Schließlich habe ich mich doch überreden lassen und wir sind viele Stufen hinauf ins Restaurant gegangen. Im Restaurant angekommen, hat sie mich gefragt, was ich denn essen möchte. Doch ich wollte nichts essen, ich wollte nur zurück zum Bahnsteig. Sie hat immer wieder gesagt, dass ich meinen Pass festhalten soll, und: „Wenn Sie wüssten, wer neben Ihnen sitzt." Ich habe es nicht gewusst. Da ist ein Bursche mit rot-violett-grünen Haaren gesessen, der einen Vogelkäfig bei sich hatte, jedoch ohne einen Vogel. Die Frau hat mir gesagt, sie geht nur schnell auf die Toilette, und als sie zurückgekommen ist, hat sie zwei Teller mit Grießnockerlsuppe mitgebracht. Jetzt musste ich auch noch die heiße Suppe essen und damit wir es zeitlich schaffen würden, habe ich sie sehr schnell ausgelöffelt und mir meine Zunge ordentlich verbrannt. Endlich haben wir uns zurück auf den Weg zum Bahngleis gemacht und sind gerade noch rechtzeitig angekommen: Eine Minute vor Abfahrt waren wir zum Glück da. Auch der Schaffner ist prompt gekommen, um Fahrscheine zu kontrollieren. Meine Begleitung, die Privatkrankenschwester, hat ihn gefragt, in welche Richtung der Zug fahren würde. Er hat geantwortet: „Nach Klagenfurt." Die

Frau hat ihn freundlich gebeten, auf den Buben - mich - bis zum Zielbahnhof aufzupassen, denn sie hatte das Ziel ihrer Reise erreicht und hat aussteigen müssen. Der Schaffner hat auf mich ordentlich aufgepasst, und ich bin gut zu Hause angekommen. Auf dieser Reise war ich insgesamt mit acht Zügen unterwegs gewesen, ich musste siebenmal umsteigen und war von 5.00 Uhr früh bis am späten Abend unterwegs.

Während meiner Ausbildung zum Masseur habe ich einen Monat lang einen Kurs auf 1.100 Meter Seehöhe im Schwarzwald absolviert. Mit einem Freund bin ich nach Feldkirch in Vorarlberg gefahren, dort sind wir in einen Zug gestiegen, in dem keiner Deutsch gesprochen hat. Erst nach zwei Stunden Fahrt habe ich herausgefunden, dass wir im richtigen Zug, der wirklich nach Donaueschingen fuhr, saßen - in der Nähe von meinem Ausbildungsort. Am Samstag sind wir endlich in Donaueschingen angekommen. Im Vorfeld hat uns unsere Vermieterin gesagt, dass auf uns ein Autobus warten würde, der uns zu unserem Quartier bringt. Als wir angekommen sind, war jedoch der angekündigte Bus nicht da. An der Anschlagtafel bei der Bushaltestelle hat mein Freund die Busverbindung zu unserem Quartier nicht herausfinden können. Er hat aber erfahren, dass am Samstag kein Bus fährt. Das Ziel unserer Reise war noch 30 km entfernt, und an diesem Tag hat es keine Verkehrsverbindung gegeben. Als wir ziemlich ratlos dagestanden sind und diskutiert haben, wie wir am besten zu unserem Quartier kommen, hat uns ein Mann zugehört. Er hat uns angeboten, uns in sein Haus mitzunehmen. Gesagt, getan. Von seinem Zuhause aus haben wir unsere Vermieterin angerufen, die wir aber leider nicht erreichen konnten.

Der gute Mann hat uns erzählt, dass man ihm in den Bergen einmal geholfen hätte. Damals hat er sich geschworen, dass auch er Leuten in Not helfen würde. Als er uns so ratlos dastehen gesehen hat, hatte sich der Mann gedacht, dass er jetzt sein einstiges Versprechen einlösen könnte. Unsere Vermieterin hatte den Irrtum mit der Busverbindung bemerkt, noch bevor wir sie angerufen haben, und hatte sich sofort in ihr Auto gesetzt, um uns abzuholen. Als wir im Quartier angerufen haben, teilte uns ihre Tochter mit, dass ihre Mutter bereits unterwegs sei, um uns abzuholen. Damals hat es noch keine Handys gegeben, deshalb konnten wir unsere Vermieterin nicht darüber verständigen, wo wir Unterschlupf gefunden hatten. Sie hat uns in allen Gasthäusern im Ort gesucht, ganz verzweifelt hat sie schließlich bei ihr zu Hause angerufen und von ihrer Tochter erfahren, an welchem Ort wir wohlbehalten, jedoch schon ungeduldig auf sie warten würden. Es war bereits nach Mitternacht, als sie uns gefunden hat.

Der nächste Tag war Sonntag, wir wussten aber, dass im Nachbarsort ein Geschäft zwei Stunden – trotz des Sonntags – offen hatte. Obwohl wir sehr spät ins Bett kamen, sind wir bereits am frühen Sonntagmorgen aufgestanden und zu Fuß zu diesem Geschäft gegangen. Der Weg dorthin war sehr abgelegen. Es war nur ein Pfad und viel Wald – mehr war einfach nicht da, und der Weg ist immer abgelegener und abgelegener geworden, bis wir endlich das Geschäft erreicht haben. Wir haben groß eingekauft, und all' die Sachen, die wir in den nächsten Tagen brauchen würden, in eine Sporttasche und einen Rucksack gepackt. Der Besitzer des Geschäftes hatte mit uns eine große Freude, weil wir so viel eingekauft haben, und hat uns als Draufgabe noch zwei Kilogramm Weintrauben geschenkt. Wir haben sie ganz oben auf die Lebensmittel gelegt, damit sie nicht zerdrückt werden.

Die große, gut gefüllte Sporttasche war sehr schwer, deshalb haben wir sie öfters von einer Schulter auf die andere packen müssen. Wir haben auch Milch eingekauft. Durch die ständige Bewegung der Tasche ist die Milch-Verpackung aufgeplatzt und hat Brot, Kuchen, Wurst und alle Lebensmittel, die wir gerade gekauft hatten, aufgeweicht. Auch die Milchreisverpackung ist aufgebrochen und der Milchreis hat sich in der Sporttasche verteilt. Nachdem wir den langen Fußmarsch zurück in unser Quartier geschafft hatten, waren unsere Lebensmittel in der Sporttasche sehr gut mit Milch durchtränkt und mit Milchreis vermischt. Das ergab einen richtig dicken Brei, weil alles durch das ständige Verlagern durchgemischt wurde. Verzweifelt haben wir versucht, einiges zu retten, und haben die milchdurchtränkten Lebensmittel zum Trocknen an die Luft gehängt. Als wir sie dann gegessen haben, hat alles nur nach Milch geschmeckt.

Wir haben eine klare, gut funktionierende Rollenverteilung gehabt: Fürs Kochen war ich zuständig, mein Freund hatte das Bügeln und Waschen über. Als Erstes wollte ich Fischstäbchen zubereiten. Die Kochplatte habe ich zu heiß eingestellt, beim Verzehr sind wir dann draufgekommen, dass sie innen noch gefroren waren. Das waren meine ersten Fischstäbchen-Kochversuche.

Mein Freund hat unsere Wäsche in einem „Waschboy" gewaschen, der sich so langsam gedreht hat, dass man mitgreifen konnte. Er hat die Wäsche auch gebügelt. Dafür verwendete er ein sehr altes Bügelbrett. Ein Fuß von diesem Bügelbrett war bereits rostig und das Bügelbrett ist in sich zusammengeknickt. Meinem Freund ist das Bügeleisen hinuntergefallen, dabei ist auch noch der Halterarm des Bügeleisens gebrochen. Nun waren das Brett und auch das Bügeleisen kaputt.

Ein anderes Mal habe ich das gekochte Essen serviert, wusste aber nicht, dass mein Freund bereits Trinkgläser mit Apfelsaft hingestellt hat. Ich habe sie umgestoßen und der Saft ist auf der Polsterung der Sitzecke gelandet. Wir haben die Polsterung abmontiert und sie in der Sonne trocknen lassen.

MEINE ERSTEN KOCHVERSUCHE

Wieder einmal beim Kochen, hat es zum Stinken und Dampfen angefangen, mein Freund hat mich gar nicht mehr gesehen, weil so viel Dunst und Dampf war. Es hat gepocht und gepfiffen, ich habe den Freund gebeten, die Stromsicherung auszuschalten. Da so viel Dampf im Raum war, hat mein Freund nichts gesehen, und so habe ich selbst durch Herumtasten den Sicherungskasten gefunden. Mein Freund hat sich nicht getraut, im Sicherungskasten etwas anzufassen. Ich als Blinder habe die Initiative ergriffen und erwischte die richtige Sicherung auf Anhieb. Auf einmal waren der Dampf und der Dunst verflogen. Nach ein paar Minuten wollte ich weiterkochen, so drehten wir die Sicherung wieder hinein, aber das Spektakel begann wieder von Neuem...

Am nächsten Morgen haben wir einen weiteren Versuch gestartet. Erneut hat es zum Dampfen und Pfeifen angefangen, und wir mussten unsere Kochversuche neuerlich abbrechen. Ich habe gemeint, dass es an diesem Tag nichts zum Essen gibt. Mein Freund hat mir vor unserer Mittagspause gesagt, er müsse etwas essen, da er sonst verhungern würde. Zu Mittag sind wir in unser Quartier zurückgekehrt, und ich habe versucht, mit der Kaffeemaschine eine Fertigbohnensuppe zu erwärmen. Auch die Kaffeemaschine hat mächtig gedampft, sie hat wie wild gefaucht, ich habe gedacht, dass die

Kaffeemaschine bald explodieren würde. Es hat ungefähr so geklungen, als hätten wir ein Nilpferd im Haus. So laut war es.

Jeden Tag haben wir unserer Vermieterin mitgeteilt, was schon wieder kaputt gegangen ist. Zuerst waren es das Bügeleisen und das Bügelbrett, dann hatten wir keinen Strom wegen der defekten Kochplatte. Die Ursache für den unerträglichen Gestank, den vielen Rauch und Dampf haben wir schließlich doch noch gefunden. Beim Aufklappen der Kochplatten ist die Isolierung der Stromdrähte freigelegt worden. Ein einziger Tropfen, der beim Kochen auf die freiliegenden Drähte gelangt, hat genügt, um die Stromdrähte zum Stinken zu bringen – wie verbranntes Fett eben. Bei der Schlussreinigung habe ich alles ordentlich geputzt. Ich habe aber dabei einen Teller übersehen, der hinuntergefallen und zerbrochen ist. Nun war der Teller auch noch kaputt.

Am Vortag habe ich ein Hähnchen zubereitet. Im Haushalt hat es einige verschiedene Gewürze gegeben: Salz mit Zitrone, Salz mit Thymian und andere. Von jedem Gewürz habe ich nur ganz wenig genommen, um das Hähnchen zu würzen. Mir hat das Hähnchen hervorragend geschmeckt, mein Freund hat jedoch gemeint, dass es einen Geschmack wie ein Suppenwürfel hat.

Das Zubereiten einer Grießnockerlsuppe ist mir auch in Erinnerung geblieben. Die Kochplatte war auf einem Stehregal, da hat es keine weiteren Abstellmöglichkeiten für den heißen Suppentopf gegeben. Mit bloßer Hand habe ich den Topf mit der siedend heißen Suppe zum Waschbecken getragen, das sich auf der anderen Seite des Raumes befand, um ihn dort abkühlen zu lassen. Auf dem Weg zum Waschbecken habe ich den Topf etwas schief gehalten, die heiße Suppe hat sich über meine Hand ergossen. Es hat auf meiner Hand gebrannt und höllisch wehgetan. Den Topf habe ich nicht einfach fallen lassen können, ich habe es aber nicht mehr bis zum Waschbecken geschafft. Ich habe den Topf am Boden abgestellt und meine schmerzende Hand schnell unter kaltem Wasser gekühlt. Meine Bemühungen, den noch immer heißen Topf vom Teppich aufzuheben, sind kläglich gescheitert, denn er hat festgeklebt. Der Teppich ist beim Anheben mitgegangen. Den Topf musste ich stehen lassen und warten, bis die Suppe kühler wurde. Wie komme ich jetzt zu meiner Grießnockerlsuppe, habe ich mich gefragt? So habe ich mich gleich auf den Boden gelegt und so die Suppe gegessen. Den abgekühlten und mittlerweile auch leeren Topf habe ich wieder vom Boden abheben können, am Teppich dagegen konnte man den Abdruck des Topfes für immer deutlich erkennen.

Ein anderes Mal habe ich eine Dose Fertiggulasch aufgewärmt. Auch diesmal habe ich die Kochplatte zu heiß eingestellt, und so ist mir das Gulasch bis zur Zimmerdecke hinauf gespritzt.

Für meine kreativen Müslimischungen war ich berühmt, viele Leute mochten sie sehr. Einmal hatte ich eine besondere Idee und wollte etwas anderes ausprobieren. In die Müslimischung habe ich eine Knoblauchzehe hineingetan. Der Knoblauch-Geschmack war aber so dominant, dass keiner mehr mein Müsli essen wollte, und so ist auch mein Müsli-Ruhm verloren gegangen.

Mit dem Zubereiten von Fisch habe ich auch ganz besondere Erfahrungen gemacht. Eine Bekannte, die eine hervorragende Köchin ist, habe ich gefragt, wie man einen ganzen Fisch in schöne Filetstücke zerlegt. Sie hat mir den Rat gegeben, den Fisch einfach beim Schwanz anzufassen und mit einem Messer zum Kopf hin dem Grätenstamm entlang aufzuschneiden. So ließe sich der Fisch am besten filetieren. Mit ihrem Wissen ausgerüstet, habe ich den Fisch genommen und versucht, ihn zu entgräten und zu filetieren. Mein Vorhaben ist leider misslungen, dem Fisch habe ich sogar den Kopf abgerissen. Nach dem gescheiterten Versuch habe ich meiner Bekannten mein Leid geklagt und ihr erzählt, wie es mir ergangen ist. Sie hat daraufhin gemeint, dass ich den Fisch zuerst kochen müsste. Er ließe sich dann ganz leicht entgräten. Nun war für mich sonnenklar: Mein Fisch war ja noch roh! Bei meinem nächsten Versuch habe ich den Fisch zu lange gekocht, die Fischgräten sind bereits frei im Kochwasser gelegen und das Fleisch ist mir mehr oder weniger weggeschwommen. Die Fischzubereitung ist mir aber trotzdem gelungen: Ich musste nur die Gräten aus dem Essbaren entfernen, und schon konnte ich den filetierten Fisch verzehren.

„DER KOMMT IN DIE PSYCHIATRIE“

Ich habe einen Kunden massiert und mich mit ihm unterhalten. Ich habe ihm erzählt, dass ich zum Bahnhof muss, denn ich wollte einen Freund besuchen. Der Kunde ist auch in die Richtung gefahren und hat mir angeboten, mich nach der Massage mitzunehmen. In der Nähe des Bahnhofs hat er den Vorrang missachtet. Ein Auto aus Slowenien ist auf meiner Seite in unser Auto hineingefahren und ich konnte nicht mehr aussteigen, weil sich durch den Unfall die Türe nicht mehr öffnen ließ. Die Sanitäter wollten mich zusammen mit dem Autositz aus dem Auto befreien, und die Feuerwehr hat es auch versucht, aber es hat nicht geklappt. Ich wollte dem ein Ende bereiten und habe die Feuerwehr gebeten, mit dem Verbiegen und Schweißen aufzuhören, weil immer mehr beim

Auto kaputtgemacht worden ist. Dann habe ich endlich auf der Fahrerseite aussteigen können und bin ins Unfallkrankenhaus gebracht worden. Dort hat man mir gesagt, dass ich auf einem grünen Sessel Platz nehmen soll. Die haben aber nicht gewusst, dass ich blind bin. Ich wusste nicht genau, wo diese grünen Sessel waren, denn die Farben sind für mich nicht ausschlaggebend. Aber nach einiger Zeit habe ich ein Geräusch gehört, dem ich gefolgt bin, da ich gedachte habe, dass sich dort die grünen Sessel befinden. Nach zweieinhalb Stunden Warterei habe ich gehört, dass „der da in die Psychiatrie gebracht werden sollte". Damit war ich gemeint, denn es ist in meine Richtung gesprochen worden. Dann habe ich den Mann, der mir neben gesessen ist, gefragt, ob er mich zum Portier bringen könnte. Ich habe ihn gebeten, mir ein Taxi zu rufen. Der Mann, der mich zum Portier gebracht hatte, ist wieder zurückgegangen. Der Portier wusste mit der Situation auch nichts anzufangen und ich bin aus dem Krankenhaus geflüchtet und musste so nicht in die Psychiatrie. Ich habe dem Taxifahrer gesagt, dass ich kein Geld bei mir habe und ihn gebeten, mich zum Bahnhof zu bringen. Er solle nächste Woche bei mir vorbeifahren, damit ich ihm das Geld geben kann. Der Taxifahrer hat mich zum Bahnhof gefahren und hat gesagt, dass er mich kennen würde und dass es kein Problem wäre, wenn er das Geld erst nächste Woche bekäme.

Der Zug, mit dem ich fahren wollte, war natürlich längst über alle Berge. Mit dem nächsten Zug bin ich von Klagenfurt nach Friesach gefahren. Eine Schaffnerin ist gekommen und ich musste ihr sagen, dass ich kein Geld dabei habe. Ich habe ihr gesagt, dass ich das Geld überweisen würde, wenn sie mir die Kontonummer bekanntgibt. Die Schaffnerin sagte: „Ich bin es, die Rosi. Wo fährst du heute hin? Sonst fährst du immer in die Gegenrichtung, nach München, du bist heute falsch." Ich habe gesagt, dass ich nach Friesach müsste. Rose sagte mir, ich müsse nichts bezahlen. Daraufhin habe ich mit Rosi schwarzfahren dürfen. Das war das erste Mal, dass ich schwarzgefahren bin. In diesem Waggon war nur ich alleine und als ich in Friesach angekommen bin, bin ich von einem Freund mit dem Auto abgeholt worden. Sein Sohn ist mit einem gebrochenen Bein am Rücksitz gelegen, um das Bein möglichst bequem hochlagern zu können. Kurz vor Mitternacht sind wir bei ihm zu Hause angekommen und haben seinen Sohn über eine Wendeltreppe in den zweiten Stock getragen. Das war witzig und zugleich auch schwierig, weil die Wendeltreppe sehr eng war. Wir wollten dem Sohn nicht wehtun, daher war das Unterfangen recht schwierig.

Ich habe nur einen Pullover angehabt – mehr hatte ich nicht bei mir, nur was ich am Körper hatte und mein leeres Handy. Meinen Rucksack habe ich nicht bei mir gehabt, denn ich war ja aus dem Krankenhaus geflüchtet. Am nächsten Tag war die Taufe seiner Tochter. Es hat sehr stark geregnet und ich habe von ihm Schuhe zur Verfügung gestellt bekommen, die mir viel zu groß waren. Auch die Jacke war mir viel zu groß, aber ich war bei der Taufe dabei, und ich war nicht in der Psychiatrie gelandet.

ÖBB

Eines Tages hat um 7:15 Uhr das Telefon geläutet. Ich habe den Hörer abgenommen und da hat es geheißen: „Hier ist die ÖBB. Wenn Sie nicht sofort die fünf Fahrten bezahlen, werden wir gerichtlich gegen Sie vorgehen.“ Ich wusste nicht, um welche Fahrten es sich handelt. Mir ist gesagt worden, dass ich ganz genau wüsste, worum es geht. Aber ich wusste wirklich nicht, um welche fünf Fahrten es sich handelt.

Schön langsam bin ich draufgekommen, worum es geht. Denn zwei bis vier Wochen vor einer Zugfahrt melde ich jedes Mal die Fahrt bei der ÖBB an, um Zeit beim Schalter zu sparen. Denn ich bin zu meinen Kursen immer in ganz kleine Ortschaften gefahren und da hat es nun einmal keinen vorgefertigten Fahrplan gegeben, sondern man musste jedes Mal schauen, welche Züge genau fahren, wie oft man umsteigen muss etc. Deshalb melde ich das früh genug an, damit die Mitarbeiter Zeit haben, mir den besten Weg dorthin zu planen. Ich gehe dann zum Schalter, nenne meine Kundennummer, dann wird mir der Preis gesagt, die Karten werden gedruckt und so kann ich das dann begleichen und bekomme meine Karte. Dieses Mal aber ist fünf Mal nicht aus dem Computer der ÖBB gelöscht worden, dass ich diese Fahrten bereits lange bezahlt habe. Anders konnte ich mir das nicht erklären. Mir ist gesagt worden, dass ich nie mehr mit der ÖBB fahren darf, wenn ich die fünf Fahrten nicht sofort bezahlen würde. Einem ÖBB-Mitarbeiter, der ein Kunde von mir ist, habe ich das Problem, das eigentlich keines war, erklären können. So habe ich für die ÖBB einen Sonderstatus bekommen, dass ich immer mit der ÖBB fahren darf, wenn ich die Karte bezahle. Das habe ich bisher sowieso gemacht, denn ich musste ohnehin zuerst am Schalter zahlen, bevor ich die Karte ausgehändigt bekommen habe. Also war das Ganze eine ziemliche Zeitverschwendung.

WEITERE ERLEBNISSE MIT DER ÖBB

Als einmal der Kartendrucker nicht funktioniert hat, hat mir der Schalterbeamte gesagt, dass es ganz einfach wäre: „Sie müssen nur den Betrag noch einmal bezahlen, dann kann die Karte ausgedruckt werden.“ Auch der Taxifahrer, der mich zum Bahnhof gefahren und mich netterweise noch hineinbegleitet hatte, hat die Aussage des Beamten ziemlich komisch gefunden, dass ich die Karte quasi doppelt bezahlen soll. Denn woher hat man die Sicherheit, dass, wenn man das zweite Mal Geld bezahlt, die Karte auch tatsächlich herauskommt? Also für so blöd kann man mich nicht halten! Dem Schalterbeamten haben dann auch die Ausreden gefehlt und schlussendlich ist ein Schreiben aufgesetzt worden, das den Schaffner informieren sollte, dass die Karte bereits bezahlt ist, aber der Drucker die Karte nicht herauslässt. Sonderbar war der Einfall des Schalterbeamten, dass ich noch einmal eine Zugkarte zu bezahlen habe und dass es dann funktionieren würde...

Eine andere Geschichte zum Thema Zugfahren: Ich bin von Klagenfurt nach Passau gefahren und habe meine Lernunterlagen ausgepackt. In Klagenfurt habe ich nochmal sicherheitshalber die Auskunft gefragt, wo ich umsteigen muss, aber die Antwort war: „Nein, der Zug fährt direkt bis nach Wels.“ Auf einmal hat es geheißen, dass der Endbahnhof Salzburg in Kürze erreicht wird. Ich habe meine Sachen in den Rucksack gepackt und bin raus aus dem Zug. Da bin ich nun gestanden und habe mich gefragt, wie es weitergehen soll. Ich habe zig Leute angesprochen, ob sie mich zum Zug nach Wels führen könnten, und habe endlich einen Herrn getroffen, der so nett war und mit mir zum Zug gelaufen ist. Es war wirklich zum Laufen, denn wir hatten nur zwei Minuten lang Zeit. Diesen Zug habe ich noch erreicht, in Wels hat der Anschlusszug zehn Minuten gewartet, dann ging es weiter nach Passau. Ich habe in Wels im Zug gewartet, bis es weitergehen sollte. Plötzlich ist die Kabinentür aufgegangen und jemand hat gesagt: „Wenn Sie nicht sofort mitkommen, dann werden Sie von der Polizei abgeführt.“ Ich habe nur „oh“ gesagt, denn ich wusste nicht, wie mir geschieht. Wenn ich nicht

sofort mitkomme, so hat man mir mitgeteilt, werde ich von der Polizei mit Handschellen abgeführt. Ich bin natürlich mitgegangen, wusste aber nicht, worum es geht. Ich habe mir gedacht, dass ich in Russland bin, nicht in Österreich. Man hat mich in die Schalterhalle geführt und dort habe ich warten dürfen. Und ich habe noch immer nicht gewusst, was eigentlich los war. Vor mir waren fünf Personen beim Schalter, dann bin ich drangekommen. Es hat sich herausgestellt, dass ich zu wenig gezahlt hatte, weil der Schalterbeamte in Klagenfurt vergessen hatte, mir den Zuschlag von 5 Euro zu verrechnen. Ich hatte nur das gezahlt, was man mir gesagt hatte und was auch auf der Karte gestanden ist. So habe ich diese 5 Euro nachbezahlt und bin dann mit dem Security-Dienst wieder zum Zug gerannt, denn es ist ausgerufen worden, dass der Zug gleich abfährt, und ich wollte keinesfalls den Zug versäumen und am Bahnhof übernachten.
Ich habe mich in Wels nicht ausgekannt, keine Hotels gekannt und ich hatte am nächsten Tag in Bad Füssing um 9.00 Uhr einen Kurs. Das Problem war, dass von Passau nach Bad Füssing ein Zug fährt, der ohne Schaffner ist. Es waren ausschließlich Ausländer hier, die mich nicht verstehen konnten. Da war keine Hilfe in Sicht. Der Zug ist auf der Strecke stehengeblieben und ich habe geglaubt, dass ich angekommen bin. An die zehn Mal habe ich irgendwelche Leute gefragt, ob wir nun in Bad Füssing wären, aber niemand hat geantwortet.

Daraufhin bin ich ausgestiegen und habe festgestellt, dass ich nicht am Bahnhof bin sondern mitten auf einer Wiese mich befinde. Ich wollte wieder zurück in den Zug, der war aber schon weitergefahren. Es hat geregnet und nun musste ich auf den Gleisen entlanggehen, in die Richtung, in die der Zug gefahren ist. Ich habe es geschafft und habe den Bahnhof erreicht. Ich habe ganz liebe Freunde, die 30 km nach Passau fahren, um mich dort abzuholen. Wenn ich in Bad Füssing bin, muss ich immer noch mit dem Stadtbus eineinhalb Stunden durch die Stadt fahren und bis ich beim Kurs bin, dauert es auch noch einige Zeit. Daher waren meine Freunde so nett und haben mich in Passau abgeholt. Und hätte ich den Zug nicht erreicht, hätte ich in Wels bleiben müssen, und meine Freunde wären geärgert gewesen. Sie wären umsonst 30 km gefahren, hätten mich in Passau am Bahnhof gesucht und ich hätte sie gar nicht verständigen können, da sie kein Handy haben. Auch ich wäre sehr verärgert gewesen, da ich diesen Kurs erstens selber bezahlt habe und es ihn zweitens nur ein einziges Mal gibt. Meine Freunde holen mich nun immer, wenn ich einen Kurs in Bad Füssing habe, in Passau ab, weil sie die Situation (Wiese), in der ich mich befunden habe, als sehr gefährlich für mich eingeschätzt haben. Hätte der Schalterbeamte nicht vergessen den Zuschlag zu berechnen, wäre ich nicht in eine solche prekäre Situation geraten. Es wäre kein Problem gewesen, wenn der Security-Dienst gesagt hätte, dass ein Fehler unterlaufen ist und sie würden sich freuen, wenn ich einfach die 5 Euro nachbezahle. Der ÖBB ging es lediglich um die 5 Euro und nicht um die Hintergründe - man hat einfach angenommen, dass ich spaßhalber in der Gegend herumfahre.

Es ist interessant, dass alles, was mir so im Leben passiert ist, früher oder später gut ausgegangen ist, und das soll auch zeigen, dass es wichtig ist, durchzuhalten und einen klaren Kopf zu behalten. Wie heißt es so schön: Der Sieg gebührt nicht immer den Schnellsten oder den Stärksten, sondern denen, die durchhalten! Wenn ich mich gegen die Abführung gewehrt hätte, hätte ich Handschellen verpasst bekommen und ich wäre nicht zum Kurs gekommen. Da ich mir aber keiner Schuld bewusst war, bin ich den Security-Leuten einfach gefolgt. In der Zeit meiner Erblindung haben mich sehr oft sogar die Kleineren oder Schwächeren gehänselt. Man hat mich getestet und mir ein Bein gestellt, und natürlich bin ich hingefallen. Es hat mich schon als Kind gestört, dass man zu jenen Kindern, die eine Brille brauchten, „Brillenschlange“ gesagt hat. Das ist nicht in Ordnung. Oder man hat einem die Brille weggenommen, damit man nichts gesehen hat.

Ich kann mich noch an einen Kurs erinnern, der für Sehende ausgeschrieben war. Es handelte sich um die Unternehmerschule und eine Rechnung war im Gespräch. „Das da wird da dazugetan.“ Ich habe gefragt, was das „das da“ war, dann bekam ich zur Antwort, dass es 300 Millionen sind. Und diese werden zu den 780.000 Millionen dazugetan, das macht dann 430 Millionen aus. Ich habe gefragt, wie das gehen soll, 300 Millionen und 780 Millionen sind ja nicht 430 Millionen, es war einfach unklar. Der Vortragende hat mir gesagt, dass ich den Mund halten soll, damit wir auf einen grünen Zweig kommen. Er würde mir das in der Pause erklären. So bin ich zwei Stunden lang im Kurs gehockt, weil ich meinen Mund halten sollte. Dann begann die Pause, ich bat um Erklärung und bekam zur Antwort, dass er jetzt Pause habe.

Dies soll nur zeigen, dass manches auch anders erklärt werden kann und es wichtig ist, sich in andere hineindenken zu können. Wir verwenden gerne den Fachjargon, damit die anderen uns nicht verstehen, wir verwenden Abkürzungen und Ausdrücke, um die anderen für dumm zu halten. Es ist auch toll, wenn man etwas konkret erfahren kann. Beispielsweise weiß ich nicht, wo die Haut rot ist, aber ich kann die Verspannung unter der Haut ertasten. Da ist die Optik nicht so sehr wichtig, aber was unter der Haut ist, kann ich als Blinder besser erspüren. Wir sollen uns nicht auf ein Organ oder besser ein Sinnesorgan konzentrieren. Wenn dieses Organ ausfällt, bricht nicht die ganze Welt zusammen, wir haben zum Glück auch noch andere Sinne, und es führen mehrere Wege nach Rom.

Das Jochbein ist hier zu erwähnen und sehr interessant. Das Jochbein liegt unter der Augenhöhle, also links und rechts neben der Nase. Mit dem Jochbein spürt ein Blinder, ob ein Raum länglich oder breit ist. Zwar nicht so exakt wie mit den Augen, aber man spürt, ob eine Säule da ist, und das hört man auch. Einen herumstehenden Besenstiel würde ich nicht hören, er gibt zu wenig Resonanz weil er zu dünn ist. Aber ich wäre ein sehr guter Kaufhausdieb, weil ich genau höre, wo sich die Überwachungskameras befinden, die eingeschaltet sind. Das bekomme ich mit, diese Schwingung kann ich hören.

Das ist nur ein Beispiel, ich habe das noch nie ausprobiert. Es soll einfach zeigen, wie wir Blinde sehen. Wenn z.B. 10 Groschen hinuntergefallen (beim Euro kann ich das noch nicht so gut unterscheiden) sind, dann brauche ich gar nicht hinzugreifen und zu fühlen, ob das 10 Groschen sind, weil ich das bereits am Klang höre. Ich war – und bin – sehr an Anatomie interessiert und habe mir in Deutschland ein Skelett gekauft. Das habe ich in meinen Rucksack gepackt und wir sind wir über die Grenze gefahren. Nach der Grenze habe ich dann gleich meinen Rucksack ausgepackt und habe mir mein Skelett angesehen. Es hat mir sozusagen „in den Waden gejuckt", wie man so schön sagt, wenn man sich über etwas freut, das man sich gerade gekauft hat. Mit dem Skelett konnte ich mir alles besser vorstellen. Ich war neugierig und habe den Schädel herausgenommen. Leider ist mir der Unterkiefer weggebrochen und die Teile sind unter den Bänken im Waggon gelandet. Jetzt habe ich mit meinem Blindenstock diesen Unterkiefer gesucht.

Die Leute haben gefragt, was ich suche, und ich habe gesagt: „Meinen Unterkiefer.“ Das war sehr lustig, weil ich im Besitz von zwei Unterkiefern war, die Leute im Zug das aber nicht gewusst haben.

Zum Skelett gibt es noch eine amüsante Geschichte, dabei handelt es sich aber um ein anderes Skelett, nicht um meines, das ich im Rucksack transportiert hatte. Eine Kundin hat mich gebeten, dass ich für sie ein künstliches Skelett besorgen soll, und das ist dann an der Zollstelle der Post gelandet. Dort bin ich nach ein paar Tagen informiert worden, dass keine Ursprungserklärung dabei ist. Ich habe den Deutschen gesagt, woher das Skelett geschickt worden ist, und diese Ursprungserklärung hat man auch nach einiger Zeit zugesendet. Mittlerweile war die Frist, das Skelett zu lagern, abgelaufen und das Paket wurde zurück nach Deutschland geschickt. Es hat sich herausgestellt, dass es ein Schreiben gab, dass sich der Empfänger in Österreich befindet. Daher war das Schreiben falsch und ich habe um eines gebeten, das korrekt formuliert war. Der Deutsche war schon sehr böse auf mich und ich habe alle Namen bekommen, die ihm so eingefallen sind. Als diese Ursprungserklärung eingelangt ist, war kein Paket mehr da, doch das wusste ich nicht. Wir haben tagelang das Paket gesucht, bis sich herausgestellt hat, dass das Paket retour geschickt worden war. Den deutschen Absender habe ich gebeten, dass er es wieder nach Österreich schicken soll. Die Ursprungserklärung muss auf der Rechnung stehen, sie darf nicht separat geschickt werden. Bis man den Absender endlich gefunden hatte, hat es Tage gedauert. Und auch genauso lange, bis ich die Rechnung mit der Ursprungserklärung erhalten habe. Auf jeden Fall ist diese Lagerfrist wieder abgelaufen und das Paket wurde wieder nach Deutschland geschickt. Der Deutsche war schon sehr verärgert, er hat schon bald nicht mehr gewusst, welche Schimpfnamen er mir noch geben soll. Endlich hatte ich ihn so weit, dass er das Paket nochmals geschickt hat. Das Paket ist angekommen, die Ursprungserklärung war auf der Rechnung, aber die Rechnung hat leider nicht mehr gestimmt, weil die Ware so oft hin und hergeschickt wurde. Der Deutsche hätte mich am liebsten umgebracht, als er davon hörte, denn in Schilling waren es vorher 1.800,-, dann wurden daraus 3.400.- Schilling. Das war schon sehr viel mehr, somit war der Kunde auch sehr böse auf mich. Außer den hohen Kosten und dem Ärger ist für mich nichts übriggeblieben.

Wir Blinde brauchen ein riesiges Netzwerk, das Auskunft gibt, wo es in Europa Geräte gibt, die wir bedienen können. Ein deutscher Kollege hat mir berichtet, dass der TAT-Rekorder so toll ist. Mit dem können Vorträge aufgenommen werden usw. Er hat auch gemeint, dass er mit diesem Gerät sehr gut zurechtkommt. Er hat mir gesagt, dass er mir dieses Gerät besorgen kann. Ich habe mich auf dieses neue Gerät sehr gefreut! Dieser Kollege hat es in Stuttgart besorgt. In Bayreuth habe ich gerade einen Kurs mit ihm zusammen absolviert und ich habe das Gerät erhalten, ihm das Geld gegeben, und als der Kurs vorbei war und ich die Prüfung bestanden hatte, ist es mit dem Zug ab nach Hause in Richtung Klagenfurt gegangen.

Nach Mitternacht, um 0:30 Uhr, bin ich in Salzburg eingetroffen. Ich habe in der Früh angerufen, um nachzufragen, wie ich den TAT-Rekorder verzollen muss. Weil es ja üblich war, dass in Salzburg ein Zollbeamter vorbeikommt. Bei der Zollstelle am Flughafen wurde ich gefragt ob das Paket offen ist. Ich bejahte, da ich auch die Kursunterlagen dabei hatte und nur das lose Gerät ohne Verpackung transportiert habe. Die Verpackung habe ich aus Platzgründen in Deutschland gelassen und den TAT-Rekorder hatte ich gut verpackt in meinem

Rucksack mit. Der Beamte wollte aber die Verpackung haben, da sonst das Gerät nicht verzollt werden könnte. Der Mann vom Flughafen-Zollamt hat behauptet, dass ich den Rekorder geschmuggelt habe. Ich habe gesagt, dass ich mich ja gemeldet habe und eigentlich nur wissen will, wo ich das Gerät verzollen kann. Sein Vorschlag war: Ich sollte nach Salzburg fahren, ein Hotel nehmen, dann könnte ich das Gerät verzollen und dann könnte ich meine Heimreise antreten, so wurde mir die weitere Vorgehensweise erklärt. Denn, so der Mann, ich hätte um 0:30 aussteigen müssen und mich nach der Möglichkeit einer Verzollung umschauen, obwohl ich mich nicht mal in Salzburg auskenne und es nach Mitternacht war. Ich habe gehofft, dass es am Bahnhof verzollt werden könnte, aber es ist kein Zollbeamter im Zug gekommen und ich musste in Klagenfurt sein, weil ja meine Massagekunden bei mir Termine vereinbart hatten. Der Zollbeamte hat weiterhin darauf beharrt, dass ich nach Salzburg kommen müsste. Ich wollte nur den Preis wissen, denn diese „Verzollerei" hatte wirklich lange Folgen. Über drei Monate lang hat sich das Verfahren hingezogen. Ich musste den Zoll zahlen, dann habe ich noch eine Strafe wegen Schmuggelei bekommen. Seit diesem Zeitpunkt habe ich nichts mehr verzollt. Es war nicht mehr oft der Fall, aber diese zwei Geschichten (Skelett und TAT-Rekorder) und noch einige andere kleinere Geschichten waren mir einfach zu zeitaufwändig, zu nervig, zu anstrengend. So habe ich hin und wieder etwas geschmuggelt, eben auch mein Skelett, welches ich in den Rucksack gepackt hatte. Meine Ehrlichkeit mit dem TAT-Rekorder ist bestraft worden und das habe ich als sehr unfair empfunden.

Es gab noch dazu eine Nachgeschichte, denn ich bin mit dem TAT-Rekorder leider nicht zurechtgekommen. Der Kollege hat gemeint, dass der TAT-Rekorder für Blinde gut bedienbar ist. Das war aber ein TAT-Rekorder mit vier Ebenen und nie bin ich auf eine Menü-Standardebene gelangt. Ich war auf der ersten, zweiten, dritten oder vierten Menüebene und habe nie genau gewusst, wo ich mich befunden habe. Warum der Kollege gut zurechtgekommen ist, habe ich dann auch erfahren, denn der hat noch einen Sehrest gehabt und gut erkennen können, in welcher Menüebene er sich befindet. Das war wirklich wunderbar: Ich hatte einen nagelneuen TAT-Rekorder, der hoch bezahlt worden war, für den ich den Zoll und die Zollstrafe bezahlt hatte – und allein das Gerät kostete öS 13.000! Und dieses Gerät habe ich keine Stunde lang benützt. Ich habe den TAT-Rekorder nur ausprobiert und dann erkennen müssen, dass es keine Menü-Standardebene zum Einschalten gibt und für mich damit nicht zu verwenden ist.

Einmal habe ich ein Kissen geschmuggelt, doch sie haben mich beim Zoll erwischt. Damals hat es eine 1.000-Schilling-Grenze gegeben. Mein Kissen hat öS 1.020 gekostet, und so habe ich gedacht, dass ich für die öS 20 Zollgebühren zu zahlen habe. Das war ein Irrtum, ich musste öS 600 Strafe zahlen. Damit hat mich das Kissen öS 1.620 gekostet. Später ist Österreich zur EU gekommen, dann gab es kein Problem mehr mit dem Verzollen.

ORIENTEXPRESS

Ich glaube, der eigentliche Orientexpress war es nicht, der Zug ist nur unter diesem Namen geführt worden. Begonnen hat die ganze Geschichte in Salzburg. Auf jeden Fall ist der Zug von Serbien oder aus dieser Richtung gekommen. Ein Zug ist abgefahren, zehn Minuten später der zweite Orientexpress. Es waren viele Leute im Zug, die nicht Deutsch gesprochen haben. Ich bin von einem Bekannten zum Zug gebracht worden und dann eingestiegen. Es hat im übervollen

Zug gestunken, es war sehr laut, die Kabinen waren alle voll, am Gang sind Leute gesessen, die Gänge waren mit Rucksäcken und Koffern vollgeräumt. Ich bin von vorne bis hinten den ganzen Zug-Gang durchgestolpert, bin über Rucksäcke und Leute gestiegen. Einem Mann bin ich versehentlich auf den Oberschenkel getreten, der hat aufgeschrien, alles hat gewackelt, der hat in seiner Landessprache geflucht, weil ich ihm weh getan hatte, aber ich habe nichts sehen können, es war einfach alles überfüllt. Es war eine Odyssee, wirklich eine Irrfahrt, bis ich am Ende des Zuges angekommen bin, von Salzburg bis nach München bin ich nur gestanden, es hat keinen Sitzplatz gegeben.

UNIVERSITÄT WIEN

Dort habe ich einen netten Burschen kennengelernt, der mir versprochen hat, dass er mich an die Uni zur Anatomie mitnimmt. Dorthin, wo die Studenten in Ruhe arbeiten und sich Skelettteile ausborgen können. Ich habe nach Meidling fahren müssen und dann mit der Straßenbahn weiter. Im Zug habe ich einen Herrn getroffen, der ebenfalls in Meidling aussteigen wollte, den habe ich gebeten ob er mich zur Straßenbahn bringen könnte. Das war für diesen Herrn kein Problem und wir sind in Meidling ausgestiegen, den Bahndamm entlanggegangen und auf einmal bin ich gegen eine Säule getreten. Die Stirn und die Knie haben mir wehgetan, doch der Mann neben mir ist weitergegangen, als ob nichts geschehen wäre. Mir ist dann etwas im Gesicht heruntergeronnen. Ich habe den Mann gefragt ob ich blute, der Mann hat das verneint und mich, da ich noch eine Straßenbahnkarte benötigte, bis zu einer Trafik begleitet wo er mich zurückgelasssen hat. Die Trafikantin hat mir dann gesagt, dass ich die Ansichtskarten anbluten würde. Also war es doch Blut, was mir übers Gesicht rann. Ich bin mit der Straßenbahn ins Quartier gefahren und habe bei einem netten Mädchen nächtigen können. Wir haben zwei Stunden gebraucht, um die Blutung zu stillen, und übermüdet bin ich dann eingeschlafen. Das Mädchen wollte mich ins Krankenhaus bringen, ich habe gesagt, dass das Bluten schon aufhören würde. In der Früh habe ich mich ganz vorsichtig gekämmt und habe aus der Kruste, die sich gebildet hatte, Haare gezogen. Sofort hat es wieder zu bluten angefangen. Ich weiß noch, dass es 45 Minuten lang geblutet hat, aber es hat nichts geholfen, ich musste zur Uni.

Beim nächsten Mal, als ich auch zur Uni habe mitgehen dürfen, habe ich in Bruck an der Mur in einen anderen Zug umsteigen müssen. Es gab eine Verspätung. So habe ich in Bruck an der Mur nochmals eine Karte kaufen müssen. Ich kann mich an einen Herrn Brenner erinnern. Dieser hat mich zum Schalter geführt und sogar meinen Rucksack geschleppt. In der Schalterhalle hat er meinen Rucksack kurz abgelegt, nach dem Kartenkauf hat er mich wieder zum Zug gebracht. Ich habe ihn gefragt, ob er mir den Rucksack geben könnte. Er hat gesagt: „Nein, nein, den Rucksack trage schon ich." Der Rucksack war sehr schwer. In ihm hatte ich einen kleineren Rucksack und in diesem wiederrum hatte ich drei Weinflaschen als Dankeschön, dass ich zur Uni mitgehen darf. Dann hatte ich noch eine Hose zum Wechseln mit, auch Unterwäsche, ein T-Shirt, einen Pullover usw. Als er den Rucksack nehmen wollte, ist der kleinere mit den ganzen Weinflaschen herausgefallen und zwei der drei Weinflaschen sind zu Bruch gegangen. Es hat viele Scherben gegeben. Herr Brenner war so lieb und hat die Scherben aus dem Rucksack herausgekramt. Wir mussten dringend zum Zug, Herr Brenner hat den großen, ich den kleinen Rucksack getragen. Ich habe ihn von meinem Körper weg gehalten, denn ein wenig des Weins ist herausgeronnen, der noch im Gewebe des Sacks verblieben war. Glücklicherweise habe ich es noch rechtzeitig zum Zug geschafft. Als ich in Wien angekommen war, hatte ich vor, meine Hose zu wechseln, aber meine andere Hose war im Rucksack, der, wie erwähnt, mit Wein durchtränkt war. Die Hose, die ich anlassen musste, hat gerochen, als wäre ich eben aus dem Weinfass geklettert. So bin ich dann an die Uni gegangen und es hat ein Aufsehen gegeben, da ich eine ziemliche Fahne gehabt habe...

MEIN HUND JOSI – HUNDEPROZESS

Einmal hat man behauptet, dass mein Hund Josi einen Unfall verursacht hätte. Wie es wirklich verlaufen ist, weiß man nicht, weil weder der Hund noch ich dabei waren. Es gab elf Varianten, wie der Unfall passiert sein könnte. Es sind einfach Möglichkeiten in Erwägung gezogen worden, die es gar nicht gegeben hat. Es ist einfach unglaublich, wozu die Menschen in der Lage sind!

Ich bin glücklicherweise freigesprochen worden, aber mein Hund, der ist verurteilt worden. Folgendes ist geschehen: Ich war rollerskaten mit meinem Hund und einem Freund, der nicht blind war. Nach einiger Zeit sind wir wieder umgedreht und nach Hause geskatet. Wir sind zwar an dieser „Unfallstelle“ vorbeigefahren, aber da war kein Unfall passiert. Es war niemand da, denn meine sehende Begleitung hätte das ja gesehen. Es war also kein Mensch da. Aber angeblich ist da eine verunfallte Frau am Boden gelegen, die sich den Schienbeinkopf gebrochen hatte, als sie von ihrem Fahrrad gestürzt war. Und ich war beziehungsweise sollte daran schuld gewesen sein. Wie auch immer sie auf diese Idee gekommen sein mag! Denn ich habe diese Frau nicht gekannt und sie mich ja eigentlich auch nicht. Aber da ich ja öfter dort mit meinem Hund unterwegs bin, wird sie mich nur vom Sehen her gekannt haben. Tja, und nun hat sich eingebildet, dass mein Hund an ihrem Unfall schuld war. Irgendwie haben sie und ihr Mann mich ausfindig gemacht und er ist plötzlich vor meiner Tür gestanden. Er wollte mich dazu bringen, die Schuld meines Hunds auf mich zu nehmen, und er würde dafür die polizeiliche Bestrafung bezahlen, damit seine Frau von der Versicherung Schmerzensgeld bekommt (öS 750.000). Ich bin natürlich nicht darauf eingegangen, da ich keine Schuld an ihrem Unfall hatte. Er hat es auch ein zweites Mal versucht, mich mit einem Geldbetrag zu bestechen, aber auch diesmal bin ich nicht darauf eingegangen. Ich habe im Rahmen des Prozesses vier Verwarnungen bekommen, weil ich meinen Mund nicht gehalten habe. Ich habe immer wieder gesagt, dass ich nicht da war und dass die Frau auf ihrem Fahrrad zwar von meinem Hund angeblich von rechts angesprungen worden, aber komischerweise nach rechts umgefallen war. Das ist nicht möglich, sie hätte auf die linke Seite fallen müssen. Meine Aussage war einleuchtend, dann man hat gesagt, dass der Hund ihr ins Schienbein gebissen hätte. Ich habe gefragt, warum es keine Bisswunde zu sehen gibt, es gebe ja ein polizeiliches Protokoll, in diesem wurde von einer Bisswunde nichts erwähnt.

Der Hund ist dann beurteilt worden, ob er tatsächlich ein Hund ist und als solcher eingestuft werden kann. Diesen Vorfall hat ein Kfz-Sachverständiger aus Hermagor, nicht einer aus Klagenfurt, beurteilt. Weil der Unfall auf einem Gehweg entlang des Baches passierte ist, der asphaltiert gewesen war, ist dafür ein Sachverständiger aus dem Kfz-Bereich zuständig gewesen. Der hat bei meinem Hund vermutlich den Motor oder die Lichtmaschine gesucht. Ich habe auf jeden Fall Einspruch erhoben und das Ganze wurde von einem Tierarzt begutachtet, der für sowas auch zuständig war. Es ist dann ganze sechs Mal getestet worden, ob mein Hund einen Radfahrer überhaupt anspringt, aber mein Hund hat jedes Mal richtig reagiert, und das obwohl sie ihn in eine Stresssituation gebracht haben. Also hat man da auch Pech gehabt, der Hund war nicht schuld. Er wurde aber zu einer Zahlung in der Höhe von € 33.429,00 - das sind öS 460.000,00 - verurteilt. Was ich nicht verstehe ist, dass meine Forderung, das Rote Kreuz von der Schweigepflicht zu entheben, um ihr Unfallprotokoll ins Verfahren aufnehmen zu können, abgeschmettert worden ist. Denn dann hätte man erfahren, dass alles anders abgelaufen ist. Man hat sich auch geweigert, meine Zeugen anzuhören, erst vier Jahre später war man dazu bereit. Da nichts vorgefallen war, konnten die Zeugen auch nichts erzählen, und in vier Jahren gerät auch einiges in Vergessenheit. Es ist wirklich unglaublich, dass so etwas passieren kann und diese Leute mit so einer Lügengeschichte davonkommen konnten. Eine weitere Variante der Frau war, dass sie mit Schritttempo zur Kreuzung gefahren war. Ein Arzt aus Hermagor hat daraufhin gesagt, dass wenn ein Skifahrer von der Piste mit 50 bis 60 km/h herunterkommt und auf etwas Stehendes fährt, dann kann ohne weiteres ein Schienbein brechen. Da habe ich einen Einspruch erhoben, denn die Frau hat gesagt, dass sie mit Schritttempo zur Kreuzung gefahren ist, da ist kein Vergleich mit einer Skipiste zulässig. Das konnte ich nicht akzeptieren, das ist nicht dasselbe, das sind zwei verschiedene Paar Schuhe. Dieser Prozess dauerte 5 ½ Jahre lang. Es hat auch die Variante gegeben, dass die Frau vom Rad gestürzt sei und laut um Hilfe geschrien hätte. Aber da hatte man was vergessen, ich bin zwar blind, aber nicht taub, ich hätte es gehört, wenn jemand laut um Hilfe gerufen hätte, und auch mein Begleiter hätte das wahrgenommen, denn der hat auch Ohren. Noch eine Variante war, dass leise gewimmert wurde, es wurde doch nicht laut um

Hilfe gerufen, insgesamt gab es elf verschiedene Varianten, wie der Unfall passiert ist. Nach vier Jahren ist bekannt geworden, dass man mich bestechen wollte. Dazu hat man auch den Ehemann befragt, er konnte sich aber daran nicht mehr so richtig erinnern. Ich konnte mich aber sehr gut daran erinnern, denn eine Bestechung passiert doch nicht jeden Tag, zumindest nicht in meinem Leben. Für mich war das alles sehr unfair. Ich verstehe nicht, wie diese Leute diese Sache mit ihrem Gewissen vereinbaren konnten.

Zu meinem Hund gibt es viele weitere Geschichten. Einmal hatte ich einen Kurs im Gewerkschaftshaus am Hafnersee, ich habe meinen Hund mitgenommen. Der ist brav unter dem Massagebett gelegen und ein Kursteilnehmer hat gefragt: „Wo ist dein Hund?“ Ich habe gesagt, dass er unterm Bett liegt, und habe als Antwort bekommen, dass er da nicht mehr war. Ich musste bis zur Pause warten und habe einen Freund gefragt, ob er mir helfen könnte, den Hund zu suchen. Der hat gemeint, dass er jetzt erst einmal Pause macht. Ich habe verschiedene Leute gefragt, auch zwei Mädchen, die sehr hilfsbereit waren und mir geholfen haben, den Hund zu suchen. Am Hafnersee haben wir keinen Hund gefunden. Wir haben die ganze Gegend abgesucht. Direkt am See haben wir zwei Buben getroffen und sie gefragt, ob ein schwarzer Hund vorbeigekommen ist. Diese haben gesagt, dass der Hund ins Wasser gegangen war – und dann war er verschwunden. Wir haben nach dem Hund gerufen, sind rund um den See gegangen, aber wir haben meinen Hund Josi leider nicht gefunden. Die Pause war vorüber und die zwei Mädchen wollten zum Kurs. Ich wollte eher meinen Hund finden als zum Kurs zu gehen, denn der Hund war zu diesem Zeitpunkt noch nicht bezahlt. Wir sind also wieder zurückgegangen und bei einem Haus vor dem Gewerkschaftshaus wo der Kurs abgehalten wurde, habe ich endlich Josi gefunden. Ein Mädchen hat den Hund gesehen. Seine Schnauze hat bei der Hauswand ein ganz klein wenig hervorgeschaut. Als ich dann Josi gerufen habe, ist der Hund auf michzugesprungen und hat sich gefreut, auch mich wieder zu sehen. Der Grund war, was ich zu diesem Zeitpunkt nicht wusste, dass Josi weggegangen war, da sie eine Gebärmuttereiterung hatte. Sie ist in den See gegangen, um ihren Bauch zu kühlen.

Nach dem Kurs bin ich mit Josi zurück zu meiner Wohnung. Dort hat sich eine Loggia befunden. Josi ist praktischerweise unter dem Vorbau (Höhe 1,2 m) durchgegangen, obwohl sie das sonst nie tat. Ich bin daher mit voller Wucht an der Loggia aufgeprallt und ich habe mir furchtbar wehgetan. Das war so massiv, dass sich bei mir die Schädelknochen verschoben haben. Ein Therapeut hat meinen Schädel wieder in Ordnung gebracht, da ich als Folge des Unfalls permanent furchtbare Kopfschmerzen hatte. Ich wusste, dass mit meinem Hund etwas nicht gestimmt hat, irgendetwas hatte sich verändert. Um 22.30 Uhr sind wir zu meinem Tierarzt gegangen und ich habe gesagt, dass ich mir Sorgen mache. Ich habe Josi am Untersuchungstisch gehalten, da der Tierarzt die Gebärmutter untersuchen wollte. Meine Josi hat gejault und gejault, dabei wurde eine Gebärmuttereiterung festgestellt. Josi hat nicht aufgehört zu jaulen, der Tierarzt hat sie weiter untersucht. Doch mich hat das Jaulen so fertiggemacht, dass ich zu Boden gegangen bin. Ich bin kollabiert und der Hund ist jaulend auf dem Tisch gestanden. Der Tierarzt hat jetzt den Hund und mich versorgen müssen. Josi ist dann notoperiert worden, da das mit der Eiterung lebensgefährlich war. Durch diese Gebärmutteroperation hat sich bei Josi einiges verändert, sie war nicht mehr so wie früher. Einmal hat sie eine ganze Apfelkiste in Späne zerlegt. Diesen Riesenhaufen an Spänen habe ich dann in meinem Schlafzimmer gefunden. Ich habe mich nur gewundert, wie Josi es geschafft hat, alles so fein zu zerkleinern. Das muss man sich einmal vorstellen, dass ein Hund es schafft, eine Kiste komplett in zig Späne zu zerlegen! Die größeren Sägespäne davon waren nur ein- bis eineinhalb Zentimeter lang, der Rest war noch kleiner.

Josi ist wieder in ihr Welpenalter zurückgefallen. Ich stelle meinen Besuchern Schuhe zur Verfügung, die aus Stoff bestehen und innen mit Schaumstoff gefüttert sind. Josi hat während einer Massage diese Hausschuhe geholt und komplett gefressen. Der Schaumstoff ist im Darm aufgequollen und Josi hat erbrechen müssen. Josi hat gewürgt und gewürgt, das habe ich während der Massage gehört. Ich wusste, dass es Josi nicht gut geht und dass sie etwas erbrechen will. Ich bin dann aus dem Behandlungsraum herausgegangen, um nachzusehen, was los war. Durch ihr Erbrechen habe ich gehört, wo sie ist. Josi hat Angst gehabt, als ich zu ihr gekommen bin, Angst vor Schlägen oder Beschimpfungen, weil sie gewusst hat, dass sie etwas getan hatte, was nicht o. k. war. So gut war sie erzogen, dass sie wusste, was mich nicht gefreut hat. Daher ist Josi von Ort zu Ort gegangen, um sich vor mir zu verstecken, und an jedem Platz hat sie weiterhin Stückchen von den Schuhen erbrochen, die sie gefressen hatte. Ich bin hinter ihr hergegangen, damit ich wusste, wo ich putzen muss. Josi ist aber weiterhin vor mir geflüchtet und ich habe an vielen Stellen zu suchen gehabt, wo Josi erbrochen hatte. 110 Quadratmeter zum Abtasten in der Wohnung sind einfach schwierig, und fast drei Wochen lang hat Josi immer wieder erbrochen. Das war wirklich ein richtiges, sehr unangenehmes Theater.

Blindenhunde werden ohne Sichtkontakt abgerichtet. So hat man den Weg zu meiner Hausärztin mit dem Hund eingeübt.

Die Frau, die mich dort begleitet hat bzw. die diesen Einübungsauftrag hatte, hat geschaut, ob Josi richtig arbeitet. Diese Dame hat gedacht, dass ich als Blinder nichts merken würde, und ist hinter uns hergegangen anstatt uns mit dem Fernglas zu beobachten, wie sich das gehört. Denn mein Hund bekommt mit, wenn uns jemand folgt. Josi und ich sind hinaus auf die Straße gegangen. An der Reaktion von Josi habe ich bemerkt, dass ein Bekannter hinter uns sein muss. Und ich habe auf diese Frau getippt, ohne jetzt einen Namen zu nennen. Josi hat einen Bogen gemacht, damit sie zur Frau Sichtkontakt bekommt. Durch diesen Bogen sind wir, da ich ja mit Josi mit dem Hundegeschirr verbunden war, in die Fahrbahn hineingegangen, weil Josi den Sichtkontakt zur Frau nicht verlieren wollte. So haben die Autos eine Notbremsung vollziehen müssen, weil wir mitten auf der Straße waren. Wir sind zum Glück unversehrt auf die andere Straßenseite gekommen. Wir haben die nächste Straße überquert und einen noch größeren Bogen gemacht, da sich die Frau noch immer hinter uns befunden hat. Ich habe Josi den Befehl „voran – rüber!“ („Straße überqueren!“) gegeben, dann hat Josi einen Bogen nach links gemacht, um nachzusehen, wo die Frau ist. Dann ist wieder das Gleiche passiert: Wir waren wieder auf der Straße, nur diese Straße hatte fünf Querstraßen. Bei jeder Straße habe ich sagen müssen: „Voran – rüber!“ und diese Frau ist so hinter mir hergegangen, dass Josi immer weiter nach links gegangen ist, um die Frau im Auge zu behalten. Ich bin immer wieder in den fließenden Verkehr gekommen. Die Autos mussten abermals eine Notbremsung machen und ich bin auf einer Motorhaube gelandet oder auch angerempelt worden, weil ich mitten im Verkehr war. Der Hund blockiert bei Gefahr und so habe ich die Frau rufen müssen, damit sie Josi Blickkontakt gibt und der Hund weiß, das alles in Ordnung ist. Da ist mir ganz anders geworden, als ich auf der Motorhaube gesessen bin. Sie war sehr heiß und ich habe Glück gehabt, dass ich nicht von einem Auto niedergefahren worden bin. Es ist einfach ein Wahnsinn, was da passiert ist! Nach der fünften Querstraße habe ich zu der Frau gesagt, dass das lebensgefährlich ist, was sie durch ihr Hinterherschleichen angerichtet hat. Ich habe die Frau gebeten, mich alleine gehen zu lassen, was sie aber nicht zugelassen hat.

Die Ordination der Hausärztin befindet sich auf einem Platz, bei dem man nach vorne und dann nach rechts gehen muss, damit man zu den Häusern kommt. Ich habe zu Josi gesagt: „Voran, zeig Weg!“, Josi ist gegangen. Meine Begleiterin hat gesagt, dass ich mit Josi schimpfen müsste, denn Josi sollte rechts gehen. Also habe ich mit Josi geschimpft. Währenddessen hat die Frau bei einer Baustelle ein rot-weißes Absperrband aufgehoben und wir sind darunter durchmarschiert. Im zweiten Stock wurde gearbeitet und ein Teil neben dem Haus war abgesperrt, damit kein Passant getroffen wird, falls etwas herunterfällt. Diese Frau hat die Absperrung einfach aufgehoben und wir sind dort, ohne uns der Gefahr bewusst zu sein, durchgegangen. Wir hatten Glück, dass nichts von oben heruntergekommen ist. Es ist dann so weit gekommen, dass Josi, immer wenn sie ein rot-weißes Band gesehen hat, geglaubt hat, dass man darunter hindurchmarschieren kann. Bei jeder Baustelle, die so abgesichert war, ist Josi unterhalb durchmarschiert. Sie ist ja problemlos hindurchgekommen, aber ich habe das Band nicht sofort bemerkt, weil es wenig Widerstand gibt. So bin ich oft in eine Baustelle geraten ohne es zu wollen, und die Gefahr, dass ich in ein Loch falle, war groß. Josi hatte nur 30 Kilo, und bis ich das Band an der Hand spüre, ist es schon zu spät. Diese Einschulungsfrau hatte keine sehr gute Arbeit geleistet!

Josi hat mir insgesamt viermal das Leben gerettet. Einmal sind wir zum Bus gegangen und ich habe Josi gesagt: „Zeig Banca!" Das ist das italienische Wort für Sitzgelegenheit und Josi hat mich zu einer Wand geführt. Ich habe gesagt: „Nein." Ich habe wieder zu Josi gesagt: „Zeig Banca!" und sie hat mich wieder zu einer Wand geführt, und ich sagte: „Nein." Ich sagte nochmals „Zeig Banca!" Der Ausbildner hat mit mir geschimpft, weil ich einen falschen Befehl gegeben habe. Da habe ich erst mitbekommen, um was es geht: Die Bushaltestellen sind durchsichtig, damit der Busfahrer sieht, ob jemand an der Haltestelle wartet und am Bänkchen sitzt. So hat Josi die Sitzgelegenheit gesehen, aber das Plexiglas war die Barriere und damit die Wand, auf die ich gestoßen bin. Ich habe noch nie in meinem Leben eine Bushaltestelle gesehen und keinen Augenblick daran gedacht, dass diese durchsichtig sind. Dann ist der Bus gekommen und wir sind die Straße hinuntergegangen um einzusteigen. Mit mir waren es insgesamt acht Personen. Ich habe auf den Knopf gedrückt, damit die Türe aufgeht, und bin plötzlich umgefallen. Josi hat mich umgeworfen, da sie gesehen hat, dass sich mein Vorfuß unter dem ersten Rad des Busses befunden hat und dass der Busfahrer auf meinen Knopfdruck nicht reagiert hatte, da er losfahren wollte. Josi hatte das kapiert und mich deshalb umgeworfen – sonst wäre mir der Bus über den Fuß gefahren und er wäre zu Brei zermalmt worden. Ich kam mit dreckiger Kleidung und einem aufgescheuerten Ellbogen davon, mehr ist mir nicht passiert. Durch Josi ist der Vorfall glimpflich ausgegangen.

Am Bahnhof Schwarzach St. Veit habe ich bei der Fahrt nach Tirol umsteigen müssen. Ich bin auf die Plattform gegangen und habe gesagt: „Josi, bleib!" Denn zuerst steige immer ich aus und dann Josi, ansonsten würde sie mich beim Hinausspringen mitreißen. Ich habe also gesagt, dass Josi stehen bleiben soll, während ich aussteige, doch plötzlich ist sie mir hinterher gesprungen. Ein Herr hatte Josi einen Fußtritt gegeben. Ich habe ihn gefragt, warum er das gemacht hat, da hat er gemeint, dass der Hund auch raus muss. Ich habe zu dem Mann gesagt, dass ich das schon machen würde, weil wir ein eingespieltes Team wären. Dieser Mann hat drei Kinder dabei gehabt und ich habe ihn gefragt, ob er seine Kinder auch mit einem Fußtritt aus dem Zug befördern würde...

Der Erfolg war, dass Josi jetzt nicht mehr in den Zug einsteigen wollte. Das war ein großes Problem, weil ich in einer Hand den Hund halten, der 30 kg gewogen hat, und mit der anderen Hand mit dem Stock ertasten musste, wie ich in den Zug komme bzw. wo die Türe ist. Als die Tür des Zugs endlich aufgegangen ist, hat sich Josi mit allen vier Pfoten dagegen gewehrt, in den Zug einzusteigen. Endlich waren wir im Waggon. Eine Pfote ist mir immer wieder entwischt, Josi hat sich wirklich mit aller Kraft gewehrt. Im Zug hat sie am ganzen Leib gezittert und zu allem Übel auch noch uriniert. Sie wusste, dass sie das nicht machen darf, und hat sich in ihre Lache gesetzt, damit diese verdeckt war. Ich habe einen Sitzplatz gesucht und es hat eine ganze Weile gedauert, bis wir einen Platz gefunden hatten, wo Josi auch am Boden sitzen konnte. Josi hat mir dann ihren nassen Hintern auf meine Hose gedrückt. Jetzt war meine Hose nass und ich musste aufs WC gehen, wo die Tücher sind, und den Boden aufwischen. In diesem Abteil waren auch noch andere Leute, die ich bitten musste, dass sie die Füße einziehen sollen, damit ich aufwischen konnte. Natürlich hat sich der eine oder andere aufgeregt, wie schlecht erzogen der Hund ist. Einer hat den Schaffner geholt und Josi war in diesem Fall das Problem. Und dieses Problem verdanke ich einem Mann, der Josi mit einem Fußtritt aus dem Zug ins Freie befördert hatte.

Bei einer Zugfahrt habe ich viermal umsteigen müssen und da hatte ich viermal das „Theater“ mit Josi. Viermal war das Einsteigen sehr problematisch und jedes Mal, wenn wir im Zug waren, hat sich Josi nass gemacht und dann mich. Danach habe ich Josi nicht mehr zum Zugfahren mitgenommen, denn das war für den Hund und für mich Stress.

Meinen Hund habe ich auch fürs Schwimmen ausbilden lassen, denn der Labrador ist ein Bootshund: Der Fischer fährt mit dem Labrador raus und der Hund holt die Fische zum Boot. Labrador-Hunde können schwimmen und sind es gewohnt. Ich bin also zu einer Hundewiese, dort in den See hinausgeschwommen und dann habe ich den Hund gerufen, der mich dann geholt und wieder ans sichere Ufer gebracht hat. Das ist dreimal sehr, sehr gut gegangen. Beim vierten Mal ist Josi auch zu mir hingeschwommen, doch einen Meter vor mir hat sie umgedreht, als sie gesehen hat, dass ich nicht in Seenot war. Josi hat geglaubt, dass sie mir nicht helfen muss, und ist wieder zum Ufer zurückgeschwommen – sie hatte ihre Schuldigkeit getan. Einige Tierschützer haben das als Tierquälerei empfunden und wollten mich anzeigen – es haben sich gleich mehrere beschwert. Also habe ich mit dem Schwimmen wieder aufgehört.

Mit Josi bin ich gerne in der Nacht hinausgegangen, denn in der Nacht ist der Vollblinde „König“. Die alltäglichen Geräusche fallen weg, es ist einfach ruhiger und ich kann dann alles besser hören und wahrnehmen sowie mich sehr gut orientieren. Wenn sich mir Leute nähern, höre ich ihre Schritte stärker. Ich fühle mich in der Nacht einfach sicherer. Josi hat auch ihre Geschäfte verrichten können und oft war ich mit ihr in der Nacht auch laufen. Ich bin ca. 13 km/h an einem Bach entlanggelaufen und habe dabei in der Dunkelheit viele

Liebespärchen gestört. Mein Hund ist bei so einem nächtlichen Ausflug einmal stehengeblieben und ich habe gesagt: „Vorn, zeig Weg!“, aber Josi ist einfach geblieben, wo sie war. Ich habe dann mitbekommen, dass sich ein Pärchen in einem Auto vergnügt hat. So habe ich immer gewusst, dass, wenn mein Hund reagiert hat, da im wahrsten Sinne des Wortes etwas im Busch war. Ich habe auch viele Fischer angetroffen, die in der Nacht auf Beutezug unterwegs waren. Dabei habe ich sie oft gestört, weil die Fischer nicht damit gerechnet haben, dass ich um diese Zeit mit meinem Hund spazieren gehe.

Bei unseren nächtlichen Ausflügen ist die gesamte Verantwortung bei meinem Hund gelegen. Ich bin nie in einen Bach gefallen oder auf einen Baum gestoßen, Josi hat ihre Arbeit immer sehr gut gemacht. Ich habe bei diesen 13 km/h meinem Hund blind vertrauen müssen. Josi hat alle Hindernisse beachtet, sie hat mir manche kleinere Steine oft zu deutlich angezeigt, aber sie wollte mir nur zeigen, dass ich meinen Fuß mehr zu heben hatte. Manchmal sind wir dadurch ein wenig bei unseren schnellen Läufen gestoppt worden. Josi und ich sind auch bei Regen nachts hinausgegangen. Mir war das Regenwetter egal, da ich beim Laufen sowieso ins Schwitzen gekommen bin. Ob ich da von innen nach außen oder von außen nach innen nass werde, war und ist mir egal. Wir sind wieder zu unserem Bächlein gelaufen. Ich war der Meinung , dass Josi auf dem richtigen Weg sei. Dem war leider nicht so. Es hat geregnet, mir war dann schon ziemlich kalt und ich habe zu Josi gesagt, dass sie mich heimbringen soll. Die gesamte Umgebung ist mir irgendwie unbekannt vorgekommen, der Asphalt ist mir anders erschienen, es war einfach nicht stimmig. Endlich ist ein Mann vorbeigekommen. Ich habe ihn nach der Brücke gefragt, damit ich mich wieder orientieren konnte. Der Mann hat mir gesagt, dass da keine Brücke ist. Aber er hat gemeint, ein

Stück weiter, genauer „dort drüben“, gibt es eine Brücke, aber die sei zu weit weg zum Zeigen. Mit „dort drüben“ als Bezeichnung habe ich sehr wenig anfangen können, denn ich brauche als Blinder leider genauere Angaben. Der Mann hat mir aber dann doch sehr gut weiterhelfen können, und so haben wir herausgefunden, dass ich mich nur gut 30 Meter von meiner Wohnung entfernt befunden habe, aber durch den Regen war ich in die Irre geführt worden. Josi hat mich schon sicher nach Hause gebracht, nur über einen anderen Weg, aber ich habe mich einfach nicht mehr orientieren können. Josi ist den Weg von der anderen Seite gegangen und für mich hat das dann nicht mehr zusammengepasst. Es war witzig, denn bis ich verstanden habe, dass alles in Ordnung ist und ich schon fast zu Hause bin, hat es ziemlich lange gedauert.

Im Winter war ich einmal krank, aber Josi musste ja trotzdem hinaus. Ich hatte Untertemperatur, habe mich dick angezogen und bin mit Josi ins Freie gegangen. Josi hatte so einen Spaß mit dem Schnee und wollt einfach nicht nach Hause gehen. So waren wir beide also länger an der frischen, kalten Luft. Wir haben dann aber nicht mehr heimgefunden, weil die Orientierung im Schnee schwierig war. Da habe ich mich dann neuerlich verkühlt. Vorher war ich nur leicht angeschlagen, aber danach bin ich richtiggehend krank geworden. Wir waren 45 Minuten lang draußen, sind von einem Schneehaufen zum nächsten spaziert und haben die Orientierung verloren, weil es keine Kanaldeckel gegeben hat. Diese hatte der Schnee zugedeckt, denn wenn kein Schnee gelegen ist, haben wir uns am Rauschen orientiert. So hat es einfach länger als erwartet gedauert, wieder ins Warme zu kommen.

Mit Josi war ich auch oft auf einer großen Wiese bei einem Feldweg in der Nähe meiner Wohnung unterwegs,

damit sie ihr Geschäft im Freien erledigen konnte. Dort habe ich Josi freigelassen. Einmal ist Josi ganz plötzlich freiwillig zurückgekommen und hat sich zu meinem Unterschenkel hingedrückt, weil sie etwas geänstigt hatte. Ich habe plötzlich zwei Personen gehört, die bei einem Haus eingestiegen sind. Ich hatte keine Ahnung, ob es Männer oder Frauen waren. Ich habe gesagt: „Josi, heim!“, und die Einbrecher haben nicht gewusst, dass ich nichts sehen konnte. Die sind sofort vom Fenster heruntergesprungen, sie waren gerade dabei, durchs Fenster zu klettern, und sind an mir vorbeigerannt. Das waren zwei Burschen, habe ich gehört, weil der eine nach dem anderen gerufen hat. Sie hätten mich leicht überwältigen können, da sie aber nicht wussten, dass ich blind bin, haben sie die Flucht ergriffen. So haben Josi und ich eine Familie vor einem Einbruch bewahrt.
Ein anderes Mal waren wir wieder auf dieser Wiese mit dem Weg unterwegs und plötzlich ist eine Person neben mir auf dem Weg „gelandet“. Sofort ist eine Alarmanlage losgegangen, da haben wir glatt wieder einen Einbrecher erwischt! Der wusste nicht, dass ich da bin, daher landete er direkt vor mir, weil er vom Haus heruntergesprungen ist, als die Alarmanlage losgegangen ist. Ich bin sofort ausgewichen, auf die andere Seite des Weges gegangen, um nach Hause zu kommen. Josi ist mir gefolgt. Wäre ich zuvor nur ein bisschen schneller gegangen, dann wäre der Einbrecher mir direkt auf den Rücken oder auf den Kopf gesprungen. So hatte ich wirklich großes Glück, dass ich in diesem Fall nicht zu flott unterwegs war. Ich bin schnell in meine Wohnung gegangen, denn sonst wäre noch vermutet worden, dass ich am Einbruch beteiligt war.

Das waren meine nächtlichen Erlebnisse mit Josi. So bin ich auch an Haschisch rauchenden Personen vorbeigekommen. Das wusste ich deshalb, weil mein erster Computertechniker

Haschisch geraucht hat. Seine gesamte Kleidung hat danach gerochen. Und so wusste ich sofort am Geruch, wenn ich unterwegs war, dass Haschisch geraucht wird. Diese Personen waren so weit harmlos, weil sie in ihrer eigenen Welt gelebt haben und auch mit mir als Blinden nichts anfangen konnten und mich in Ruhe ließen. Nach einigen Monaten - oder war es ein Jahr? - war die ganze Raucherei zu Ende, denn in einem Haus in der Nähe hat man eine Haschischplantage entdeckt. Jetzt ist in dieser Gegend kein Hanf mehr geraucht worden.

Hundefutter für Josi kaufen - gar nicht immer einfach: In der Nähe von meiner Wohnung war eine Samen- und Tierhandlung und dort habe ich immer wieder für meinen Hund Leckerlis eingekauft. Einmal stellt sich dies als besonders schwierig heraus. Ich ging in das Geschäft und wurde nach mehrmaligen Bitten nicht bedient, obwohl ich Stimmen von vier Angestellten wahrnehmen konnte. Niemand reagierte auf mich. Ich ging danach zur Geschäftseingangstür und öffnete diese unzählige Male, denn beim Öffnen ertönte immer eine laute Glocke. Leider hat mir dies auch nicht weitergeholfen. Jetzt ging ich unerledigter Dinge nach Hause und holte mein Schnurlostelefon. Dann stellte ich mich wieder in das Geschäft und rief es vom Geschäftsraum an. Nach geschätzten drei Minuten ging endlich eine Angestellte unfreundlich an das Telefon. Ich sagte, dass ich bereits zum 2ten Mal im Geschäft stehe und eine Bedienung benötigen würde. Ohne auf die Vorgeschichte einzugehen fragte sie nach meinem Anliegen. Ich sagte ihr, dass ich 15 Ochsenziemer (das sind getrocknete Ochsen-Penisse) brauchen würde. Doch: Die hat es laut Verkäuferin noch nie gegeben. Mein Hund hat aber gewusst, dass diese Ochsenziemer lagernd waren. Die Verkäuferin hat beteuert, dass es in ihrem Geschäft noch nie Ochsenziemer zum Verkauf gegeben hat, aber ich kaufe diese seit Jahren immer dort. Ich habe gesagt, dass mein Hund das auch riechen könnte, doch die Verkäuferin hat darauf beharrt, dass sie keine haben würde. Nur abgepackte. Nun gut, ich wollte dann eben 15 abgepackte Ochsenziemer kaufen, doch die hat es nur in 5er-Packungen gegeben. Also habe ich der Verkäuferin freundlich gesagt, dass ich drei davon nehmen würde. Ich wollte auch noch 15 Schweinsohren haben, diese hätte sie auch nicht, hat sie gesagt. Daraufhin habe ich gemeint, jetzt schon lachend, ob das so ist wie mit den Ochsenziemern, dass diese verpackt seien, womöglich noch in 5er-Packungen. Die Verkäuferin bejahte, daraufhin habe ich drei Packungen von den abgepackten Schweinsohren gekauft und mich mit einem Grinsen auf den Heimweg gemacht.

NIEDERGESCHLAGEN

Meine Bürohilfe Wolfgang war manisch depressiv und ist ins LKH, das Landeskrankenhaus, in die Abteilung für Seelische Gesundheit eingeliefert worden, weil alles eskaliert ist. Ich bin an diesem Tag spazieren gegangen und in einen Hund hineingelaufen. Dabei habe ich erfahren, dass der Hundebesitzer der Obmann eines Klubs war, der Behinderten hilft. Ich habe davon noch nie etwas gehört. Da meine Bürokraft nicht da war, hat er angeboten, mir zu helfen. Wir haben einen Termin vereinbart. Es ist alles gut gegangen, drei Wochen lang. Dann, eines Tages, beim Diktieren, habe ich ein Wort am Computertext abgetrennt. Plötzlich ist der Mann auf mich losgegangen, weil ihn das anscheinend so sehr gestört hat. Ich wusste nicht, wie mir geschah. Er warf mich auf dem Boden und schlug mit den Fäusten auf mich ein. Ich bin schnell wieder auf meinen Beinen gestanden, denn zum Glück war ich körperlich stärker, habe ihn gepackt und ihn gleich vor die

Tür geschmissen. Er ist dann nach Hause gegangen und ein paar Wochen lang war Ruhe. Dann habe ich einen Brief bekommen, in dem stand – eine Kundin hat es mir vorgelesen – dass er ohne mich nicht schlafen kann. Ich habe den Brief einfach ins Altpapier geworfen. Wochen später ist wieder ein Brief gekommen, mit ähnlichem Inhalt. Dieser Brief ist auch wieder im Altpapier gelandet. Tage darauf hat mich meine eigentliche Bürohilfe Wolfgang besucht. Während Wolfgang in meiner Wohnung gesessen ist, bin ich in den Keller gegangen. Nach meiner Rückkehr habe ich mich ein wenig mit ihm unterhalten. Danach ist er wieder zurück in die Abteilung für Seelische Gesundheit gegangen. Nach einigen Tagen ist plötzlich ein mir fremder Mann vor meiner Tür aufgetaucht, der mit mir etwas Ernsthaftes besprechen wollte. Ich sollte laut ihm meine sexuellen Anmachen und meine vorgetäuschte Blindheit sein lassen. Er bringe mich vor das Gericht. Ich habe diesem Mann, der vor meiner Türe gestanden ist, ein Blindenbuch gezeigt und ihm gesagt, dass ich mit Sicherheit nicht homosexuell bin. Später konnte ich es mir so erklären wie ich zu dem Besuch gekommen bin, dass Wolfgang, während ich im Keller zu tun gehabt habe, in meinem Altpapier gekramt hat, und diese zwei Briefe gelesen hat. Er hat die Briefe ins Zentrum für Seelische Gesundheit mitgenommen und auf seinem Nachtkästchen abgelegt. Der fremde Besucher war ein Therapeut von Wolfgang, und dieser hat die Briefe in seinem Zimmer gefunden. Wolfgang hatte auch im gleichen Haus wie ich eine Wohnung, wo sein Vater, während er im Zentrum für Seelische Gesundheit war, die Blumen gegossen hat. Der Vater hat den Kindern im Haus gesagt: „Habt ihr gewußt, dass ihr einen Warmen im Haus habt“? Von da an haben die Kinder, sobald sie mich gesehen haben, mit: „der Warme oder der Schwule“ betitelt. Erst nach Monaten konnte ich unbehelligt von den Kindern rausgehen. In der folgenden Zeit konnte ich nie rausgehen, ohne dass mir der sogenannte Obmann mit seinem Wolfshund aufgelauert hat, und das ging über eineinhalb Jahre lang. Währenddessen bin ich auch weiter von ihm angerufen und sexuell belästigt worden, das heißt, er hat mir ständig von seinen sexuellen Regungen erzählt und mich aufgefordert, zu ihm zu kommen. Das Ganze hat dann so geendet, dass er eines Abends mit seinen Hunden (er hatte sich einen zweiten gekauft) über eine Hauptstraße gegangen ist und dabei totgefahren wurde. Zuerst hat der Autofahrer Fahrerflucht begangen, wurde aber dadurch, dass er sein Kennzeichen beim Unfall verloren hatte, von der Polizei gefunden. Ich war endlich frei und konnte ohne Angst vor seinem Hund hinausgehen.

ALTPAPIER

Das Altpapier habe ich oft nachts hinausgetragen. Vor meiner Wohnung ist ein großer Parkplatz, dort befindet sich ein Kübel für die Altpapierentsorgung. Zum Müllplatz habe ich recht leicht hingefunden, zurück in meine Wohnung war es etwas schwieriger, weil die Autos immer verschieden geparkt haben. Als einmal ein Auto vor dem Eingang gestanden ist, habe ich das erst nicht registriert und bin einfach vorbeigegangen. Doch beim Zurückgehen bin ich ans Auto gestoßen und das hat mich dermaßen verwirrt, dass ich zwei Stunden lang nicht mehr in meine Wohnung finden konnte. Mir war schon bitterkalt, als eine Frau gekommen ist. Ich habe an den Stöckelschuhen erkannt, dass es sich um eine Frau handelt. Ich habe sie gebeten, mir zu helfen. Sie hat aufgebracht zu mir gesagt, dass sie mir sicher nicht helfen würde, denn ich wäre ein Mörder und sie wird sich nicht von mir überfallen lassen. Ich habe entgegnet, dass ich sie nicht überfallen und schon gar nicht umbringen würde. Sie glaubte mir aber einfach nicht, dass ich den Weg nicht nach Hause fand, so nah an der Haustür. Diese Frau ist dann einfach verschwunden. Etwas später ist wieder eine Frau gekommen. Diese Dame hat mich erkannt und gesagt, dass sie mich schon einmal gesehen hat und ob ich Hilfe bräuchte. Ich bejahte und sie hat mir dann vom Parkplatz, wo ich herumgeirrt bin, wieder in meine Wohnung geholfen. Ich war bereits nach zwei Minuten in der Wohnung! Es war für mich einfach so schwierig, weil dieses eine Auto mich so verwirrt hatte, dass ich nicht mehr zurückgefunden habe. Ich habe versucht, mich am Straßenlärm zu orientieren, da ich wusste, wo sich die Straße befunden hat, aber trotzdem habe ich vom Parkplatz nicht in meine Wohnung zurückgefunden. Der eine Fuß ist bei jedem Menschen ein wenig stärker als der andere, da kann es passieren, dass man stundenlang im Kreis geht. Daher habe ich immer gehofft, dass auf der Straße ein Auto vorbeifährt, damit ich mich wieder besser orientieren konnte. Aber es war in diesem Fall einfach auch deshalb schwierig, weil in der Nacht weniger Verkehr herrscht. Und wenn man ein Auto „braucht", dann kommt sicher keines so schnell vorbei.

WOHNUNG

In der Wohnung sind einmal meine Unterlagen verschwunden. Auch meine Helfer haben Zugang zu den Unterlagen in meiner Wohnung, denn irgendwer muss mir die Schriftstücke ja vorlesen. Ich kann nicht jedes Mal einen Notar dafür bezahlen – für zwei Minuten Vorlesearbeit verlangt er um die € 70,00. Das mit den zwei Minuten ist gar nicht übertrieben, denn ich habe einmal einen Anwalt gefragt, wann er Urlaub haben würde. Er hat mir gesagt, dass er die kommenden zwei Wochen nicht da wäre, und ich habe mich nur erkundigt, damit ich das Ganze terminlich planen konnte. Für diese Auskunft sind mir € 69,55 verrechnet worden. Einfach unglaublich! Fast öS 1.000

für diese Nachfrage nach seinem Urlaub! Das Gespräch hat keine zwei Minuten lang gedauert, und der Anwalt ist berechtigt, dafür zehn Minuten zu verrechnen. Dann habe ich mich beim internationalen Anwalt erkundigt, der sagte, dass ich einen „billigen" Anwalt erwischt hätte, denn bei ihm hätte ich das Dreifache bezahlt.

Um meine verschwundenen Unterlagen irgendwie wiederzubekommen, habe ich meinen Notar angerufen. Der hat mir gesagt, dass er mir Duplikate von meinen Unterlagen besorgen wird. Zeit ist vergangen, und ich hatte meine Unterlagen noch immer nicht. Nach nochmaliger Besprechung mit meinem Notar, der leider noch immer keine Zeit gefunden hatte, mir die Unterlagen zu besorgen, hat er mir ein Schreiben gegeben, das mich berechtigt, meine Unterlagen bzw. Duplikate selber bei der Landesregierung abzuholen.

Bei der Landesregierung bin ich von einer Abteilung zur nächsten verwiesen worden, bis ich bei der siebenten Abteilung angelangt bin. Dort habe ich plötzlich das Gebäude nicht mehr verlassen dürfen. Mehrere Beamte sind zusammengelaufen, und man hat mir gesagt, dass ich bloß nicht aus dem Gebäude gehen sollte. Man hat mir mitgeteilt, dass ich meine Unterlagen nicht erhalten würde. Denn das Schreiben, das mir mein Notar ausgehändigt hatte, dürfte ich anscheinend gar nicht besitzen. Die Vorstellung der Leute war, dass ich in der Nacht in den dritten Stock eingestiegen bin, dort Tausende von Zetteln herausgesucht hätte und nun im Besitz dieses Schreibens sei. Ich habe die Beamten gebeten, meinen Notar zu kontaktieren, da dieser beweisen hat können, dass er mir dieses Schreiben gegeben hatte. Er hat dann erklärt, dass ich umsonst festgehalten wurde. Der Notar hat mir schlussendlich die Unterlagen bzw. die Duplikate ausgehändigt. Die Idee ist äußerst dumm: Wie sollte ich in den dritten Stock hinaufklettern, ich weiß ja nicht einmal, wo sich dieser Zettel befand, wie soll ich als Blinder unter Tausenden von Zetteln den richtigen finden? Sie konnten jemanden willkürlich festhalten und ihre Macht ausspielen. Wahnsinn!

Wir sollten uns nicht am Wetter orientieren: Wenn die Sonne scheint, geht es uns gut, wenn es regnet, dann geht es uns schlecht. Wir brauchen andere Orientierungen im Leben, das Leben soll uns herausfordern. Wir sollten uns auch nicht auf den Lorbeeren ausruhen und einfach ja zum Leben sagen. Viele Leute auf dieser Erde verhungern täglich, viele leiden unter schweren Krankheiten. Wir sollten daher schätzen, was wir alles haben – Bildung, Trinkwasser, Krankenhäuser, Fahrzeuge usw. Es ist gut, dass es uns gut geht, damit können wir ärmere Menschen unterstützen, damit diese die Grundlagen bekommen und sie sich selbst weiterbewegen können. Wir müssen aufhören, Schuldige zu suchen, sondern es gilt: „Ran an den Speck." Nicht das Haar in der Suppe suchen, es wird niemals alles passen! Die Bereitschaft zur Hilfe soll da sein, uns wurde auch schon geholfen. Z.B. hat der Marshallplan sehr viel Geld ins Land gebracht, wo wir viel profitiert haben. So ist es jetzt unsere Aufgabe, anderen, die bedürftig sind, eine Starthilfe zu geben.

Vor einem Kurs, der in Frankfurt stattgefunden hat, war ich eine Woche lang in Schleswig-Holstein Rad fahren. Ich bin dann von dieser Seite nach Frankfurt angereist und auf der Strecke nach Frankfurt hat ein Bahndamm gebrannt. Wir haben mit dem Zug nicht mehr so schnell weiterfahren können. Einige Zeit danach sind wir zwar langsam weitergefahren, aber der Zug ist später angekommen als erwartet. Mein Kurs hat um 17.00 Uhr begonnen. Ich bin durch die Verspätung eine halbe Stunde zu spät gekommen und mit einem Taxi zur Kursadresse gefahren. Der Taxifahrer hat dann zu mir gesagt, dass wir angekommen seien, und ich habe ihn gebeten, ob er mich zum Eingang hinbringen könnte. Der Taxifahrer hat wiederholt, dass wir schon angekommen sind. Ich bin aus dem Taxi ausgestiegen, habe mir die Akustik angehört und die Leute auf der Straße angesprochen, wo ich denn wäre. Die antworteten mir, dass ich 150 Meter von der Kurshalle entfernt sei. Es hat sehr stark geregnet. So habe ich mich diese 150 Meter nach vorne gekämpft und den falschen Eingang gefunden.

Es hat sich dabei um einen sehr großen Kurs mit 7.000 Teilnehmern gehandelt. Ich war auf der Suche nach dem Stand, bei dem ich das Übersetzungsgerät bekomme, denn der Kurs war englischsprachig. Ich habe eine Berechtigung ausfüllen müssen, damit ich teilnehmen und das Übersetzungsgerät mit dem Kopfhörer bekommen konnte. Ich bin dann in diese große Halle hineingeführt worden. Um 3.00 Uhr in der Früh war der erste Tag zu Ende. Ich habe die Halle verlassen und wurde zum Taxistand gebracht. Sobald wieder ein Taxi zum Stand gekommen ist, und ich zum Taxi hinging, wurde es mir vor der Nase weggeschnappt. Die sind schnell zum Taxi gelaufen, haben die Tür aufgerissen und weg waren sie. So habe ich sehr, sehr lange gewartet, bis ich an die Reihe gekommen bin. Dann ist ein Blumenverkäufer vorbeigekommen, der seine Blumen unbedingt verkaufen wollte: „Blumen für die Freundin, Blumen machen Freude, Blumen sind schön, Blumen ganz billig für die Freundin, die Blumen duften, die Blumen sind billig." Er hat sich sehr lange bemüht, diese Blumen zu verkaufen, so ist mir die Wartezeit recht angenehm verkürzt worden. So sind der Blumenverkäufer und ich lange da gestanden. Erst nach 45 Minuten Wartezeit habe ich endlich ein Taxi bekommen. „Wohin fahren Sie?" Ich habe gebeten, dass er mich ins Hotel Julia bringen soll. Der Taxifahrer hat gesagt: „Ich weiß nicht, wo das Hotel Julia ist." Ich hatte ein Fax in der Hand, aber der Taxifahrer hat gesagt, dass es kein Hotel Julia gäbe. Aber das Fax der Zimmerbuchung hatte ich in der Hand. Ich habe ihn gebeten, dass er in der Zentrale nachfragen sollte, und es hat sich herausgestellt, dass das Hotel Julia in der Elefantenstraße zu finden war. Wir sind dorthin gefahren, und ich habe den Taxifahrer gebeten, mich zur Tür zu führen. Er hat mich bis zum Treppenhaus gebracht. Ich habe mich gewundert, dass ich eine Treppe hinaufgehen musste, die sich im Haus befunden hat. Ich habe eine Tür geöffnet und schon war ich im ersten Stock. Es ist mir alles so eigenartig vorgekommen, ich habe mich gewundert, dass im ersten Stock das Hotel Julia ist.

Jemand hat so etwas wie „guten Abend“ gesagt. Ich konnte es kaum verstehen, denn der Mann an der Rezeption war Russe. Ich habe auch „guten Abend“ gesagt und ihn gefragt, ob er mir das Zimmer zeigen könnte. Er meinte: „Was wollen Sie?“ Der Mann hat keinen Mucks gemacht, er hat nur wissen wollen, was ich wollte. Ich habe ihm das Fax gezeigt, er hat es mir zurückgegeben, ich habe es ihm nochmals gezeigt. So ist das eine Weile hin- und hergegangen. Das Problem dabei war, dass ich das Fax mit der Schrift zu mir hingehalten hatte, daher hat es auch keine Reaktion gegeben. Ich habe mich auch nicht ausgekannt und habe ihn nochmals nach meinem Zimmer gefragt, nach „room“, auf Englisch. Er hat seinen Chef geholt, der auch Russe war. Der hat auch gemeint, dass es kein Zimmer für mich geben würde. Der Chef hat gesagt: „Gehen Sie wieder auf die Straße, suchen Sie ein Hotel.“ Ich habe geantwortet, dass es bereits vier Uhr in der Früh sei und es regnen würde und ich mich nicht in Frankfurt auskennen würde.

Ich habe ja eine Buchung im Hotel Julia, neben mir haben die zwei Russen miteinander Russisch gesprochen und mich warten lassen. Um 4.30 Uhr in der Früh haben sie zu mir gesagt, dass ich mitkommen sollte. Die beiden haben für mich einen

Abstellraum freigeräumt, darin habe ich nächtigen können. So konnte ich wenigstens zwei Stunden lang schlafen. Zum Frühstück habe ich auch etwas bekommen, und zwar einen Pfefferminztee und fünf trockene Semmeln. Es hat keine Butter, keine Marmelade, keinen Käse oder Wurst dazu gegeben, man hat mir nur die fünf trockenen Semmeln gereicht. Ich habe zwei davon gegessen, dann musste ich wieder zum Kurs. Im Hotel Julia konnte ich nicht wirklich gut schlafen, oben, unten, daneben, überall haben die Betten gequietscht und das Gestöhne und die Lustschreie waren nicht zu überhören.

Im Kurs habe ich in der Pause aufs WC müssen und jemanden gefunden, der mich begleitet hat. Vier Personen waren vor mir dran. Und schon war die Pause zu Ende und mein Begleiter wollte wieder zum Kurs zurück. Ich musste aber dringend aufs WC und bin noch geblieben. Von den anderen vier hat einer angeboten, dass er mich dann wieder zurück zum Kurs bringt. So verrichtete ich mein Geschäft, aber als ich aus dem WC herauskam, bin ich alleine dagestanden. So bin ich wieder in den Veranstaltungsraum gegangen und war auf der Suche nach meinem Sitzplatz. Es waren 7.000 Leute zugegen, es gab vier Reihen, zwei rechts und zwei links. Ich habe ein paar Leute angesprochen, ob sie wüssten, wo ich gesessen bin. Diese wussten auch keine Antwort, da sie auch keine Ahnung hatten, wo ich gesessen sein könnte. Es war schwierig, sich im Raum zu orientieren. Ich bin von Sessel zu Sessel gegangen. Einige Leute haben mich verstanden, einige nicht, weil auch sie Kopfhörer aufgesetzt hatten. Nach langem Hin und Her habe ich dann jemanden getroffen, der mir helfen konnte. Auf die Frage, wo ich vorher gesessen bin, wusste ich keine Antwort, ich wusste nur, dass auf einem Sessel mein Kopfhörer gelegen hat und daneben eine Tasche stand. Aber es waren mehrere Kopfhörer auf den Sitzflächen zu finden. Beim ersten Kopfhörer ist eine andere Tasche daneben gestanden, beim zweiten Kopfhörer haben wir die Nachbarn gefragt, aber die wussten auch nicht, wo ich gesessen bin. Ich konnte nur aufgrund meiner Tasche erkennen, ob ich richtig bin. Bei diesem zweiten Sessel waren wir auch schon richtig, das war ein echtes Wunder, denn dort ist auch meine Tasche gelegen. Das war ein Glück! Bis ich wieder an meinem Platz angekommen war, sind 45 Minuten vergangen. Viele Kursteilnehmer waren aus China, Russland, Großbritannien usw. – das war wirklich sehr schwierig.

Beim nächsten Kurs in Frankfurt habe ich nicht mehr in diesem Stundenhotel (Hotel Julia) genächtigt, da habe ich ein Schiffshotel gebucht. Mir hat die Bezeichnung Schiffshotel gefallen, es war auch recht günstig und ich war neugierig. Ein Schiffshotel ist ein Schiff das im Main vor Anker liegt, das als Hotel genutzt wird. Ich habe mich von einem Taxi zum Hotel fahren lassen und bin aus dem Auto gestiegen. Der Taxifahrer hat mich hingebracht, aber es war alles sehr eigenartig. Es war kein fester Boden, sondern wir sind über Gitter marschiert. Ich habe den Main rauschen hören, dann habe ich erst begriffen, worum es geht. Der Taxifahrer hat mir den Knopf zum Öffnen der Türe gezeigt, dann war er auch schon weg. Ich habe auf den Knopf gedrückt, die Türe hat sich geöffnet und danach selbstständig wieder geschlossen. Ich habe gesagt: „Guten Abend", aber ich habe keine Antwort bekommen. Auch auf „Hallo" hat man nicht reagiert. Ich habe einige Zeit gewartet, aber es hat sich nichts gerührt. Ich bin mitten am Schiff gestanden, kein Mensch war da und ich wusste nicht, wie es weitergehen soll. Ich habe mir gedacht, dass ich in einer Vorhalle bin, und habe geschaut, wie ich weiter vorankomme mit meinem Stock. Ich habe mich im Raum orientiert, da habe ich eine Treppe gefunden und bin ich diese Treppe hinaufgegangen.

Es war schon 2.30 Uhr in der Nacht, besser am Morgen. Ich habe mir gedacht, dass ich einfach am Schiff bleiben muss, damit ich ein wenig schlafen konnte. So habe ich an den Türen gerüttelt, aber alle waren geschlossen. Eine Tür hat sich öffnen lassen und ich habe mich in einem Zimmer mit Bett, Nachtkästchen und Dusche befunden. Das war es dann schon. Ich musste dringend aufs WC und ich habe im Zimmer nach einem WC gesucht, da habe ich leider keines gefunden. Ich bin dann wieder rausgegangen und habe mich auf die Suche nach einem WC gemacht. So bin ich den ersten Stock, in dem ich mich befunden habe, abgegangen und habe ich noch eine Türe gefunden, die sich öffnen ließ. Dort hat es nach WC gerochen und ich war froh, dass ich eines gefunden hatte. Als ich fertig war, bin ich wieder zurück ins Zimmer gegangen und habe mich schlafen gelegt. Ich wusste, dass ich bis 7.30 Uhr schlafen konnte. Ich habe den Wecker eingestellt, und um 7.30 Uhr morgens habe ich dann doch Bewegungen am Schiff wahrgenommen. Wenn am Main ein Schiff gefahren ist, hat es im Schiffshotel einen Ruck gemacht, der durch die Wellen des vorbeifahrenden Schiffes ausgelöst worden ist. Für mich war das alles neu und fremd, aber interessant.

Ich habe mich nach dem Lärm orientiert und bin die Treppe wieder hinuntergegangen. Im Raum haben sich zwei bis drei Personen befunden, die anscheinend auch im Schiffshotel genächtigt hatten. Diese Menschen haben sich gewundert, wo ich hergekommen bin, sie wussten nicht, dass ich am Schiff bin. Als ich das Zimmer gebucht hatte, wussten sie, dass ich am Abend ankomme, daher hat sich auch die Haustüre öffnen lassen. Diese Tür ist ja dann hinter mir zugegangen. Es war alles sehr eigenartig, denn in der nächsten Nacht war alles kein Problem mehr, da habe ich mich beim Schiffshotel schon sehr gut ausgekannt. Da habe ich auch schnell mein Zimmer wiedergefunden. Im Hotel hat es mir sehr gut gefallen, auch diese Rucke, wenn andere Schiffe vorbeigefahren sind, haben mich beeindruckt.

Im Kurs habe ich abermals aufs WC müssen, habe mir diesmal aber genau den Platz beschreiben lassen, damit ich wieder zurückfinde. Ich habe am WC länger gebraucht und auf einmal ist mein Name aufgerufen worden. Ich staunte nicht schlecht und konnte nicht einfach das WC verlassen, weil ich noch nicht fertig war. Dreimal bin ich aufgerufen worden, aber ich habe nicht reagieren können, weil ich eben – wie bereits erwähnt – noch am WC war. Aber diesmal habe ich sehr schnell wieder zum Platz zurückgefunden, obwohl sich wieder Tausende Kursteilnehmer im Saal befunden haben.

INNSBRUCK

Im anatomischen Institut in Innsbruck hat ein Kurs stattgefunden, da bin ich mit einer Kollegin nach Innsbruck gefahren und habe bei meinem Bruder im Blindeninstitut übernachtet. Die Kollegin wollte schlafen gehen, ich wollte noch duschen. Die Duschen haben sich im Keller befunden, drei Stockwerke musste ich hinuntergehen. Ich habe mit dem Fuß die Treppe gesucht, aber nichts gefunden, da war nur Leere. Dann bin ich nochmals in den dritten Stock hinaufgelaufen, um den Blindenstock zu holen. So habe ich gehofft, dass ich mehr herausfinden könnte. Ich habe eine Türe gefunden, es war nur eine Besenkammer dahinter. Ich habe weiter nach Türen gesucht, um in den Keller zu gelangen, nichts. Nun habe ich meinen Stock in die seltsame Leere hinuntergelassen und dabei tatsächlich eine Stufe erreicht. Ich war aber noch vorsichtig, ich bin am Boden gesessen und habe die Beine baumeln lassen. Ganz unten habe ich die Stufe erreicht, seitlich war eine dicke Schnur, aber kein Geländer. So bin ich dort hinuntergegangen, um die Dusche zu suchen. Es hat dort kaputte Spielgeräte gegeben, die in den Spielhöllen mit den Automaten stehen. Aber eine Dusche war nicht zu finden, nur diese vielen Spielautomaten. Ich bin bei einer Türe hinein, habe aber nichts gefunden. Bei einer weiteren Türe bin ich hineingegangen und in einem Wäschekorb gelandet. Wie ein Maikäfer, mit den Beinen nach oben. Es hat gedauert, bis ich wieder herausgefunden habe. Dann endlich habe ich die Badewanne entdeckt – das Duschen in der Badewanne kann beginnen! Beim Duschen hat es gerumpelt, es gab einen furchtbaren Lärm. Ich hatte Angst, ich war im Keller und dann bin ich draufgekommen, was das war: die Straßenbahn! Sie führte oben vorbei, das hat dieses Rumpeln verursacht. Beim Duschen gab es nur die Möglichkeiten: kalt oder ganz heiß. Es gab keine Mischung, also nichts dazwischen.

Bei einem weiteren Kurs sind ein Freund und ich von Innsbruck übers Pustertal heimgefahren. Nach zwei Stunden sind wir unsicher geworden, ob wir überhaupt im richtigen Zug sitzen. So haben wir einfach gehofft, dass wir uns im richtigen Zug befinden. Ich hatte eine Idee: Ich bin aus der Zugkabine hinausgegangen und habe „Milano, Milano!" gerufen. Eine Kabinentür ist aufgegangen und jemand hat gesagt: „Nix Milano, Franzensfeste." So haben wir gewusst, dass wir im richtigen Zug waren.

Bei einem weiteren Kurs im Winter hat es mit dem Zugverkehr nicht so gut geklappt. Wir wussten nicht genau, wo wir einsteigen sollen, und haben vom Schalterbeamten nur den Hinweis bekommen, dass wir das Gleis entlanggehen müssten, der Zug würde dann schon kommen. Wir sind nur in Halbschuhen am Gleis entlanggegangen, bei rund 25 Zentimeter Schnee. Die Füße waren eiskalt, wir waren völlig durchnässt. Wir haben uns gefragt, wo denn jetzt der Zug sei... Auf einmal, nach etwa 500 Meter, ist der Zug am Gleis gestanden. Damit hatten wir nicht gerechnet. Aber der Schalterbeamte hatte Recht gehabt, wir waren schon richtig und somit ist alles gut ausgegangen.

Beim nächsten Kurs in Innsbruck besuchte ich diesen wieder gemeinsam mit meinem Freund. Wir haben noch Zeit gehabt und uns gefragt, was wir machen sollen. So kamen wir auf die Idee, uns ein Schloß anzusehen und waren auf dem Weg in Richtung Schloss Amras unterwegs und sind zu einem Wegweiser gekommen. Wir haben sehen wollen, ob wir auf dem richtigen Weg waren, doch die Aufschrift war sehr weit oben. Mein Freund ist sehr groß, hat nur ein dreiviertel Prozent Sehkraft, aber auch er konnte die Aufschrift nicht lesen. So habe ich eine Räuberleiter gemacht und er hat mit seinem Fernglas nachgesehen und ein „A“ entziffern können. Daher haben wir gemeint, dass wir am richtigen Weg sind. Für die Leute muss das lustig ausgesehen haben. Da steht einer und macht eine Räuberleiter und der andere schaut oben mit einem Vergrößerungsglas nach, ob er etwas auf der Richtungstafel entziffern kann.

AM BAUM HÄNGEN NICHT NUR ÄPFEL

Ich habe bei den Wiener Langlaufmeisterschaften teilgenommen, die in Niederösterreich stattfinden. Ich war eben erst 15 Jahre alt geworden, zu diesem Zeitpunkt 142 cm groß und habe um die 35 Kilogramm gewogen, war also recht klein und leicht. Am Berg war ich beim Langlaufen sehr gut und habe alle überholt. Mein Vater war mein Begleitläufer. Die Frauen sind zehn Minuten vor den Männern gestartet und trotzdem habe ich es geschafft, die letzte Frau zu erreichen.

Sie hat meinen Vater und mich kommen gehört und gedacht, dass sie doch nicht die letzte war, und hat, weil sie nicht die letzte Frau sein wollte, die Spur nicht freigegeben. Mein Vater hat sie gebeten, die Spur doch bitte freizugeben, da wir schon auf der Spitze des Berges angekommen waren. So haben wir aus der Spur heraus müssen, um an der Frau vorbeizukommen, da sie uns einfach nicht vorbeigelassen hat. Plötzlich hat es mich bei der Abfahrt wie bei einer Sprungschanze hinauskatapultiert und ich bin mitten am Baum in einer Baumkrone gelandet. Es hat mich gedreht, ich bin mit dem Kopf nach unten am Baum gehangen, die Skier waren in der Baumkrone verhängt. Ich bin also ziemlich verdreht am Baum gehangen. Mein Vater hat die Skier abgeschnallt, ist auf den Baum geklettert und hat mir die Schuhe von den Skiern gelöst. Ich habe mich am Baumstamm festgehalten. Zu diesem Zeitpunkt bin ich noch immer mit dem Kopf in Richtung Boden am Baum gehangen. Mein Vater hat mir heruntergeholfen, dann hat es geheißen, wieder die Skier anziehen und ich habe das Rennen weiterfortgesetzt. So bin ich sogar noch Zweiter geworden, was mich sehr gefreut hat. Es waren zwar nur sieben Leute in meiner Klasse, aber Vizemeister ist eben auch trotz des unfreiwilligen Abganges ein schöner Erfolg.

DIE DREI GEBROCHENEN RIPPEN

Ich habe an der Staatsmeisterschaft im Langlaufen in Vorarlberg im Bregenzerwald teilgenommen. Mein Vater war wieder mein Begleitläufer. Wir haben für den Fotoapparat noch einen Film gebraucht, damit der Zieleinlauf aufgenommen werden kann bzw. jemand ein Foto von mir macht. Im Regen sind wir dann zwei Stunden lang herumgelaufen, um ein Geschäft zu finden, das Filmrollen verkauft. Leider kamen wir ohne Filmrolle ins Hotel zurück. Im Hotel hat mein Vater mit Erstaunen festgestellt, dass es dort ein Geschäft gibt, wo man Filmrollen kaufen konnte. Na toll, da sind wir umsonst zwei Stunden im Regen herumgegangen! Beim Probelauf, bevor das richtige Rennen beginnt, bin ich mit meinem Vater losgelaufen. Nach ein paar hundert Metern hat mein Vater gesagt, dass er nicht mehr kann. Er hat so sehr geschwitzt und wir bräuchten einen anderen Begleitläufer. Drei Wochen lang ist mein Vater gegen Grippe behandelt worden und es ist nicht besser geworden. Dann haben Ärzte herausgefunden, dass er sich bei der Arbeit drei Rippen gebrochen hatte. Obwohl mein Vater eigentlich ein besserer Langläufer ist als ich, konnte er an diesen Tag einfach nicht mehr weiter machen – aus einem triftigen Grund, wie wir erst später herausgefunden haben.

Meine Geschichten sollen zeigen, dass man nicht immer im Leben die besten Karten haben muss, dass alles bewältigbar und schaffbar ist, denn einer meiner Lieblingssprüche lautet: „Wer das Leben liebt, ist unbesiegbar!"

DER FALLSCHIRMSPRUNG

Ich wollte aus 4.000 Meter Höhe eine Minute lang bis auf 1.500 Meter frei fliegen. Ich war der Erste, der sich mit meinem Partner getraut hat, aus dem Hubschrauber hinauszuspringen. An diesem Tag war das Wetter schlecht und erst nach eineinhalb Stunden haben wir mit dem Hubschrauber auf bis 2.900 Meter in die Höhe steigen dürfen. Am Flughafengelände bin ich gefragt worden, ob ich einen Kleinhirnschaden habe. Teilnehmen haben nur Menschen dürfen, die keinen Kleinhirnschaden haben. Ich habe eine Kleinhirnschrumpfung, die ich aber verschwiegen habe, da ich unbedingt fliegen wollte. Die ersten zehn Sekunden beim Absprung waren noch in Ordnung, dann ist mir übler und übler geworden. Das war dann schon fast witzig, denn ich habe mitbekommen, dass die Luft oben wirklich dünner ist, der Druck auf Arme und Beine ist immer stärker geworden, je tiefer wir gefallen sind. Wir sind durch eine Wolke hindurchgefallen, dann hat es plötzlich auf den Bauch geregnet, das heißt, es hat nicht aus der Wolke herausgeregnet, sondern ich bin von oben gekommen und auf die Wolke getroffen, daher hat es mir auch auf den Bauch geregnet. Auf 1.500 Meter Seehöhe hat sich der Schirm geöffnet. Man hat das Gefühl, dass man 20 Meter nach oben gezogen wird. Auf dieser Höhe geht spätestens der Ersatzschirm auf, falls der Hauptschirm nicht aufgehen sollte. Und dann bewegt man sich spiralförmig nach unten. Der Tandemmeister hat gesagt, dass ich jetzt die Leine ziehen sollte. Ich habe dem Tandemmeister nicht erklären können, warum ich die Leine nicht stärker ziehe, denn mir war so übel, dass mir sogar der Nahrungsbrei heraufgekommen ist. Mein Mund war voll mit Erbrochenem, daher habe ich nicht reden können. Ich musste dreimal schlucken, damit ich was sagen konnte. Ich war so froh, als ich endlich am Boden angekommen bin. Dort hat mich eine Frau abgeholt, die mich nach Hause bringen wollte. Ich wusste nicht mehr, wo ich wohne, aber sie wusste, wo mein Zuhause war. Wir sind dann zur Wohnung gefahren, wo sich auch mein Büro befindet, und ich habe mich im Schlafzimmer hingelegt, mir war so übel. Nach zwei Stunden bin ich wach geworden, dann bin ich ins Büro gegangen und habe gefragt, was die fremde Frau in meinem Büro macht. Das war aber meine Bürokraft, ich habe gar nicht mitbekommen, dass sie mich vom Landeplatz abgeholt hatte, und generell konnte ich mich an sie nicht erinnern. Mir war drei Tage lang schlecht. Ich bin vom Bett aufgestanden, bin dann voll in die Schlafzimmerwand gekracht, weil ich das Bett auf der falschen Seite verlassen habe. Drei Tage lang, Tag und Nacht, hat sich alles nur gedreht.

VORTRAG ÜBER DIE ERBLINDUNG

Ich habe einen Vortrag über meine Erblindung gehalten, denn ich mache immer wieder auch Öffentlichkeitsarbeit, um der Bevölkerung zu erklären, wo es Schwachpunkte gibt. Bei der U-Bahn zum Beispiel sind die Räumlichkeiten geschlossen, wenn die U-Bahn einfährt, ist es sehr laut, und als Blinder kann ich nicht unterscheiden, wo ein Waggon aufhört und wo der nächste beginnt. Es passiert immer wieder, dass man zwischen die Waggons gerät. Der Zug fährt an und der Mensch kommt ums Leben, weil er zwischen den Waggons einsteigen wollte. Daher ist Aufklärung darüber wichtig, wo es Schwierigkeiten gibt.

So bin ich einmal zu einem Zanderfilet eingeladen worden. Ich esse einfach das, was am Teller ist, aber auf diesem Teller waren eine Scheibe Gurke, eine Scheibe Zitrone, eine Scheibe Gurke, dann wieder eine Zitrone. Gurken und Zitronen waren am ganzen Teller verteilt. Ich wollte Platz machen fürs Schneiden des Zanderfilets. So habe ich von außen (Tellerrand) zur Mitte hin zu essen begonnen. Dabei habe ich die gesamte Dekoration weggegessen. Kein Mensch hat mir etwas gesagt. Jahre später habe ich bei dieser Gesellschaft einen Vortrag über meinen Hund gehalten und da bin ich zum St.-Peter-Fisch eingeladen worden. Ich habe den Fisch gegessen, aber der Kellner war so unbeholfen und es waren Blumenservietten am Teller – das wusste ich nicht. Den Fisch hat man einfach auf die Serviette gelegt. Beim Schneiden habe ich Widerstand gemerkt und gedacht, es sei die Fischhaut. Beim

Essen habe ich die Serviette mitgegessen. Ich habe die Serviette aus dem Mund ziehen können, weil ich beim Schneiden die Serviette nicht ganz durchgeschnitten hatte. So habe ich doch nur Teile mitgegessen. Niemand hat mir gesagt, dass ich die Serviette mitesse. Es war unangenehm, die Serviette aus dem Mund ziehen zu müssen. Alles war voller Sauce. Das sind Erlebnisse, die einem Blinden so unterkommen. Es kommt immer wieder vor, dass man auf Leute trifft, die nicht wissen, wie sie reagieren sollen, wenn sie auf einen Blinden stoßen. Die einen sind zu hilfsbereit, die anderen trauen sich nichts zu sagen. Das Problem mit dem St.-Peter-Fisch wäre gar nicht aufgetreten, wenn die Serviette nicht am Teller gelegen wäre. Es ist ja auch noch eine neben dem Teller am Tisch gelegen, daher hatte ich gar nicht vermutet, dass noch eine weitere direkt am Teller liegt.

DIE TREPPE

Es ist sehr nett, wenn einem geholfen wird. Beim Treppensteigen zum Beispiel weiß ich natürlich nicht – bei unbekannten Stiegen –, wie viele Stufen es gibt. Ich brauche meine Zeit, um mich zu orientieren. Es ist mir schon sehr oft passiert, dass mich jemand während des Treppenhinuntersteigens von hinten geschubst hat. Beispielsweise hatte ich erst zwei drei Stufen geschafft und habe von hinten einen gewaltigen Schub nach vorne bekommen. Ich hätte sehr weit fallen können, wenn da 20 Stufen gewesen wären. Das wusste ich ja nicht. Ich hatte Glück, dass es nur fünf Stufen waren. Die Hilfe war eben nicht gut, denn ich halte mich währenddessen beim Geländer an, um zu wissen, wie steil es abwärts bzw. aufwärts geht, und es gibt mir einfach Halt. Aber wenn ich geschubst werde, kann ich schnell aus dem Gleichgewicht geraten. Man kann doch fragen, ob man mir helfen soll, und nicht einfach gleich schubsen. Da soll niemand enttäuscht sein, wenn man helfen will und ich es aber nicht brauche. Ich bin über jede Hilfe froh, aber ab und zu muss man selber da durch. Denn wenn ich unverletzt unten ankomme, ist das für mich besser.

SPORT — DISKUSWERFEN UND SPEERWERFEN

Diskuswerfen, das ist nicht meine Stärke. Man steht in einem Käfig, der ziemlich groß ist. Ich habe einmal den Diskus geworfen und habe nicht durch die Öffnung des Käfigs getroffen. Der Diskus ist dann im Käfig geblieben und im Kreis herumgewirbelt. Man wusste nicht, was passiert, da er mit vollem Schwung geworfen wurde und er dann eine enorme Kraft entwickelt. Wenn ich mal den Diskus leichter geworfen habe, habe ich immer durch die Öffnung geworfen, aber dafür ist er nicht weit gekommen, und wenn ich einmal mit voller Kraft geworfen habe, dann ist er stets im Käfig geblieben und um mich herum gekreist. Ich wusste nie, wann mich der Diskus mit voller Kraft treffen könnte. Also diese Art von Sport hat mir nicht so gefallen. Das Speerwerfen habe ich auch gleich wieder aufgegeben. Es war nicht meine Stärke und war mir zu riskant. Wir haben in einem Garten die Speere geworfen, und obwohl da sehr viel Fläche zur Verfügung stand, ist ein Speer aus dem Garten geflogen und auf einem Gehsteig gelandet. Zum Glück war gerade niemand unterwegs, den ich hätte treffen können. Diese Sportart ist mir auch zu gefährlich, denn da habe ich zu wenig Kontrolle. Wenn ich zu fest schieße, verreiße ich sehr gerne und der Speer gerät beim Fliegen außer Kontrolle. Deshalb habe ich diesen Sport auch aufgegeben.

REITEN

Ich bin einmal reiten gegangen und mein Pferd ist jenem meines älteren Bruders nachgegangen. Mir wurde schlecht, denn mein Pferd ist galoppiert. Ich habe zusehen müssen, dass ich mich im Sattel halte. Nach dem Ausritt, auf dem Weg in den Stall, sind die Pferde hintereinander gegangen. Mein Bruder war vor mir und bereits vom Pferd gestiegen und auch die Reitlehrerin ging neben ihrem Pferd, nur ich saß noch obenauf. Mein Pferd ging dem Pferd meines Bruders nach, das bereits im Stall war. Da ich noch auf dem Pferd gesessen bin, bin ich voll an die Wand über dem Türrahmen geknallt und nach hinten gekippt. Zum Glück hat die Reitlehrerin reagiert und mich aufgefangen. Nach dieser Erfahrung ließ ich das Reiten auch bleiben.

WEITSPRINGEN

Für das Weitspringen bin ich auch nicht geeignet. Beim Absprungbrett steht seitlich der Lehrer, und wenn man bei ihm ankommt, sagt er: „Hopp!“ Ich konnte das einfach deshalb nicht, weil ich wusste, dass ich auf den Lehrer zulaufen muss, und ich habe mich nicht getraut, um ihn nicht umzurennen. Ich habe immer gestoppt, sobald ich mich dem Lehrer genähert habe. Dieser springt normalerweise im letzten Augenblick zur Seite. Mir hat dieser Ablauf nicht gefallen und so ließ ich auch das Weitspringen. Einmal bin ich zur Seite in die Sandgrube gesprungen und dabei gegen einen Baum geprallt, der mich wieder zurückgeworfen hat. Dabei habe ich mich an den Steinen, die als Abgrenzung der Sprunggrube dienen, am Kopf verletzt. Wie gesagt: einfach nicht meine Sportart!

100-METER-LAUF

Beim 100-Meter-Lauf läuft man auch ohne Begleiter. Man hat nur zwei oder drei Rufer zur Verfügung. Man muss auf die Rufer zulaufen und diese springen im letzten Augenblick seitlich weg, damit man nicht in sie hineinläuft. Aber ich konnte das nicht, denn es war mir einfach zu unsicher, ob der Rufer tatsächlich wegspringt oder nicht. Ich habe mir immer vorgestellt: Wenn der Rufer zu spät springt, laufe ich in ihn hinein. Was mir ja schon passiert ist: Ich bin dabei letztendlich mitten in ein Gebüsch geraten. Also auch nichts für mich, dieser Sport.

KRAULSCHWIMMEN

Kraulschwimmen habe ich auch aufgegeben. Ich war gut im Brustschwimmen und man hat mir mal vorgeschlagen zu kraulen, da es der schnellere Schwimmstil ist. Beim normalen Brustschwimmen lasse ich die Absperrung zwischen Schwimmer- und Nichtschwimmerbereich über meine Schulter laufen, damit ich weiß, wo ich gerade bin. Die Absperrleine hat Kugeln drauf und diese haben eine scharfe Naht, die die Haut immer aufreißt. Deshalb klebe ich meine Schultern ab. Beim Kraulen ist es unmöglich, die Absperrleine über die Schulter laufen zu lassen. Nun bin ich eben ohne die Absperrleine geschwommen und bin leider ganz schief gewesen. Was ich ja nicht bemerkt habe. Ich habe so vor mich hingekrault und plötzlich habe ich mit voller Wucht einer Frau auf den Hintern geschlagen. Es war sehr peinlich und es tat ihr auch sehr weh. Das wollte und will ich ja auch nicht, jemandem wehzutun. Deshalb bleibe ich einfach beim normalen Brustschwimmen.

Beim Schwimmen im See bin ich mit einem Mann unterwegs gewesen, der eine Trillerpfeife bei sich hatte. Einmal pfeifen bedeutet links und zweimal pfeifen bedeutet rechts schwimmen. Einmal lang pfeifen bedeutet Stopp. Ich bin geschwommen und geschwommen und habe gedacht, dass ich schon weit hinausgeschwommen bin. Die Stimmen sind immer leiser geworden, ich hatte schon Bedenken, dass mir die Motorboote über den Kopf fahren könnten, und so habe ich nach meinem Begleiter gerufen, warum er denn nie pfeift. Ich habe gesagt, dass ich schon 45 Minuten lang schwimme, und wusste nicht, wo ich mich genau befunden habe. Ich habe als Antwort bekommen: „Was ist denn los? Es ist alles in Ordnung, du schwimmst immer nur im Kreis.“ Es war eben schon später Nachmittag, die Leute gingen schon heim, dadurch gab es immer weniger Stimmgeräusche, und ich habe daher einfach gedacht, dass ich zu weit hinausgeschwommen wäre. Zudem hat mein Begleiter keinen Ton gesagt, das hat mich sehr verunsichert.

Ein idealer Blindensport ist Schneeschuhwandern, hier kann man ohne Verbindung hinter dem Vordermann nachgehen und sich an den Schritten orientieren. Beim Langlaufen ist es optimal, wenn zwei Spuren vorhanden sind und der Begleiter sagt, wenn eine Kurve nach links oder rechts kommt. Das funktioniert beim klassischen Langlaufen sehr gut. Einmal wollte ich wissen, wie lange ich die Luft unter Wasser anhalten kann. Ich bin getaucht und unter Wasser das ganze Becken entlang geschwommen. Als Orientierungshilfe haben mir die Fliesen gedient. Vor lauter Luftanhalten und Konzentration habe ich vergessen, dass das Becken irgendwann ein Ende hat. Ich bin voll gegen die Beckenwand gekracht. Da habe sogar ich als Blinder „Sterne“ gesehen. Wie kann das sein? Das Auge kann nicht anders reagieren und so reagiert es mit Lichtempfinden.

Als Beispiel dazu, wie das zu verstehen ist: Ein Muskel kann sich zusammenziehen oder dehnen, ein Hund kann beißen, sich wehren, aber das Auge kann nicht zuschlagen oder sich zusammenziehen, sondern nur auf Lichtempfinden reagieren, daher habe ich die Sterne gesehen.

Im Schwimmen wurde ich Staatsmeister, was mich sehr gefreut hat. Eigentlich fühle ich es, wenn ich mich zum Beckenrand nähere, aber im Rennen ist das schwierig. Ein Trainer steht mit einem Stock am Beckenrand, am Stock ist ein Schaumstoffball befestigt. Mit diesem Stock tippt der Trainer auf den Kopf, dann weiß ich, dass ich eine Wende zu machen habe. Beim Schwimmen war auch noch das Rauschen des Wassers interessant, da man dadurch die Beckenräder erhören konnte. Wir machten Sprünge vom 1-Meter-Brett, Saltos vorwärts und rückwärts, das machte Spaß und lud zum Wiederholen ein.

SCHWIMMBADABENTEUER

Ich hatte einen Kurs in Deutschland und in meiner Herberge, einem Hotel, hat es auch ein Schwimmbad gegeben. Nach dem Kurs bin ich am Abend zum Schwimmen gegangen. Nach dem Schwimmen musste ich in den dritten Stock in mein Zimmer gehen. Beim Hinaufgehen wurde mir sehr schwindlig, ich bin von einer Seite zur anderen getaumelt. Als ich endlich oben angekommen bin, war ich froh, mein Zimmer gefunden zu haben. Ich habe so gezittert und mir war schlecht, dass ich einfach nicht den Schlüssel ins Schloß bekommen habe. Ich habe 15 Minuten gebraucht, um die Muskeln so weit anzuspannen, dass ich den Schlüssel ins Schloß stecken konnte. Ich wollte nur irgendwie ins Zimmer kommen, am Ober- und Unterschenkel hat es gezwickt und gezogen. Die ganze Nacht habe ich, wenn ich das Bein hochgezogen und dann wieder ausgestreckt habe, an furchtbaren Schmerzen gelitten. Um 6.00 Uhr in der Früh habe ich die Schmerzen nicht mehr ausgehalten. Ich habe eine Klingel gedrückt, denn es war möglich, vom Zimmer aus jemanden zu rufen. Es ist jemand vom Personal vorbeigekommen und ich habe gesagt, dass mir der Oberschenkel so extrem schmerzt. Daraufhin hat man gleich die Rettung gerufen und mich auf eine Trage gebettet. Aber ich musste so dringend aufs WC, doch die Sanitäter wollten mich nicht mehr runterlassen. Auch wenn es nicht ideal war, denn jeder Schritt hat wehgetan, wollte ich zum WC. So haben sie mich mit der Trage hingebracht und ich konnte meine Notdurft erledigen. Dann sind wir drei Stockwerke mit dem Lift nach unten gefahren. Als ich zum Krankenwagen gebracht wurde hat geregnet, ich bin nass geworden. Man hat mich ins Unfallkrankenhaus gebracht und mich mit Ultraschall untersucht. Ich musste die Hose ausziehen. Das Ultraschallgerät war mit einem Schallgeräusch ausgestattet, ich habe alles mithören können. Der Lautsprecher hat gepfaucht und gepfaucht, der Oberschenkel oder der Unterschenkel ist komprimiert worden. Mir war so kalt, nach 45 Minuten war ich halb erfroren und habe gebeten, dass man endlich damit aufhört. Ich war nackt, und mir war einfach nur kalt. Ich bin dann aufgestanden und habe nach meiner Hose gefragt. Ich bin dann rein in die Hose, wollte nur noch da weg. Der Portier hat mir ein Taxi bestellt, das mich zum Bahnhof gebracht hat. Von Murnau bin ich nach München mit dem Zug gefahren, dann von München nach Klagenfurt. Mir war immer noch so kalt und ich wollte einfach nur nach Hause. Ich hatte mich anscheinend beim Schwimmen an einer Fliese verletzt und es kam zu einer Lymphbahnen-Entzündung, die sehr, sehr wehtat. Die Lymphwege waren im Unterschenkel wie ein Stromkabel, im Oberschenkel wie ein Gartenschlauch und in der Leiste wie eine Faust angeschwollen. Jeder Schritt hat einfach wehgetan, und das hat für mich geheißen: Bettruhe, damit ich es ausheilen lassen konnte.

Aber meine Flucht war schon witzig, die Ärzte wussten nicht, wie ihnen geschieht, denn ich bin einfach losmarschiert und habe entwischen können. Mir war so kalt, mir wird heute noch kalt, wenn ich nur daran denke. Für die Ärzte war es sicher sehr überraschend, die konnten einfach nichts tun und weg war ich.

SHIH-TZU

Ich habe auch Selbstverteidigung gemacht, Shih-Tzu. Nach zwei Jahren Training ist es dann einmal zu einem Treffen mit einem Verein gekommen, wo auch Sehende dabei waren. Da haben wir gegeneinander gekämpft bzw. uns verteidigt. Die Mitglieder des anderen Vereins waren um einen Gurt weiter im Training. Im Blindeninstitut haben wir uns vorher gegenseitig gefühlt, um zu wissen, wo wer ist, dann ist es erst mit der Verteidigung losgegangen. Bei diesem Treffen war es anders, es ging um Verteidigung, weniger um Wettkampf. Ich musste gegen ein Mädchen antreten und bin kaum zum Rand der Matte gekommen, schon bin ich am Boden gelegen. Ich wusste nicht einmal, dass sie bereits da war. Das Mädchen hat mich erfasst und in drei Sekunden war alles vorbei. Dann wurde bis drei gezählt, und drei Sekunden lang bin ich am Boden liegen geblieben und habe verloren.

TANDEMRADFAHREN IST WUNDERBAR!

Der hintere Radler hat viel zu treten – also der Blinde –, aber auch der vordere tritt mit, denn die Pedale sind synchron geschalten. Beide müssen im gleichen Rhythmus treten. Bergauf macht sich dann eine unrhythmische Trittfrequenz bemerkbar, weil meist einer stärker ist als der andere. Bergab ist das kein Problem, auch geradeaus kommt es kaum zu Schwierigkeiten.

BEHINDERTENSPORT

Ich habe mit einem Freund über den Behindertensport an sich philosophiert. Die Behinderten, die mit einem Bein Sport betreiben, beanspruchen das eine Bein extrem, was zu Überlastungen führen kann und daher nicht immer sinnvoll ist. Aber zum Behindertensport gibt es ein wunderbares Beispiel. Eine gewisse Andrea hat den „Vogel abgeschossen". Andrea ist ein Mädchen, das mit sieben Jahren ein Antiepileptikum bekommen hatte, daraufhin ins Koma gefallen war und zwei Jahre lang im Koma gelegen ist. Da hat sich die Haut aufgelöst, nur am Kopf nicht. Daher hat man die kleine Andrea in Fetttücher eingewickelt, damit sie nicht austrocknet. Zwei Jahre später ist Andrea wieder zu sich gekommen, und sie hatte unter vielen Problemen zu leiden, die ich hier nicht erläutern möchte. Auf jeden Fall ist sie auch erblindet. Sie war total skibegeistert. Einmal ist die erst und zweitbeste Skiläuferin bei einem Wettbewerb ausgefallen und Andrea wurde Staatsmeisterin. Sie hat sich dermaßen gefreut. Es war für Andrea so wichtig, als sie gesehen hat, dass sie sogar Staatsmeisterin werden kann. Daher sind Erfolge für Behinderte wichtig. Dass es Chancen gibt, dass sie zu Leistungen fähig sind, das brauchen behinderte Menschen genauso wie nichtbehinderte Menschen. Ich trete darum sehr dafür ein, dass ich etwas von meinen Erfolgen an benachteiligte Menschen weitergeben kann.

DARTSPIEL

Das ist auch ein Sport, den ich gerne ausübe, denn der Abstand zur Dartscheibe beträgt nur zwei Meter. Vollblinde haben keine Orientierung, sie kennen Links, Rechts und kein Geradeaus, daher ist es sehr schwierig, im Alltag zurechtzukommen. Der Pfeil ist sehr kurz und ich muss die Richtung an einer Hauswand ausrichten, damit ich geradeaus schießen kann. Es ist ein Spiel, bei dem auf der Dartscheibe ein Lautsprecher eingerichtet ist, der meldet, wenn getroffen wurde. Dieser Melder ist am untersten Punkt der Scheibe angebracht, getroffen werden sollte aber darüber. Wir Vollblinde sind natürlich dem Lautsprecher nahe, wir wollen dorthin treffen, weil wir uns am Lautsprecher ein wenig orientieren können. Es ist schwierig, darüber zu schießen, das erfordert eine hohe Konzentration. Es ist immer wieder verblüffend, dass ich oft die Mitte der Scheibe treffe und beim nächsten Schuss liege ich voll daneben. Es gäbe auch noch das Luftgewehrschießen, da wird dann auch über einen Lautsprecher ein Ton eingespielt und wenn der Ton am höchsten ist, befindet man sich genau in der Mitte. Das hat mich nicht interessiert, ich wollte dazulernen, auch lernen, mich im Spiel zu konzentrieren. So kann ich auch mit Sehenden in Kontakt und Wettbewerb treten. Ich will nicht der Beste sein, sondern einfach nur spielen. Die Dartscheibe ist recht groß, größer als ein Essteller. So ist das Bemühen da, immer öfter ins Zentrum zu treffen und ich muss mich immer wieder neu motivieren und bemühen. Ich habe auch die Anordnung der Felder der Dartscheibe im Kopf, es sind höhere und tiefere Zahlen angebracht. Oft sage ich, dass ich die Neun treffen werde und treffe dann wirklich. Das ist toll und unglaublich. Es bereitet mir einfach so große Freude, weil ich die Dartscheibe mit allen Zahlen vor meinem geistigen Auge habe.

LAUFEN

Das ist eine Sportart, die ich auch sehr gerne ausübe. Ich bin dabei mittels Band mit meinem Laufpartner verbunden. Der Begleitläufer ist vor mir und hält ein Ende des Bandes, der Blinde das andere . Wenn eine Kurve nach rechts geht, wird er etwas abgedrängt, aber der Begleitläufer ist einen halben Schritt voraus und kann abschätzen, wie es sich ausgeht. Bei der Linkskurve ist das überhaupt kein Problem, da wird man in die Kurve mit hineingezogen.

TORBALL

Beim Torball kniet man. Das Feld ist 18 Meter lang und 9 Meter breit. Drei Personen sind im Tor, ein Blinder etwas weiter vorne, die anderen zwei Blinden etwas weiter hinten. Jeder hat ca. 3 Meter zu verteidigen, das heißt, es wird ein Ball geschossen, in dem sich eine Glocke befindet. Der Ball soll nicht fliegen, sondern rollen, damit man die Glocke hört. Der Ball wiegt etwa zweieinhalb Kilogramm. Im Turnsaal, wo wir gerade Torball gespielt haben, ist ein Raum hinter mir gelegen und darin ein Turnkasten. Vier Jugendliche sind darauf gesessen, als ein Freund von mir den Ball zu mir geschossen hat. Dabei liegt der Ball in der Ellenbeuge und durch das vorbewegen des Armes kommt der Ball ins rollen. Er hat ziemlich scharf geworfen, ich habe den Ball nicht fangen können. Der Ball ist auf den Kasten zugeschossen, wo die vier Jugendlichen gesessen sind, und hat diesen eineinhalb Meter nach hinten geschoben, so viel Kraft hatte dieser Wurf. Das ist ein gutes Konzentrationstraining, Mut und Schnelligkeit sind gefordert.

WELLENGANG

Mein Vater hat meinen Bruder und mich in Wien besucht und wir sind an den Neusiedlersee gefahren. Wir sind mit einem Elektroboot auf den See hinaus. Mein Papa war sehr müde und hat sich am Rücksitz hingelegt. Wir Brüder sind mehr recht als schlecht mit dem Wasser und dem Boot zurechtgekommen und haben versucht, die Wellen zu schneiden. Der Wellengang ist immer stärker geworden, Wind ist aufgekommen. Wir sind im Boot rumgeworfen worden und sind uns wie in einer Nussschale am offenen Meer vorgekommen. Mit dem Wellenschneiden waren wir dermaßen beschäftigt, dass es uns kaum gelungen ist, das Boot ruhig zu halten. Die Wellen waren so stark dass sich unser Vater den Kopf an der Bootskante angestoßen hat, merkte er erst was da eigentlich los war. Die ungarische Wasserpolizei war schon da und hat uns ermahnt, den See zu verlassen. Am Ufer hat die österreichische Küstenwache Sturmwarnung ausgegeben. Darauf haben wir nicht reagiert, wir haben die Signale einfach nicht mitbekommen. Es wurde wirklich ernst und wir mussten zusehen, dass wir ans Ufer kommen. Durch die Wellen hatten wir oft kein Wasser unter dem Boot, es ist aufs Leere gelaufen. Die Wellen waren sehr hoch, bis zu vier Meter. Mein Bruder und ich waren echt froh, dass unser Vater wach wurde und wir so ans sichere Ufer kamen. Den mein Vater hat das Steuer übernommen. Man muss sich vorstellen: Da stehen zwei blinde Brüder und versuchen die Situation zu retten, keiner sieht was und das Boot schwankt sehr stark! Also das war wirklich lustig.

FREUNDIN JENNY

In meinem Leben habe ich ein paar Freundinnen gehabt, aber ich möchte nur eine davon besonders hervorheben. Ich hatte eine Freundin, die so wie ich blind war. Aus den ersten Anfängen entstand eine richtig große Liebe, wir hatten viele schöne gemeinsame Erlebnisse. Wir haben uns von Zeit zu Zeit getroffen. Ich bin nach Wien zu ihr gefahren und sie war auch einige Male in Kärnten bei mir. Jenny hatte so wie ich auch einen Blindenführhund. Einmal sind wir ganz verliebt spazieren gegangen, es war wunderschön und wir sind etwas vom Weg abgekommen. Wir sind einfach den Hunden nachgegangen und haben gar nicht viel nachgedacht, so verliebt und abgelenkt waren wir. Da sind wir plötzlich bei einer 10- bis 15-stufigen Kellerstiege, die da plötzlich war, hinuntergekugelt. Es ist uns beiden nichts passiert, aber vor lauter Verliebtheit haben wir nicht auf den Weg geachtet. Das ist so unerwartet passiert, aber nach einer gewissen Zeit der Orientierung wussten wir, wo wir gelandet waren.

Es war schon nach Mitternacht und die Hunde musste wieder mal nach draußen. Nachts sind wir Vollblinde „Könige", weil wir alles hören, und um diese Zeit ist verkehrsmäßig nicht mehr viel los. Jenny und ich haben die Hunde frei laufen lassen. Die Hunde sind irgendwann nicht mehr am Gehweg gegangen, sondern haben in der Wiese herumgeschnüffelt. Auf einmal war das so verwirrend, dass wir nicht wussten, wie wir heimkommen sollten. Wir haben Stimmen gehört, diesen Stimmen bin ich entgegengegangen. Ich habe Jenny gebeten stehenzubleiben. So kam ich alleine den Stimmen immer näher und habe um Auskunft gebeten, wo ich denn sei. Sie haben mich gefragt, ob ich auch ins Bordell will. Da war ich dann schon sehr erstaunt, aber ich wusste nun wo ich mich befand. Da habe ich dann einen Gehsteig gefunden, der hat mir als Anhaltspunkt gedient. So haben wir beide wieder gut zurückgefunden. Bei einem weiteren Nachtspaziergang haben wir uns wieder einmal verlaufen, denn bei zwei Vollblinden ist das nicht so einfach, weil ein Fuß stärker als der andere ist und man dadurch leicht schief kommt. Wir versuchten uns zu orientieren, und wir haben gehört, dass in der Nähe eine stark befahrene Straße war. Dort wollten wir hin, damit ich ein Auto anhalten konnte, um nach dem Weg zu fragen. Leider ist kein Autofahrer stehengeblieben, um ca. 2.00 Uhr in der Nacht bzw. Früh ist sowieso nicht so viel Verkehr wie tagsüber. Ich habe mich dann mitten auf die Straße gestellt, doch keiner ist stehengeblieben. Es wurde zwar gehupt, aber Hilfe war keine zu bekommen. Nach einiger Zeit ist ein Auto auf mich zugekommen und hat die Geschwindigkeit nicht reduziert, was ich am Geräusch hörte. In letzter Sekunde habe ich mich mit einem Sprung gerettet und bin dabei auf den Ast eines Baumes gestoßen. Dabei habe ich mir eine schmerzhafte, blutende Platzwunde zugezogen und diese Wunde hat sich entzündet und dann sogar noch zu eitern begonnen. So hatte ich damit eine bleibende Erinnerung an unseren nächtlichen Ausflug. Durch den Sprung bzw. durch den Baum wusste ich dann wieder, wo wir waren, und so haben dann wieder heimgefunden.

Wenn Jenny und ich bei Regen oder Schnee unterwegs waren bzw. Schnee am Boden lag, dann war das sehr schlimm, denn man hört keine Kanaldeckel, und dann kann man sich nicht am Boden orientieren, weil auch keine Asphaltunterschiede wahrnehmbar sind. Aber wir haben es immer wieder geschafft, unverletzt nach Hause zu kommen. Jenny und ich wollten einmal im See schwimmen, und damit wir wieder aus dem Wasser zurückfinden, haben wir einen Kassettenrekorder mitgenommen und eingeschaltet, denn so konnten wir uns an der Musik orientieren und wissen, wie weit wir uns vom Rekorder befinden. Auf einmal sind die Batterien vom Rekorder leer gewesen. Wir wussten nicht, wie wir jetzt herausfinden sollten. Wir hatten keine Orientierung mehr. Es befand sich tiefer Schlamm am Boden und wir haben einfach keinen Ausgang gefunden. Ein Mann, der oben vorbeigegangen ist, hat gesehen, dass wir hilflos im Wasser umherirrten, und hat uns dann geholfen. Dass die Batterien des Kassettenrekorders genau zu diesem Zeitpunkt leer werden, hatten wir niemals gedacht. Aber dieses Erlebnis war trotzdem wirklich lustig und ist zum Glück auch gut ausgegangen.

Diese ganzen Geschichten haben sich in nur drei Monaten ereignet, denn länger war ich mit Jenny leider nicht mehr zusammen, da so eine Fernbeziehung nicht leicht war. Aber ich erinnere mich gerne an die Zeit mit ihr.

TRÄUME VON DER VERGANGENHEIT

Als Vollblinder hat man Träume, wie es früher war, vor allem wenn man so wie ich einmal gesehen hat. Aber an diesen Träumen sollte man nicht hängen. Das Leben im Hier und Jetzt ist interessant und es ist auch ganz wichtig, nach vorne zu sehen.

MEIN KIND, MEIN HOLZPUZZLE IQ-FUN

Wie es dazu gekommen ist, das ist eine sehr lange Geschichte, aber ich werde mich kurz fassen. Anfänglich war es nur eine Spielerei. Ich hätte mir nie gedacht, dass sich daraus etwas Ernsthaftes entwickeln könnte. Ich habe verschiedene Puzzleteile aneinander geführt, einfach verschiedene Figuren probiert, aber es hat lange Zeit gebraucht, um herauszufinden, welche Teile ich aneinander lege. Ich habe mit Teilen aus Karton, Styropor, Schaumgummi usw. herum probiert. Dann habe ich es wieder einige Monate lang in der Schublade verschwinden lassen. Es hat ewig gedauert, bis ich Teile gefunden habe, die zueinander passen. So waren verschiedene Varianten möglich. Ich habe Teile kreiert, mit denen mehrere (100) Möglichkeiten machbar waren. Vier Teile sind übriggeblieben und aus diesen vier Teilen habe ich Figuren gelegt. Oft habe ich Figuren gelegt, bei denen ich gedacht habe, dass sie neu wären, aber ich habe diese einfach wieder vergessen. Das zeigt nur, wie schwierig dieses Spiel war und ist.

Erst im Jahr 2000 ist die CBM, die Christoffel Blindenmission – das ist ein deutscher Verband, der österreichische heißt „Licht für die Welt" –, an mich herangetreten und hat einen Spendenaufruf gestartet. Ich habe nicht viel für die CBM machen können, aber ich wollte etwas zur Verfügung stellen. Unter der Dusche hatte ich eine Idee: Wenn ich mehrere Figuren schaffe, dann könnte ich das Puzzle verkaufen und einen Teil des Verkaufserlöses der CBM zur Verfügung stellen. Meine Idee unter der Dusche war gut, aber die Ausführung hat sich schwierig gestaltet. Ich habe mich von Patentanwälten beraten lassen, was viel Geld verschlungen hat. Auch im KIZ, im Kärntner Innovationszentrum, habe ich mir Rat geholt, wo man mir bestätigt hat, dass ich mit den Patentanwälten am richtigen Weg für eine gute Beratung bin. Beim Patentamt habe ich ein Geschmacksmuster anmelden können. Ich hatte dafür nur sechs Monate lang Zeit. Innerhalb dieser sechs Monate musste es geschehen, denn ich habe alles an finanziellen Mitteln ausgegeben und bin bis an die Grenzen gegangen. Es hat an allen Ecken und Enden gefehlt. In Schilling waren es drei Millionen, in Euro sind es 218.018. Zwei Jahre später habe ich von meinem Patentanwalt einen Brief bekommen. Ich habe angerufen und gesagt, dass dieser Brief irrtümlich bei mir gelandet war. Es ging um zwei Millionen Schilling, 145.345 Euro. Ich habe den Brief retour schicken wollen, dabei war die Rechnung tatsächlich für mich. Ich wusste nicht, wie ich das zahlen sollte, mit so hohen Kosten habe ich nicht gerechnet. So wollte ich wissen, warum ich das zu zahlen habe: Es handelte sich dabei um die noch nicht bezahlte Registrierung, von der niemals eine Rede war – und schon gar nicht von irgendwelchen Kosten. Ich habe mir gedacht, mit der Anmeldung ist alles erledigt. Aber es war noch nichts aktiv, erst mit der Registrierung ist alles ins Laufen gekommen.

Bei meiner Bank habe ich diesen Sachverhalt vorgetragen. Sie waren nicht gerade begeistert – ich übrigens ja auch nicht. Die Verhandlungen mit der Bank sind über sechs Monate gelaufen, dann habe ich endlich einen höheren Kredit bekommen, damit ich die Kosten beim Patentanwalt und Patentamt begleichen konnte. An einem Dienstagvormittag hat man mir mitgeteilt, dass am Mittwoch um 10.00 Uhr der Termin für die Unterschrift für den großen Kredit sei, und am Dienstagnachmittag wurde ich angerufen, dass der Termin nun doch nicht stattfindet. Den großen Kredit über insgesamt 5.000.000 Schilling wird es nicht geben und der „kleine“ von 3.000.000 Schilling, den ich ja in den großen verwandeln wollte, musste sofort bezahlt werden. In drei Tagen musste ich also das Geld zusammen haben. Ich habe alle meine Eigenreserven flüssig machen müssen. Das hat mich restlos überfordert. Ich habe versucht, ruhig zu bleiben und dann zu handeln, habe telefoniert und versucht, das Geld zusammenzubringen. In einem Monat hatte ich schon 1,1 Millionen Schilling beieinander. Zum Glück habe ich länger als drei Tage Zeit bekommen, als die Bank gesehen hat, dass ich mich bemühe.

Unsere schlauen Köpfe – die Regierung – finden es intelligent, dass ich fünf Millionen Schilling, 363.364 Euro, ausgebe, ohne dass ich dabei etwas verdient habe. So kann man die Wirtschaft auch kaputt machen und braucht sich nicht wundern, wieso es zu Krisen kommt. Die anfallenden Patentkosten habe ich schön langsam abarbeiten müssen, das hat sehr viel Zeit gekostet. Meinen ersten Vertriebspartner habe ich leider kündigen müssen, weil er das Puzzle billiger verkauft hat, als ich es produzieren konnte. Sein Argument für den niedrigen Preis war, dass wir so den Markt erobern könnten, und dann, nach einiger Zeit, sollten wir einfach mit dem Preis höhergehen. Es ist aber so, dass es schwierig ist, einen Preis, der einmal angegeben wurde, anzuheben, da die Kunden den niedrigen Preis gewohnt und daher auch nicht bereit sind, nach einiger Zeit fürs selbe Produkt mehr zu zahlen. Daher musste ich mich von diesem Vertriebspartner trennen, denn da ist es besser, nicht zu verkaufen, denn sonst hätte ich mit jedem Puzzle-Verkauf Verlust gemacht. Was ja nicht Sinn der Sache ist. Für diese Trennung habe ich sieben Anwälte gebraucht, weil es sich sehr lange hingezogen hat. Mit öS 922.000 (Euro 67.004) bin ich aus dieser Geschäftsverbindung herausgekommen. Mein Partner hat gesagt, dass er sich ums Logo kümmern würde. Damals habe ich weder zu- noch abgesagt, aber das hat schon als Zustimmung gereicht. Auf öS 165.000 (Euro 11.991) hat sich die Summe aufgrund der Rechtsanwälte herunterhandeln lassen, aber das war auch nicht wenig Geld für mich. Mittels einer Ratenlösung hat das Ganze dann umgesetzt werden können.

Es gibt Milliarden von Menschen, die kaum existieren können, und bei meinem Geschäftspartner und mir hat es sich um Summen gehandelt, die einfach ins Unermessliche gestiegen sind. Ich sehe das Ganze auch positiv, denn ich habe mich nicht unterkriegen lassen und bin gestärkt aus der Situation ausgestiegen, ganz nach dem Motto: „Wenn die Halbgötter gehen, dann kommen die Götter." Ich war gezwungen, weiterzugehen, Ideen zu entwickeln und nach neuen Wegen zu suchen. Mein hart erarbeitetes Geld hätte ich viel lieber gespendet, wo es effektiv und hilfreich eingesetzt hätte werden können.

So war ich bestrebt, Neues zu finden, denn viel zu viele machen immer nur die gleichen Dinge. Albert Einstein sagte einmal treffend: „Menschen machen immer das Gleiche und erwarten andere Ergebnisse." Der nächste Vertriebspartner hat gesagt, dass er 10 Mio. Stück an Holzpuzzles verkaufen würde. Daran wollte er noch nichts verdienen, erst danach würde er mitverdienen wollen. Tatsache aber war, dass wir nur 5.000 Stück verkauft haben, was an und für sich auch schon recht viel war. Dieser Vertriebspartner hat mich auch an die 20.000 Euro gekostet und ich war wieder auf der Suche nach einem neuen. Mit meinem IQ-fun sind 100 Möglichkeiten spielbar. Es sind nur vier Teile, aber die sind einfach herausfordernd, sie fördern die Kreativität und Konzentration, Geduld sowie das räumliche Vorstellungsvermögen. Es gibt keinen Gewöhnungseffekt. Nach Tagen und Wochen weiß man meist nicht mehr, wie die eine oder andere Figur erstellt wird. Man muss wieder neu nachdenken und das ist einfach spannend und herausfordernd zugleich. Die Lösung vom IQ-fun gebe ich nicht bekannt, es soll eine Herausforderung bleiben. Der Spieler ist gezwungen, sich mit dem IQ-fun auseinanderzusetzen, und kann sich freuen, wenn er alleine und ohne Hilfe eine Figur geschafft hat. Es gibt auch acht Stufen, da kann man sich von Stufe zu Stufe vorarbeiten. Das ist einfach eine richtige geistige Aufgabe.

Mit den Steinen, die mir in den Weg gelegt wurden, kann ich sicher schon Häuser bauen. Diese Steine helfen mir aber auch, dass ich von Tag zu Tag stärker werde. Ich bin keiner, der so schnell umfällt und aufgibt. Es hilft auch nichts, sich über Dinge aufzuregen, die nicht zu ändern sind. Ich habe es mir abgewöhnt, mir Gedanken über andere oder über das Wetter zu machen. Ich habe mich nach den Gegebenheiten zu orientieren und es einfach anzunehmen. Es lässt sich vieles nicht ändern, ändern kann nur ich mich und meine Einstellungen dazu.

Wir beschweren uns über Dinge, die in Fernost produziert werden. Dort sind die Arbeitskräfte einfach billiger und oft werden Kinder fürs Arbeiten eingesetzt, was ich nicht in Ordnung finde. Ich möchte mit meinem Qualitätsprodukt dazu beitragen, dass Arbeitsplätze in Österreich geschaffen werden, dass mein Puzzle in Behindertenwerkstätten hergestellt wird. So haben diese Menschen auch eine Beschäftigung und ein Einkommen, und zugleich wird die Wirtschaft des eigenen Landes gefördert und unterstützt. Ein Teil des Verkaufserlöses von IQ-fun fließt in meine Sozialprojekte. Es ist sehr wenig Geld notwendig, um jemandem zu helfen. Um nur 30 Euro kann eine Graue-Star-Operation in Äthiopien durchgeführt werden. Ärzte ohne Grenzen machen die Operation. Derjenige hat das Augenlicht durch diese Operation wiedergewonnen. Mir als Blinder wurde und wird immer wieder geholfen und das möchte ich durch meine Wohltätigkeit gerne in kleiner Form wieder zurückgeben. Bei uns in Österreich kostet die Graue-Star-Operation 1.500 Euro pro Person. Wenn jemand in Äthiopien mehr oder weniger blind ist und 10 bis 20

Kilometer zur nächsten Wasserquelle gehen muss, dann ist das ein sehr großes Problem. Da ist es einfach toll, wenn man mit nur 30 Euro schon helfen kann. Es ist zwar nur ein Tropfen auf den heißen Stein, aber viele Tropfen können auch etwas bewegen. Für den Betreffenden ist es sehr wichtig, denn er kann wieder sehen und für sich sorgen und ist nicht mehr den Gefahren des Alltags ausgesetzt. Wenn jemand halbblind ist, dann ist es einfach schwierig, sich im Alltag zurechtzufinden.

In Senegal unterstütze ich ein Schulprojekt, dort können z.B. 40 % der schulpflichtigen Kinder keine Schule besuchen, weil die Gelder nicht da sind. Bei uns ist fast alles kostenlos und wird als selbstverständlich angesehen. Viele unserer Kinder wollen nicht zur Schule, in Senegal würden viele Kinder gerne zur Schule gehen, aber sie können nicht, weil es kein Geld dafür gibt. 40 % der Kinder müssen einfach daheim bleiben, weil es an allen Mitteln fehlt.

Eine afrikanische Familie besteht aus einem Mann, aus zwei bis vier Frauen und aus 30 bis 50 Kindern. Die Mutter hat nicht für jedes Kind sehr viel Zeit übrig. Eine Mutter selbst kann meist oft nicht das Alphabet, wie soll sie ihren Kindern Wissen weitergeben, das sie selbst nicht hat? Vieles wird nur in Form von praktischem Wissen vermittelt, das die Mutter weitergeben kann. Ich bin zu einer Fernsehsendung zum Thema eingeladen worden. Vier Stunden und 15 Minuten lang ist eine Dokumentation gedreht worden, doch das hat sich als sehr schwierig gestaltet, weil es geregnet hat. So bin ich im Regen Rad gefahren und gelaufen und von den vier Stunden und 15 Minuten anstrengender Drehzeit wurden drei Minuten Beitrag gesendet. Ich habe beim Filmen darauf hingewiesen, dass ich einen Teil des Verkaufserlöses weitergebe, und je mehr IQ-fun verkauft werden, desto mehr kann geholfen werden. In der Fernsehsendung hat es dann geheißen, dass der Norbert aus Klagenfurt eine Erfindung gemacht hat. Das war eine nicht besonders informative Aussage, denn in Klagenfurt gibt es fast 100.000 Einwohner. Da sind mehrere Norberts dabei und so haben die Leute leider nicht zu mir gefunden. Von ganz Österreich – es wurde ja österreichweit gesendet – haben mich dann drei Leute aufgespürt.

Die erste Frau, die mich angerufen hat, war harmlos, sie war aus Innsbruck und hat gesagt, dass die Figuren des Puzzles schwierig seien, und eine Figur würde sie einfach nicht schaffen. Sie hat mich gebeten, ihr die Lösung zu verraten. Ich habe zu der Frau gesagt, dass es gut ist, dass sie etwas gefunden hat, was sie herausfordert. So wird das Gehirn trainiert, wir werden kreativ, wir müssen umdenken, nachdenken. Es sind alle 100 Figuren machbar und das Ganze dient als Herausforderung. Der zweite Anruf ist aus Linz gekommen und war schon ein wenig dubios. Es hat sich um eine Frau gehandelt, die mich gefragt hat, was ich davon halte, dass sich ihr Freund von ihr getrennt hat. Ich habe gesagt, dass ich nicht weiß, wer sie ist und auch nicht über ihren Freund Bescheid weiß. Die Dame hat gemeint, dass ich ihren Freund kennen müsse, da er so wie ich, auch schlecht sehen würde. Ich wusste trotzdem nicht, wer es war, und so konnte ich der Dame leider nicht weiterhelfen.

Der dritte Anruf ist aus Niederösterreich gekommen. Ich habe im Fernsehen von der Augenkrankheit Trachom erzählt, die in Afrika sehr verbreitet ist, bei der sich die Augenlider einrollen, die Wimpern in den Augapfel stoßen und die Wimpern dabei abbrechen und in den Augapfel hineinstechen. Da gibt es nur zwei Möglichkeiten: Entweder eine antibiotische Salbe aufzutragen – doch stellt sich dort die Frage, ob man das

Geld hat, um diese Salbe zu kaufen. Das ist in Afrika, in Äthiopien, schon ein Problem, auch wenn die Salbe sehr billig ist. Oder man kann als zweite Möglichkeit links und rechts bei den Augenlidern einen Schnitt setzen. Das wird von den Augenärzten gemacht, von den „Ärzten ohne Grenzen". Es geschieht ohne Narkose und ruckzuck, denn da gibt es nicht nur einen Betroffenen, sondern Millionen. Dieser Anrufer hat mir gesagt, dass bei ihm auch die Augenlider eingerollt werden, und ich habe ihm gesagt, dass er diese Krankheit nicht hat, aber es gibt bei uns auch das Phänomen, dass sich die Augenlider einrollen. Er wollte sich von mir operieren lassen, ich habe gesagt, dass ich das nicht kann. Daraufhin hat der Anrufer gemeint, dass ich ja ein Patent habe, aber ich habe gesagt, dass ich wenn ich ein Patent auf mein Puzzle habe, dies nicht bedeutet, dass ich ihn operieren darf. Der Herr wusste anscheinend nicht, was ein Patent ist, und hat gedacht, dass ich ein Arzt bin.

Das waren die Kontakte von der Sendung. Das war nicht sehr ergiebig, zudem habe ich kein Puzzle verkauft. Aber diese drei Anrufe habe ich doch als sehr amüsant empfunden. Durch die Blindheit - oder auch nicht - habe ich seit meiner Kindheit eine Kleinhirnschrumpfung, daher habe ich ein ganz schlechtes Gleichgewicht. Je älter ich werde, desto schlimmer wird es. Bei den österreichischen Staatsmeisterschaften im Langlaufen bin ich auf einer Strecke von 20 Kilometern zwölfmal in der Kurve aus der Spur geflogen. Ich habe auch das Eislaufen aufgeben müssen, denn ich brauche so viel Kraft, damit ich überhaupt auf den Eisen stehen kann, da habe ich keine Kraft mehr zum Eislaufen. Einmal bin ich beim Eislaufen so schwer gestürzt, dass ich mir das Band zwischen den Dornfortsätzen am Rücken der Wirbelsäule gequetscht habe. Wenn ich da in einen Apfel beißen wollte, musste ich mich bis zu den Fußknöcheln bücken, damit ich überhaupt beißen konnte. Monatelang habe ich nur Suppe essen können, weil es nicht anders gegangen ist. Die Wirbelsäule muss beweglich sein, damit gebissen werden kann. Als ich gestürzt bin, war ich so benommen, dass ich mich nicht mehr ausgekannt habe. Meine damalige Chefin, die auch am Eis war, habe ich nicht mehr erkannt, ich habe mit ihrem Namen nichts anfangen können. Erst im Auto haben mir Freunde gesagt, dass das die Chefin war, und dann konnte ich mich wieder erinnern. Das Heimfahren war eine ziemliche Tortur, das Hineindrücken in den Autositz hat mir starke Schmerzen verursacht.

In diesem Zusammenhang ist auch das energetische Sehen sehr interessant. Es gibt zwei Sehnerven: den optischen Sehnerv, mit man etwas erkennen kann, und den energetischen Sehnerv, mit dem man weiß, dass da ein Bild ist, aber nicht erkennen kann, was es darstellt. Vollblinde, die noch energetisch sehen, und jene, deren Augen nicht operiert sind, können noch Bilder erkennen. Sie können sagen, da oder dort ist ein Bild. Sie wissen zwar nicht, was es darstellt, aber sie wissen, dass ein Bild da ist. Zurück zum Gleichgewicht. So einfache Dinge wie Anziehen werden dann zur Herausforderung. Ich versuche, mich möglichst frei anzuziehen, also mich nicht hinzusetzen, damit ich das mit dem Gleichgewicht ständig übe. Das ist sehr schwierig für mich, und von 100 Mal gelingt es mir nur zwei- bis dreimal.

KRANKHEITEN — KOPFSCHMERZEN

Insgesamt etwa 20 Jahre lang hatte ich Kopfschmerzen. Im Alter von acht bis 28 Jahren habe ich sehr darunter gelitten. Es kam immer wieder sporadisch, so in Monatsschritten, vor, dass ich dann drei bis vier Tage lang ausgefallen bin und nichts tun konnte. Das hat mich sehr gestört, ich wollte es ändern und ich habe gehofft, dass es sich ändern lässt. Wenn man etwas Chronisches ausheilen will, so stand es in einem Massagebuch (1920) von mir, dann muss man es akut machen. Ich war mit einem Freund laufen, und am Abend sind wir dann in die Sauna gegangen, aber bei Kopfschmerzen tut Hitze nicht gut. Die Kopfschmerzen haben sich verschlimmert, ich habe pro Tag 18 Mal meine Augen eingetropft, das war mehr als störend und hat mich sehr belastet. Blinde Augen sind hochempfindlich, wenn ich nur meine Wimpern berührt habe, hat es schon wehgetan. So ist zum Kopfschmerz auch noch der Augenschmerz gekommen, das war schon wirklich sehr viel zum Aushalten. Der eine Schmerz hat den anderen verstärkt, so konnte das nicht weitergehen. Nach 20 Jahren Schmerzen wurde ich einfach müde, ich wollte nicht mehr dagegen ankämpfen, und habe mir gedacht, dass ich mit 56 Jahren vielleicht 36 Mal eintropfen müsste anstatt jetzt 18, das wollte ich nicht haben.

Im Winter, nachdem ich mit meinem Vater Langlaufen war, bin ich anschließend wieder in die Sauna gegangen. Diesmal aber mit Absicht, da ich endlich bereit war, etwas zu ändern, und zwar meine Kopfschmerzen akut zu machen, so wie es in dem Massagebuch stand. Am nächsten Tag war es dann wie erwartet akut. Auf dem Weg vom Bett zum WC , bin ich viermal zusammengebrochen, mir war schwindlig, ich habe erbrochen, es ist mir einfach gar nicht gut gegangen. Ich hatte die Hoffnung, dass mein chronisches Leiden durch meine Extremmaßnahmen gebessert werden könnte, und tatsächlich, es ist von Tag zu Tag immer besser geworden und irgendwann waren die Schmerzen weg.
Fünf Tage später, am 12. Jänner 1997 bin ich wieder mit rasen-

den Kopfschmerzen aufgewacht. Doch man hat mir geholfen, ich habe einen Augenarzttermin bekommen. Es war schlimm, ich habe nicht mehr richtig reden können, ich war so belastet und mitgenommen, dass es solche Probleme gegeben hat, dass ich nicht einmal mehr normal denken konnte. Ich habe Angst gehabt, dass das Ganze wieder von vorne anfangen würde. Um 13.10 Uhr hatte ich meinen Termin beim Augenarzt und um 12.50 Uhr konnte ich den Termin absagen, da meine Kopfschmerzen plötzlich wieder verschwunden waren. Das war der 12. Jänner 1997 um 12.50 Uhr. Seit diesem Tag habe ich keine Schmerzen mehr. Der Augenarzt hat gefragt, ob ich komplett verrückt wäre, aber ich war gerne verrückt, denn ich hatte keine Schmerzen mehr, und darüber war ich glücklich. Der Arzt hat sich erkundigt warum ich den Termin abgesagt habe. Meine Erklärung war, dass durch das Akutmachen meines Augenleidens, durch das Laufen und Saunagehen, meine Schmerzen sich enorm erhöht haben und anschließend waren diese weg. 20 Jahre durchgehend Schmerzen zu haben, das hat mir gereicht. Dieses Leiden hat mich sehr eingeschränkt, von Schmerzen hatte ich genug. Der Sehnerv, so die Augenärzte, hätte aber beschädigt werden können. Mir ist es egal, ob der Sehnerv in Ordnung ist, denn ich bin sowieso blind. Ich hatte Mut zu Neuem und meine Rechnung ist aufgegangen. Ich bin heute einfach nur glücklich, dass ich diese Schmerzen wegbekommen habe. Vertrauen zu sich zu haben ist sehr wichtig. Wenn etwas nicht gelingt, darf man nicht gleich aufgeben. Ich habe einfach probiert und probiert und dann hatte ich irgendwann Erfolg.

EPILEPSIE

Seit dem Jahr 2008 bin ich Epileptiker und ich hatte mir dadurch bereits zehn Knochenbrüche zugezogen. Ich habe mir bei einem epileptischen Anfall den vierten Lendenwirbel gebrochen, aber mich nicht operieren lassen. Einen Tag später habe ich schon wieder gearbeitet. Die Arbeit hat mich vom Schmerz abgelenkt. Aber ich habe heute auch noch Schmerzen, wenn ich aufstehe. Damit kann ich umgehen und leben.

Auch beim Telefonieren und beim Darten ist es einmal passiert. Zweimal hatte ich beim Müllkübelausleeren einen epileptischen Anfall, dabei habe ich den Müllkübel zerdrückt und brauchte wieder einen neuen. So bin ich auch einmal vom Rad gefallen, als ich einen epileptischen Anfall hatte. Ich weiß nicht, wie ich zu meiner Epilepsie gekommen bin, da gibt es viele verschiedene Antworten. Ich arbeite sehr viel und vielleicht ist das einer der möglichen Auslöser. Das lange Arbeiten ist notwendig, weil ich als Blinder für vieles länger brauche. Ganz eigenartig war, dass mein Bruder in der Nacht den ersten Anfall hatte und ich am selben Tag in der Früh. Mein Bruder ist nur zwei Jahre älter als ich, aber es ist interessanterweise am selben Tag passiert. Mein Bruder ist schlafend bei seinem ersten epileptischen Anfall aus dem Bett gefallen, er hat sich nicht überarbeitet. Das Glück war, dass mein Bruder bessere Medikamente verschrieben bekommen hat, auf die ich dann auch sehr gut reagiert habe. Bei meinem Urlaub in Oberösterreich (Goisern) am Beginn zum Frühstück, bin ich vom Stuhl gekippt und man brachte mich ins Krankenhaus. Als ich wieder zu mir kam, konnte ich die leichtesten Fragen, wie z.B. meinen Namen, nicht beantworten. Später fiel mir die Telefonnummer meiner Eltern wieder ein. Diese wurden angerufen und meiner Mutter wurde gesagt, dass ihr Sohn im Krankenhaus ist. Die Mutter antwortete dass sie es bereits wisse, denn gleichzeitig wurde mein Bruder wegen einem Anfall ist Krankenhaus gebracht und meine Mutter dachte es handelt sich um ihn.

Ich war bei einer befreundeten Familie zu Besuch und bin einmal in der Früh aufs WC gegangen. Leider bin ich aber nicht mehr herausgekommen. Alle haben sich gewundert, was ich denn da so lange mache. Ich bin durch einen Epilepsie-Anfall unsanft auf den Boden gestürzt und habe mir dabei den vierten Lendenwirbel gebrochen. Im Krankenhaus habe ich Infusionen und Spritzen erhalten, doch diese Therapien haben gar nichts genutzt. Ich bin alles gefragt worden, wer ich bin, wer meine Eltern sind usw. Aber was mir fehlt, danach hat niemand gefragt. Meine Daten sind ohnehin im Computer gestanden. Irgendwann haben die Ärzte mich doch gefragt, woran ich leide, und mir dann sechs Wochen Bettruhe verordnet bzw. gesagt, ich sollte so lange im Krankenhaus bleiben. Ich bin dann nur über Nacht geblieben, damit mich ein Arzt am nächsten Morgen anschauen kann. Die Schmerzen waren so unerträglich, ich wollte nicht essen, bin aber dazu gezwungen worden. Um halb neun sollte dann die Visite sein, doch sie ist immer weiter nach hinten verschoben worden. Um halb 11 Uhr war es dann endlich so weit. Ich bin dann gegen den Rat von drei Ärzten nach Hause gegangen, habe alles unterschrieben. Ich kann nicht ohne weiteres sechs Wochen im Krankenhaus bleiben, ich wollte meinen Betrieb nicht in Konkurs schicken. Zu Hause angekommen, habe ich sogar massiert. Mir hat das gut getan, da ich mich von den Schmerzen ablenken konnte. Nach der Massage habe ich mich wieder hingelegt, um dann später wieder zu massieren. So ist es dann Woche für Woche gegangen. Es war zwar anstrengend, aber so konnte ich meine Schmerzen besser aushalten und den Betrieb aufrecht erhalten.

Bei meinem nächsten epileptischen Anfall habe ich mir mein Schlüsselbein gebrochen. Im Krankenhaus habe ich einen Rucksackverband bekommen. Nach einem Monat musste ich zur Kontrolle und wollte mein T-Shirt ausziehen, was ja nicht so leicht ist, mit einem Rucksackverband. Der Arzt hat mir den Verband nicht lockerer sondern noch enger gestellt. Zu Hause angekommen, bin ich aufs WC gegangen. Dort konnte ich nicht mehr den Gurt öffnen, da der Rucksackverband so eng eingestellt worden ist. Die Hose ohne fremde Hilfe dann wieder raufzuziehen, war schier unmöglich. Ich habe mich so sehr angestrengt, die Hose wieder raufzuziehen, dass mein Schlüsselbein abermals gebrochen ist, es war ja noch nicht einmal richtig zusammengewachsen. Na toll! Die drei Wochen, in denen ich den Verband getragen hatte, waren umsonst. Nun dauerte der ganze Heilprozess neun Wochen. Die nächsten neun Wochen war das Massieren nur mit der linken Hand möglich. Ich musste aber massieren, da ich ja irgendwie Geld verdienen muss, da ich ständig laufende Fixkosten habe. Es war alles sehr schwierig mit so einem Rucksackverband. Aber ich finde immer eine Möglichkeit, wie es geht. Man darf einfach nicht aufgeben.

In diesem Zusammenhang möchte ich auch verdeutlichen, wie leistungsfähig, wie hochwertig unser Geist und unser Körper sind. So habe ich beim Glasscherbenlauf teilgenommen, obwohl ich vorher stark angezweifelt habe, dass das möglich ist. Ich hatte keinen Kratzer am Fuß, nachdem ich durch die Scherben gelaufen war. Vorab habe ich mir den Scherbenhaufen angesehen. Flaschenhälse mit extrem scharfen Ecken nach oben und spitzigen Kanten sind auf dem Haufen gelegen. Die Frau, die mich über den Scherbenteppich geführt hat, hat sich viermal geschnitten. Bei mir war nichts passiert. Diese Frau hatte mehr an mich als an sich gedacht, die Konzentration ging ihr verloren und daher hat sie sich verletzt. Durch hohe Konzentration ist es möglich, vieles zu erreichen, auch das was zunächst unmöglich erscheint.

Das soll zeigen, wie toll unser Körper funktioniert, was für ein

Wunderwerk wir damit haben. In der Minute werden 10 Millionen rote Blutkörperchen gebildet. In einem Quadratzentimeter Haut sind vier Meter Blutgefäße versteckt, zwar verschlossen, aber sie sind sofort einsatzbereit, wenn sie gebraucht werden. Auf einem Quadratzentimeter Haut gibt es 25.000 Nervenenden. Für jeden Gedanken braucht es 10 Millionen bis 100 Millionen Nervenzellen, das ist einfach unglaublich. Unser Körper ist ein wahres Wunderwerk.

Seit es hochleistungsfähige Computer gibt, kann man berechnen, dass in jeder Zelle im Körper pro Sekunde 100.000 chemische Prozesse ablaufen. Das findet mit „Lightpiping“ statt (Light - Licht, und Piping - Rohr wie in Ölpipeline), das passiert, ohne dass wir es bemerken. Daher ist es auch wichtig, seinen Körper zu lieben.

WEITERE GESCHICHTEN AUS MEINEM LEBEN — PORNOSEITEN

Ich habe einmal bei der Telekom angerufen, plötzlich hat der Mitarbeiter gemeint: „Jetzt haben Sie aber Glück gehabt.“ „Wieso?“, habe ich gefragt. „Naja, weil in drei Tagen Ihr Telefon abgedreht wird“, war die lapidare Antwort. Gut, dass ich das auch einmal erfahre! Warum? Weil ich angeblich meine Telefonrechnung nicht bezahlt habe. „Wie kommen Sie darauf?“, habe ich gefragt. Angeblich ist ein E-Mail zu mir gekommen, das ich anscheinend geöffnet habe, wobei nur ein kleiner Klick reichte und dann sind viele Pornoseiten auf meinen Computer geladen worden. Jedes Mal beim Hochfahren des Computers sind neue Pornoseiten eingespielt worden. Da mein Computer keine Bilder erkennt, habe ich davon nichts mitbekommen. Durch das E-Mail ist alles auf meine Telefonrechnung übertragen worden. Schnell habe ich die üblichen Telefonkosten überwiesen, damit mein Telefon nicht gesperrt wird, und mit der Telekom gestritten, da ich die restlichen Kosten für diese Pornoseiten nicht bezahlen wollte. Sie wollten mich vor Gericht zitieren. Ich bin dann zum Konsumentenschutz gegangen, der mir leider auch gesagt hat, dass ich zahlen müsste. Es hat dann über ein Jahr gedauert, diesen Konflikt zu lösen. Da ich ja nichts sehe, würde ich mir so etwas nie herunterladen. Ein Mitarbeiter der Telekom hat die Seiten gelöscht, sie aber nicht der Telecom als Beweis übermittelt. Was ich aber nicht wusste: Ich hätte diese behalten müssen und der Telekom als Nachweis schicken müsse. Aber: Wenn mir das die Telekom von Anfang an nicht sagt, kann ich auch nicht wissen, dass sie die Seiten als Nachweis benötigen. Wie soll ich das wissen, wenn die eigenen Mitarbeiter es nicht einmal wissen. Ich habe ihnen gesagt, sie sollten beim Blindenverband anrufen, denn auf die Blindenzeile bekommt man ohnehin kein Bild hinein, und wenn, bringt mir das nichts, weil ich es ja doch nicht sehe. Die Firma, die mir diese Pornoseiten geschickt hat, hat dann schlussendlich nach langer Zeit verstanden, dass das bei einem Blinden keinen Sinn hat, und sie haben die Anklage fallen gelassen.

DER BLINDE IM ROLLSTUHL

Eine Autofirma hat ihre neuen Autos präsentiert und sie haben auch zwei Autos für Querschnittsgelähmte vorgeführt. Beim ersten Auto hat man gezeigt, wo der Querschnittgelähmte im Auto Beisitzer ist und wie der Rollstuhl im Kofferraum mit Riemen fixiert werden kann. Beim zweiten Auto wurde gezeigt, dass der Querschnittgelähmte hinter dem Steuerrad sitzt. Sie haben keinen Querschnittsgelähmten gefunden, so hat man mich gefragt. Ich habe gesagt, dass ich einen Rollstuhl brauche, denn ich als Blinder hatte keinen Rollstuhl. In Wien konnte ich nach langer Telefoniererei einen Rollstuhl ausleihen und so konnte die Autofirma ihr Auto für Querschnittsgelähmte präsentieren. Beim ersten Auto haben sie gezeigt, wie ich im Rollstuhl bleiben und dort im Kofferraum verweilen konnte. Da bin ich als Querschnittgelähmter vom Rollstuhl aufgestanden und habe den Kofferraum geöffnet. Was für ein Schauspiel: Der Querschnittgelähmte kann plötzlich gehen...! Der Kofferraum war aber schon offen, das habe ich bei dem Lärm und den vielen Leuten leider nicht mitbekommen. Das war vielleicht witzig! Ich habe mich gebückt, um den Kofferraum zu öffnen. Dabei habe ich mir noch den Kopf am Kofferraumdeckel angeschlagen. Das war so eine witzige Situation, zuerst wurde ich als Querschnittgelähmter präsentiert, der plötzlich aufstehen kann – was für ein Wunder! –, und dann hat sich dieser Querschnittgelähmte auch noch den Kopf angeschlagen. Das war für die Zuseher sehr irreführend. Die Leute haben sich nicht ausgekannt, wussten nicht, wie das Ganze zusammenpasst. Für die Leute, die mich gekannt haben, war alles klar, aber Fremde haben mich bei dieser Vorführung einfach als Querschnittgelähmten gesehen. Ich selbst habe das als sehr, sehr lustig empfunden.

RADBERGE IN HOLLAND

In Holland gibt es auch Radberge. Ich war bei einer Radwoche in Holland dabei und habe bereits 2.500 Kilometer vorher in Österreich trainiert. Danach folgte der Urlaub in Holland, es waren 30 Tandems dabei. Der nächstbessere Teilnehmer hatte nur 450 Kilometer trainiert, ich habe mir gedacht, da habe ich ein leichtes Spiel, weil ich ja vorher schon gut trainiert hatte. Die Teilnehmer waren überwiegend älteren Semesters und wir sind losgefahren. Ich habe mich ganz an der Spitze mit meiner Tandemfahrerin Monika befunden und die Gruppe angeführt.

Das Treten ist uns schwer gefallen. Wir sind die Küsten entlanggefahren, die Brandung war laut und es hat ein starker Wind geweht. Ich hatte zu kämpfen, mir ist das Herz bis zum Hals hinaufgeschlagen, und dann hat die Gruppe zu mir aufgeschlossen. Ich bin ins Mittelfeld zurückgefallen, dann landete ich sogar am Ende der Gruppe. Später hat dann die Gruppe auf mich 15 Minuten lang warten müssen. Der starke Wind - das sind die „Berge Hollands". Ich habe mir gedacht, dass das heiter werden würde, denn nach sieben Kilometern war ich mehr als ausgepowert. Ich war jung, hatte super trainiert und die anderen Sportler mussten schon nach sieben Kilometern auf uns warten. Wir sind dann weiter geradelt, bis einer von der Gruppe draufgekommen ist, dass wir im wahrsten Sinne des Wortes mit angezogenen Bremsen fuhren. Meine Tandempartnerin Monika hat die ganze Zeit die Bremse gehalten, daher ist mir das Treten so schwer gefallen. Nach dem Lösen der Bremse ist dann alles viel, viel leichter gefallen, ich war sehr erleichtert und konnte locker mitfahren. Nach einiger Zeit ist Monika mit einem Mann zum Streiten gekommen. Sie ist vom Rad gesprungen und hat ganz vergessen, dass ich hinten gesessen bin. Bevor das Rad umgefallen ist, bin ich abgesprungen. Monika ist dem Mann hinterhergelaufen. Ich musste mitrennen, Monika ist durch eine schmale Absperrung hindurch gelaufen, ich habe das nicht bemerkt und bin voll in die Absperrung gerannt. Da habe ich mir eine Leistenquetschung zugezogen, die mir wochenlang bei jedem Schritt geschmerzt hat.

Aber das war nicht alles. Ich habe mit ihr noch so einiges erlebt bzw. schmerzhafte Erlebnisse gehabt. Auf dem Weg zum

Tandemfahren hat Monika mich geführt. Da sie sehr klein war, hat sie durch jede Tür gepasst, aber sie hat nicht bedacht, dass ich das nicht kann, und ich habe mir den Kopf an einem Türstock gestoßen. Das war der erste Streich. Dann wollte sie einem Auto ausweichen und wir sind bei der Straßenkante in das Geröll geraten – und schon sind wir am Boden gelegen. Woher das Geröll plötzlich kam, war ein Rätsel. Dann, beim Tandemfahren, wie es halt so ist, endet ihr Gesäß da, wo mein Lenkrad anfängt. Da Monika etwas korpulenter ist, habe ich während der Fahrt mit meinen Knien immer seitlich an ihrem Gesäß gerieben. Sie hatte eine Hose an mit einer scharfen Naht. Dadurch, dass ich immer wieder dort angestreift bin, haben meine Knie zu bluten begonnen und das ist die ganze Fahrt lang so gegangen. Letztendlich habe ich zehn Verletzungen davon getragen. Das war mein Tandemfahren in Holland bzw. Tandemfahren mit Monika.

SEHEN

Das Auge leistet zwar sehr viel, aber ich möchte auch darauf hinweisen, was das Hirn dazu sagt. Wir sehen zwei Bilder, und das Hirn fügt sie zu einem gesamten Bild zusammen. Es dreht die Bilder auch um, weil wir alles auf den Kopf gestellt sehen, damit wir es als richtig empfinden. Das ist eine großartige Leistung. Es gibt auch viele Hilfsgeräte, die uns Blinde unterstützen. So kann beispielsweise das Geschriebene, das der Sehende am Bildschirm sieht, von uns ertastet werden. Das ist schon fantastisch! Das System ist weiters mit einem Sprachsynthesizer kombiniert. Wenn ein Symbol vorkommt, wird es akustisch dargestellt.

WASSERRETTUNG – ZU SPÄT

Ich bin in einem Schlauchboot mit einem Freund und dessen zwei Kindern über einen See gerudert und auf einmal ist die Luft aus dem Boot entwichen. Damit wir leichter wurden, bin ich mit dem älteren Sohn ins Wasser gesprungen und wir sind zum Ufer gegenüber geschwommen. Dort gab es einen Sprung- bzw. Aussichtsturm, doch wir wussten nicht, wie es weitergehen sollte. Wir haben überlegt, wie wir übers Wasser kommen. Ich bin vom Turm ins Wasser gesprungen und dann durch die ganzen Wasserpflanzen hindurchgeschwommen. Ein anderer Freund ist mit seiner Freundin am Ufer spazieren gegangen und hat gesehen, dass etwas nicht in Ordnung war. Er hat meinen Freund im Boot wild rudern sehen, er hat mich im Wasser mit dem Kind schwimmen sehen und sich gedacht, dass hier etwas nicht stimmen kann, vor allem weil er wusste, dass ich blind bin. Er hat die Wasserrettung alarmiert. Die kam allerdings nur langsam in Fahrt. Bis uns das Rettungsboot entgegengekommen ist, hatten wir uns alle selbst gerettet.

GROSSER SPASS IM SCHWIMMBAD

Es gab im Schwimmbad im Blindeninstitut ein 1-Meter-Sprungbrett und ich bin Saltos vorwärts und rückwärts gesprungen, was für ein Spaß! Wir hatten das gut unter Kontrolle, denn im Wasser haben wir uns nicht wehgetan, und wir wussten auch, wo das Sprungbrett ist. Es war einfach lustig und toll, wir haben diese Saltos wunderbar geschafft. Der Garten beim Institut war für mich langweilig, denn es war für mich aufgrund meiner Kleinhirnschrumpfung nicht möglich, dort zu schaukeln. Auch beim Ringelspiel wurde mir speiübel. Dann gab es noch eine Sandkiste, die auch uninteressant für mich war. Weiters befand sich dort auch noch ein Kletterturm - auf der einen Seite rauf, auf der anderen Seite runter -, das war nach einigen Malen Klettern langweilig. Aber es gab ein Blockhaus mit Dach, das war interessant. Das Hinaufsteigen aufs Dach hat uns gereizt und herausgefordert. Es war sehr riskant, dort hinaufzusteigen, mit allen möglichen Varianten haben wir versucht aufs Dach zu kommen, aber es ist uns nie gelungen, und wir haben immer warten müssen, bis der Erzieher abgelenkt war, damit er uns bei unseren gefährlichen Vorhaben nicht beobachtet.

HABEN SIE PROBLEME, SEIT WANN NEHMEN SIE DROGEN?

Einmal, als meine Mutter mich besuchte, hat sie mir fünf Dosen Pfirsichkompott besorgt. Sie hat aber nicht gedacht, dass im Geschäft die vorhandenen Dosen im Regal zurückgeschoben wurden und die neuen dazu gekommen sind. Ich habe aus einer Dose Pfirsiche gegessen, da ich Pfirsiche sehr gerne mag und vier Stunden später habe ich die Fingernägel geschnitten und ich habe mit dem Nagelzwicker nichts mehr erreichen können. Da ist mir dann aufgefallen, dass ich auf der linken Seite kein Gefühl mehr hatte. Aus Gewohnheit wollte ich alle Nägel von den zehn Fingern zwicken, aber ich habe die linke Hand gezwickt und mir war nicht bewusst, dass ich nichts gespürt habe. Ich war da teilweise gelähmt und ich bin dann ins Krankenhaus gefahren, weil die gesamte linke Seite taub war. Dort hat man mir Blut abgenommen, nur es ist kein Blut aus mir herausgekommen, und ich wollte nicht im Krankenhaus bleiben, da am nächsten Tag der vierte Teil eines 18-teiligen Kurses gestartet ist. Wenn ich den vierten Teil versäumt hätte, hätte ich wieder von vorne beginnen müssen. Dann hätte ich die ersten drei Kurse umsonst gemacht. Außerdem hätte ich auch noch neuerlich den ganzen Kursteil zahlen müssen und ich war zusätzlich von meinem Massagebetrieb weg. Die Kurse waren in Bayreuth, das liegt nicht in der nächsten Straße, ich musste zwölf Stunden anreisen. So hat man versucht, Blut aus der Vene zu bekommen. Nach sieben Versuchen hat man es links probiert, dort ist ein wenig Blut herausgekommen. Nun hat man mir gesagt, dass ich im Krankenhaus bleiben müsste. Ich wollte aber zum Kurs fahren, weil mir das wichtig war. Den Kurs gibt es nur zweimal und ich wollte unbedingt daran teilnehmen und habe es auch getan. So bin ich zum Kurs gefahren, ich war dort schon sehr müde. Wenn Mittagspause war, sind die Kollegen zum Mittagessen gegangen, doch ich habe mich hingelegt und eine Stunde lang geschlafen. Am Nachmittag hat man mich zur Seite genommen, in eine Kammer gebracht und gefragt, ob ich Drogen nehmen würde. Der Kursleiter hat gemeint, dass ich es bisher gut versteckt hätte, und er hat mich auf die Einstichstellen von der nicht geglückten Blutabnahme hingewiesen. Nachdem ich dem Kursleiter erklärt habe, wie es zu diesen Einstichen gekommen ist, war er sehr erleichtert, dass ich doch kein Drogenabhängiger war.

Diese Lähmung dauerte drei Monate lang an, denn die Empfindung war weg, aber die Muskelkraft war da. Wenn ich bei den Stiegen hinaufgegangen bin, habe ich mit dem rechten Bein getastet, ob der linke Fuß auch richtig auf der oberen Stufe steht. Auch beim Massieren habe ich geschaut, wo sich die linke Hand befindet, da habe ich doch mit der Zeit eine gewisse Übung bekommen und war dann aber froh, dass ich nach drei Monaten wieder ein Gefühl auf der linken Seite hatte.

MEERSBURG

Ein Freund und ich sind zu einem Kurs nach Meersburg gefahren. Bei der Hinfahrt haben wir erfahren, dass Meersburg nur über den Bodensee erreichbar ist. Das war zuerst schwierig, weil wir nicht gewusst haben, dass wir vom Bregenzer Hauptbahnhof ein Stück weiter zur Schiffsanlegestelle fahren sollten, mit einem ÖBB-Zug. Wir haben gedacht, wir kommen mit dem ersten Zug direkt zur Schiffsanlegestelle, aber dass die kilometerweit weg war und wir in einen anderen ÖBB-Zug umsteigen mussten, hat uns eben keiner vorher gesagt. Durch ein langes Hin und Her haben wir herausbekommen, dass die Schiffe auch zur ÖBB gehören. Wir haben aber nirgends eine Auskunft über diese Schiffsabfahrten bekommen, aber haben über die Gemeinde Bregenz die Telefonnummer von der Schiffshaltestelle erfahren. Für unsere Ankunftszeit ist kein Schiff von der ÖBB gefahren.

Wir sind das Risiko einfach eingegangen und mit dem Zug zur Schiffsanlegestelle gefahren, obwohl wir nicht wussten, ob überhaupt ein Schiff nach Meersburg fährt. Wir haben gehofft, dass vielleicht irgendein Schiff von einer anderen Gesellschaft nach Meersburg fährt. Mit meinem Freund sind wir dann den Bodensee-Strand entlanggegangen, von Schiffsanlegestelle zu Schiffsanlegestelle. Ein Schiff, das nach Meersburg gefahren ist, haben wir um zwei Minuten verpasst. Nach einiger Zeit haben wir dann wieder ein Schiff gefunden, das nach Meersburg fuhr. Endlich an Bord, ist plötzlich ein sehr starker Sturm aufgekommen, das Schiff hat gewackelt wie bei einem Seesturm, der Regen hat ans Fenster geprasselt, man konnte nicht rausgehen, es waren wilde Verhältnisse. Wir befanden uns in einem Hauptraum, von dem man nicht hinausgehen konnte bzw. nicht durfte. Doch ich war neugierig und wollte sehen, was sich da abspielt. Ich bin hinaus an die Reling gegangen, aber ich konnte es nicht mal zehn Sekunden aushalten und bin sofort wieder zurückgegangen. Das Schiff hat geschwankt, es hat sich alles gehoben und gesenkt. Für mich als Landratte war das eine völlig neue Erfahrung. Ich hatte zu tun, dass ich mein Gleichgewicht halten konnte. Ich habe gedacht, dass sich auf einem Binnensee nicht so ein Sturm abspielen könnte. In Lindau, einer Zwischenstation, haben die Passagiere nur einer nach dem anderen das Schiff verlassen dürfen, damit nichts passiert und alles unter Kontrolle bleibt. Wir wollten nach einiger Zeit wissen, wann wir in Meersburg ankommen würden, doch eine genaue Antwort ist man uns schuldig geblieben. Endlich in Meersburg angekommen, durften wir aber das Schiff nicht verlassen, da der Sturm ja noch immer gewütet hat, aber nach kurzer Zeit haben wir dann endlich gehen dürfen.

Wir sind zu unserem Quartier in die Villa „Kunterbunt" gegangen. So haben wir es bezeichnet. Das war ein ganz liebes Haus, sehr klein und entzückend, 1692 gebaut. Die Matratzen waren aber so durchgelegen, dass man beim Ausatmen mit der Matratze am Boden gestreift ist. Es gab ein Waschbecken, aber ein Teil davon war schon weggebrochen und nicht mehr zu benützen. Beim Duschen haben wir festgestellt, dass die Dusche zwei Dreher hatte, es ist entweder sehr heißes oder sehr kaltes Wasser herausgekommen. Verbrennen oder erfrieren war angesagt, und nur ein ganz dünner Wasserstrahl ist herausgekommen. Durch viel Hin- und Herbewegen wurde ich dann doch nass. Als wirkliches Duschen konnte man das nicht bezeichnen, wir sind nur einfach nur irgendwie nass geworden. Beim Frühstücken haben der Tisch und die Sessel gewackelt, ich habe gedacht, ein Hubschrauber landet am Dach unserer Villa „Kunterbunt". Die Scheiben haben gezittert, aber es war die Waschmaschine, die geschleudert hat und die ganze Bude ins Schwanken brachte. Das war eine unmögliche Waschmaschine, die auch sehr alt war, vielleicht aus dem Jahre 1692.

Das Einzige, was am Haus passte, war das Frühstück, alles andere war zum Vergessen. Das Schlafen und Duschen war gewöhnungsbedürftig. Ich habe immer ein günstiges Quartier gesucht, weil ich tagsüber sowieso den ganzen Tag im Kurs war. Aber alles in allem war es doch mehr als amüsant. Die Fahrt nach dem Kurs war dann so ungewöhnlich langweilig, da ist nichts mehr Aufregendes passiert.

ANSCHLUSSZÜGE

Einmal habe ich mich wenig gefreut, als ich mit dem letzten Zug von Deutschland nach Klagenfurt gefahren bin, denn ich bin um 23.49 Uhr in Villach angekommen, der Anschlusszug ist um 1:21 Uhr gefahren. Da habe ich mitten in der Nacht warten müssen. Es gab zwar einen Bus, der nach Klagenfurt gefahren ist, doch diese wichtige Auskunft habe ich über die ÖBB nicht erhalten, obwohl dieser Bus zur ÖBB gehört. Ein Schaffner hat mir diese Besonderheit einmal verraten, denn jahrelang habe ich immer bis 1:21 Uhr gewartet und oft war es kalt, es hat geregnet, ich war müde vom Kurs und von der Reise, und da ist die Warterei doppelt anstrengend. Es sind 37,6 Kilometer von Villach nach Klagenfurt, zu Fuß eindeutig zu weit. Ich musste also ganze 92 Minuten auf den Anschlusszug warten. Nach zehn Jahren habe ich zufällig die Auskunft bekommen, dass es einen Bahnbus geben würde. Dieser Bahnbus ist um 23.56 Uhr in Villach weggefahren. Das war für mich ideal, denn die lange Warterei hatte endlich ein Ende.

So bin ich dann am Bahnhofsvorplatz in Villach gestanden und habe auf den Bus gewartet. Es hat sich herausgestellt, dass es eine Veränderung gegeben hat. Dieser Bus ist nicht mehr jeden Tag gefahren, sondern nur mehr am Freitag, Samstag und Sonntag. Obwohl es davor von der Bahnauskunft geheißen hat, dass er jeden Tag fährt. Es war aber ein Donnerstag, an dem ich gewartet habe, und an diesem Tag ist der Bus nicht gefahren. Die Obdachlosen haben mich umkreist, haben mich angesprochen, komische Laute von sich gegeben, einen Warteraum habe ich nicht gefunden, und ich habe wieder bis 1:21 Uhr gewartet. Also ich finde diese plötzlichen Änderungen nicht gut und es ist einfach sehr schwierig als Blinder, vor allem dann, wenn man falsche bzw. gar keine Informationen über Änderungen oder ähnliches bekommt. Während des Wartens hat es so gezogen, als ob ich in einem Vogelhaus sitzen würde, auch wenn ich noch nie in einem war, habe ich mir vorgestellt, dass es so sein musste. Zum Thema Vogelhaus habe ich auch noch eine kurze Geschichte.

VOGELHAUS

Meine erste Bürokraft war ein Bastler, der hat sich ein Vogelhaus gebaut. Das hat wie eine Wohnung ausgesehen, mit Wohnraum, Schlafraum, Aufenthaltsraum, Speisekammer usw. Dann sind die Vögel gekommen, haben das Futter aufgepickt und wollten das Vogelhaus wieder verlassen, was sie aber nicht konnten, denn die eingebaute Schwingtür hat sich nur nach innen öffnen lassen. Die Vögel sind nicht herausgekommen und er hat das Vogelhaus kaputt machen müssen. Das war sehr lustig.

So bin ich dann am Bahnhofsvorplatz in Villach gestanden und habe auf den Bus gewartet. Es hat sich herausgestellt, dass es eine Veränderung gegeben hat. Dieser Bus ist nicht mehr jeden Tag gefahren, sondern nur mehr am Freitag, Samstag und Sonntag. Obwohl es davor von der Bahnauskunft geheißen hat, dass er jeden Tag fährt. Es war aber ein Donnerstag, an dem ich gewartet habe, und an diesem Tag ist der Bus nicht gefahren. Die Obdachlosen haben mich umkreist, haben mich angesprochen, komische Laute von sich gegeben, einen Warteraum habe ich nicht gefunden, und ich habe wieder bis 1:21 Uhr gewartet. Also ich finde diese plötzlichen Änderungen nicht gut und es ist einfach sehr schwierig als Blinder, vor allem dann, wenn man falsche bzw. gar keine Informationen über Änderungen oder ähnliches bekommt. Während des Wartens hat es so gezogen, als ob ich in einem Vogelhaus sitzen würde, auch wenn ich noch nie in einem war, habe ich mir vorgestellt, dass es so sein musste. Zum Thema Vogelhaus habe ich auch noch eine kurze Geschichte.

GEDANKEN ZUR INTEGRATION

Die Idee der Integration finde ich sehr gut. Nur ich als Behinderter sehe nicht ein, warum ich mich degradieren lassen muss, damit die anderen lernen, mich zu akzeptieren. Verschiedene Behinderungen kann man einfach nicht zusammenlegen. Man soll eher je Behinderung eine Spezialschule machen. So wie ich auf der Blindenschule war. Ich brauche eine gute Ausbildung, um mit meinem Handicap zurechtzukommen. Mir hilft die Technik sehr, aber ich brauche eine fundierte Ausbildung, und das ist nur in einer Spezialschule möglich, in der mit dem Thema „Blindheit“ entsprechend umgegangen wird. Das kann ein Außenstehender nur erahnen, aber er hat das nicht erlebt, was es heißt, blind zu sein. Ich war auch noch nie ein Apfel oder eine Frau und ich kann mir nicht vorstellen, wie es sich als Apfel oder als Frau anfühlt.

Ich habe die Massageschule mit Sehenden absolviert, was eigentlich sehr schwierig war, da alles optisch abläuft. Der Lehrer hatte ein Problem damit, mir alles beizubringen. Er hat mir die Frage gestellt, wie er mir das erklären soll, und ich habe gesagt: „Wenn ich Ihnen erkläre, wie Sie mir das erklären sollen, dann brauchen Sie es mir nicht mehr zu erklären, dann weiß ich es eh schon." Das ist leider so. Der Lehrer sollte normal mehr wissen als ich. Ich will ein Leben lang Schüler bleiben und von Menschen, die mehr wissen, will ich etwas lernen. Oft hat man mir in der Schule gesagt, dass ich dies und das nicht lernen muss. Ich habe das aber immer wieder trotzdem getan, weil ich es einfach für mich wissen wollte. Aber dann, zu den Prüfungen, haben die Lehrer alles gefragt, auch das, was ich nicht lernen sollte. Zum Glück habe ich es aber getan und bekam so eine gute Note. Wenn ich es nämlich nicht gewusst hätte, hätte ich bestimmt schlechte Noten erhalten. Deshalb ist es wichtig, dass es Spezialschulen gibt, in denen Lehrer genau wissen, wie sie mit behinderten Menschen umgehen sollen. Ein kleines Beispiel dazu aus der Berufsschule: In der Pause steht man auf, um sich die Füße zu vertreten, und ich habe sitzenbleiben müssen, weil alle durcheinander gingen.

Ich war es von der Blindenschule gewohnt, dass jeder rechts ging. Bei der Klassentür raus und dann rechts, und die, die in die Klasse hineingegangen sind, haben sich auch rechts gehalten, so ist man nie zusammengestoßen. Doch in der Berufsschule sind die Sehenden irgendwo raus- und reingelaufen und sind auf mich aufgelaufen oder haben mich angestoßen. Die wussten zwar, dass ich nicht ausweichen konnte, weil ich nichts sehen kann. Trotzdem wurde ich angesprochen, dass ich aufpassen sollte, obwohl ich nichts dafür konnte. Es war allgemein bekannt, dass ich blind war, das war ja nichts Neues, und darum habe ich nicht verstanden, dass mir nicht ausgewichen wurde. So bin ich in der Pause rausgegangen und habe mich an der Wand entlang ganz vorsichtig zur Toilette geschlichen und bin danach vorsichtig an der Wand wieder zurück in die Klasse. Ich habe die ganze Pause am Stuhl verbracht, um nicht mit den anderen zusammenzustoßen. Ich konnte nicht einfach so in der Klasse herumgehen, die Mitschüler meinten es nicht böse mit mir, viele haben einfach vergessen, dass ich blind war. Daher sind meiner Ansicht nach die Spezialschulen wichtig, damit ich auch etwas lernen kann. In der Blindenschule sitzen Blinde, da haben die Spezial-Lehrenden auch Erfahrungen mit dieser Behinderung. In den Normalschulen gibt es selten Lehrer, die Erfahrungen mit Querschnittsgelähmten, Vollblinden usw. haben.

CARL HERMANN UNTHAN (1848 – 1929) WURDE OHNE ARME GEBOREN

Ein Beispiel, das zeigen soll, dass es immer wieder Menschen gibt (bereits schon vor 150 Jahren), die sich nicht unterkriegen lassen, ihre Chancen nutzen und mit ihren Ideen die Welt verändern und bewegen. Einer von ihnen war Carl Hermann Unthan. Er ist 1848 ohne Arme in Ostpreußen geboren worden und 1929 gestorben. Im Alter von sieben Jahren hat der ohne Arme geborene Bub entdeckt, dass er auf einer Geige spielen kann, wenn diese an einem auf dem Boden stehenden Kasten fixiert ist. Der rechte Fuß hatte dabei die Rolle der Hand, die die Finger auf den Saiten setzt, und der linke Fuß hat den Bogen geführt. Das Geigenspiel des behinderten Mannes hat die Menschen begeistert. Damit hat er u. a. den Kapellmeister Johann Strauß fasziniert, und sogar der berühmte Franz Liszt hat ihm zu seinem virtuosen Spiel gratuliert. Selbst ein Varietee-Unternehmer hat sich für Unthans besonderes Geigenspiel interessiert. Dieses Beispiel zeigt, dass man nichts auf einen bestimmten Zeitpunkt verschieben soll, wie z.B. „wenn ich älter bin, dann mache ich dies und jenes“ oder „wenn ich mehr Geld habe, dann mache ich...“, sondern dass man sofort handeln und Taten setzen soll und dass nichts unmöglich scheint.

WAS BLINDE ALLES KÖNNEN

Ein Erblindeter ist bei einem Langlaufwettbewerb alleine gewesen und hat dabei 60 Kilometer zurückgelegt. Ein anderer wiederum hat 45 Seiten fehlerfrei in einem Tag geschrieben. Ich kenne einen Blinden, der über 2.000 Telefonnummern auswendig kann, und manche davon sind 12-stellig! Es gibt eine Taubblinde aus der Schweiz, die ist nach Lienz gefahren und hatte einen Handschuh, auf dem die einzelnen Buchstaben aufgeschrieben sind. Wenn jemand die Buchstaben antippt, weiß sie, welche es sind, und wenn man das hintereinander macht, kann sie das Wort zusammenfügen. Die Frau arbeitet als Lehrerin in der Blindenschule in Bern. Wenn ihre Schüler ein bestimmtes Wort in Blindenkurzschrift wissen wollen, tippen sie auf ihre Finger. Sie sagt dann das entsprechende Kürzel. Das ist ein wunderbares Beispiel, das zeigt, wie Menschen ihr Leben bewältigen können und meistern.

Einmal war ein Blinder bei einer Hochzeit eingeladen, da gab es eine Hochzeitstorte. Er hatte aber noch nie gelernt, wie man eine Torte isst. Er wusste auch nicht, dass die Torte dreistöckig war. Er hat sich gedacht, er steckt sich ein Stück Torte in seine Anzughose, damit die Leute denken, dass er bereits ein Stück gegessen hat. Natürlich war dadurch sein Anzug voller Tortenflecken. Das soll aussagen, dass es sehr wichtig ist, zu lernen, im Alltag mit vielen Dingen klarzukommen. Bei meiner Stereoanlage sind hinten 23 Kabel angebracht, die waren einmal getrennt (46 ursprünglich) und mussten zusammengelötet werden. Alle Kabel sind gleich dick und schwarz. Mein Vater hat gesagt, dass er nicht weiß, was wo wie zusammengehört. Mein blinder Bruder wusste aber sofort, was getan werden muss. Er ist ein Genie in dieser Hinsicht und Jahre später hat das Ganze noch immer funktioniert. Unglaublich, was mein blinder Bruder kann! Mein Bruder kann auch ein Radlager oder Getriebe so zerlegen und wieder zusammenbauen, dass es besser läuft. Wirklich erstaunlich, was er so alles zusammenbaut als Blinder. Ein Bekannter von mir, der auch blind ist, musste seine Wohnung einrichten. Da hat er einfach einen Schlagbohrer genommen, um einen Betonblock wegzustemmen. Das zeigt, dass mit viel Geschick und mit viel Ausdauer unglaublich viel bewerkstelligt werden kann.

ANDI HOLZER

Andi Holzer ist ein Freund von mir. Er ist Bergsteiger und bereits in der Kindheit erblindet. Er macht Bergführungen. Wie ist das möglich? Wir brauchen für unser Selbstbewusstsein etwas, das wir schaffen. Er ist auch in eine normale Schule gegangen und ist von sich daheim mit dem Rad hingefahren. Er hat Kartonstücke am Fahrrad angebracht, damit diese bei den Radspeichen streifen und dadurch ein Geräusch erzeugen. Daran hat er sich orientiert. Wirklich fantastisch, was er sich traut und was er alles kann! Man sollte wirklich sein Buch lesen, das den gleichnamigen Titel „Andi Holzer“ trägt.

ELLENBOGEN

Ellenbogen sind etwas ganz Wichtiges. Wenn man als Blinder mit einer Begleitperson geht, dann ist es am besten, wenn man sich bei dieser Person beim Ellbogen einhängt. Wieso? Einmal ist man nach hinten versetzt, weil man sich anhalten kann, und somit geht die Begleitperson vor einem, sozusagen als Führer. So hat man mehr Zeit zu reagieren, wenn diese nach links oder rechts geht, denn der Ellbogen geht ja immer mit, egal ob es sich um Stufen handelt oder man einfach abbiegen will. Auch wenn die Begleitperson mit dem Ellbogen zuckt, merkt der Blinde dadurch, dass etwas kommt und er aufpassen soll. Man kann sich auch gut unterhalten, da der Redefluss nicht andauernd unterbrochen werden muss, wenn die Begleitperson sagt, jetzt kommt was oder nach links oder nach rechts. Ich persönlich finde den Ellbogen viel brauchbarer als die Hand, denn man merkt einfach besser, wo man hin gehen soll.

FAHRRADSCHEIN

Mit zehn Jahren habe ich den Fahrradschein gemacht. Obwohl ich da bereits sehr schlecht, vielleicht nur 1 Prozent Sehfähigkeit hatte. Aber da ich mich in der Gegend gut auskannte, haben die Prüfer nicht erkannt, dass ich blind war.

TANDEMFAHREN MIT MEINEM PAPA

Ich besitze auch ein Tandemfahrrad. Damit war ich einmal mit meinem Vater in Oberösterreich Radfahren und habe plötzlich einen epileptischen Anfall bekommen. Mein Vater war zum Glück mit und reagierte sehr schnell. Ich bin plötzlich vom Rad gerutscht, mein Vater hat es bemerkt und das Fahrrad festgehalten, und deshalb bin ich sanfter hinuntergefallen. Nur 20 Zentimeter von einem Steinblock entfernt bin ich dann gelandet. Wenn mein Vater nicht so schnell reagiert hätte, dann wäre ich entweder in die Donau gefallen oder am Stein aufgeprallt.

ALLES UMSONST

Man hat herausfinden wollen, wieso Blindheit und Epilepsie bei Blinden zusammenfallen. Daher wurde ich gebeten, bei einer Studie teilzunehmen, da ich blind bin und immer wieder epileptische Anfälle habe. Diese Untersuchung fand im Zentralröntgen des Krankenhauses statt, und es wurde mir dafür ein Termin um 10:00 Uhr gegeben. Die Krankenschwester hat gefragt: „Was soll ich mit Ihnen tun?“ Ich habe geantwortet, dass ohnehin alles auf dem Schriftstück steht. Ich wusste nur, dass ich um 10:00 Uhr den Termin hatte. Aber sie wusste nicht, was sie mit mir machen sollte. Irgendwann hat sich geklärt, dass ich dort falsch war. Ich musste in die Abteilung für die Neurologie. Dort hatte ich 2,5 Stunden Wartezeit, das sich wie Strafe anfühlte, da ich ja um 10:00 Uhr nicht da war, sondern beim Zentralröntgen, so wie es am Schriftstück stand. Wir mussten einen neuen Termin ausmachen. Nach drei Wochen an einem Mittwoch um 11:30 Uhr. Am Montag zuvor hat man mich sogar angerufen, damit ich diesen Termin am Mittwoch ja nicht versäume. Nun ja, es war so weit. Ich bin im Warteraum gesessen. Irgendwann hat man mich gefragt, was ich denn dort mache. Ich habe gesagt, dass ich auf meinen Termin warte, aber die Krankenschwester hat gesagt, dass die Ärztin heute nicht da ist. Ich war vielleicht verärgert! Habe extra Termine verschoben und bin sogar vom Krankenhaus angerufen worden, dabei war alles umsonst. Es ist für einen Sehenden schon ärgerlich genug, wenn er einen Termin verschoben bekommt, aber was ich als Blinder alles bewerkstelligen muss, um zu einen Termin zu gelangen, das interessiert einige Ärzte anscheinend nicht.

SCHMERZ, LASS NACH!

Meine beiden Brüder hatten je einen Hasen, den sie aber nicht gefüttert haben. Aber ich habe mich um ihre Hasen gekümmert. Ich habe die Hasen dann immer wieder freigelassen. Zu diesem Zeitpunkt habe ich bereits sehr schlecht gesehen. Gegenüber meinem Elternhaus ist ein Hang, ich bin dann dort hinaufgelaufen, habe die Hasen an einer Schnur angebunden und sie grasen lassen. Eines Tages, während ich am Hang gesessen bin und die Hasen an der Schnur gehalten habe, bin ich plötzlich aufgesprungen, da ich etwas Schmerzhaftes verspürt habe. Ich bin sehr schnell den Hang hinuntergelaufen, zu meiner Mutter. Meine Mutter hat mir gesagt, dass ich auf einem Ameisenhaufen gesessen bin. Die Hasen sind mir zum Glück nicht weggelaufen, da die Schnur sehr lang war, aber meine Schmerzen haben leider nicht so schnell nachgelassen. Von dem Tag an habe ich ganz genau geschaut, wohin ich mich setze.

KÄLTEEINBRUCH IM ZUG

Ich bin eines Tages von Klagenfurt nach München gefahren und in den Zug eingestiegen. Der erste Waggon im Zug war komplett voll mit Fahrgästen. Ich bin einfach in den nächsten Waggon gegangen, doch die Verbindungstür zum nächsten Waggon hat sich nicht öffnen lassen. Ich habe die Putzfrau gehört, sie hat gerade die Müllkübel geleert. Ich habe sie gefragt, ob das der letzte Waggon ist. Sie hat verneint. Ich habe nochmals darauf hingewiesen, dass dieser Waggon aber nicht aufgeht. Sie hat probiert, auch die Verbindungstüre (zwei Teile) aufzumachen. Die Tür ging einfach nicht auf. Erst nach sehr kräftigem Ziehen ließ sie sich einen Spalt öffnen. Da habe ich meinen Blindenstock eingeklemmt und konnte ihn auch nicht mehr herausziehen, weil die Tür wieder ganz zuging. Weil der Stock aus vier Teilen besteht, die mit einem Gummizug zusammengehalten werden. Ich habe immer wieder probiert, die Türe aufzumachen. Habe dann meinen Schuh eingeklemmt, um meinen Stock herauszunehmen. Ich stand nur auf einem Bein, weil das andere in der Tür eingeklemmt war, und so bin ich herumgewackelt.

Durch diesen Spalt ist ganz kalter Wind hereingekommen, das hat mich doch sehr gewundert. Ich habe dann durch den Spalt mit meinem Stock ertastet, dass da Boden vorhanden ist bzw. da ein Waggon war. Es ist mir dann gelungen, die Tür noch weiter aufzubringen. Ich bin zwar hineingekommen, aber die Türe hat sich sofort hinter mir geschlossen und meinen Rucksack eingeklemmt. Im alten Waggon befand sich also mein Rucksack, aber ich war im neuen. Das heißt, ich war eingeklemmt durch meinen Rucksack. Ich konnte mich nicht mehr bewegen. Außerdem war es total kalt und ich konnte ja schwer bis München so stehen zwischen der Türe. Nach längerer Zeit habe ich es geschafft, mich von dem Rucksack zu befreien. Ich habe mich gebückt und habe wirklich Schnee in den Händen gespürt. Ich wusste nicht, was da los war. Nun bin ich da gestanden, im kurzen T-Shirt, ohne meinen Rucksack. Das heißt, den Rucksack habe ich auf meinem Rücken schon gehabt aber zwischen dem Rucksack und mir hatte sich die Wagentür dazwischengeschoben. Mit Gewalt habe ich wieder die Türe aufbekommen und habe meinen Rucksack schnell zu mir geholt. Ich habe herumgetastet mit meinem Stock und es fühlte sich an wie Schnee. Das war verwunderlich. Ich habe mich weiter vorangetastet. Der Schnee wurde plötzlich höher und dann wieder tiefer, wie ein Hügel. Ich bin über diesen Hügel gesprungen, weil ich ja schlecht mit meinen Halbschuhen im Schnee herumgehen konnte. Beim Sprung bin ich dann in die Schwingtür zu den Kabinen hineingekracht. Ich befand mich ganz allein im Waggon, habe mir meinen Pullover angezogen und versucht, herauszufinden, wieso da Schnee ist und es so windig war. Ich bin abermals über den Schneehaufen gehüpft. Die Außentüre des Waggons hat geklemmt, und dann hat die Druckluft die Verbindungstür zum alten Wagon verriegelt. Der Wind ist von der schnellen Fahrt von Klagenfurt nach Villach (140 km/h) gekommen und hat den Schnee, weil es ja auch Winter war, in den Waggon getragen. Also es war eigentlich ganz lustig. Ich war ganz allein im Waggon. Nicht einmal ein Schaffner ist gekommen. Denn keiner hat gedacht, dass da jemand drin ist. Rausgekommen bin ich dann problemlos am anderen Ende – durch die Verbindungstüren des Waggons. Also das war vielleicht eine unvergessliche Fahrt!

WO IST DER TOPF?

Im Internat in Wien ist es so, dass wir fünfzehn Personen in einer Gruppe sind, und drei davon haben Frühstück und Abendessen gemacht. Bei einem Abendessen mussten wir etwas vom Mittagessen warm machen. Wir haben den Topf auf den Herd gestellt. Nach einer Zeit haben wir aber bemerkt, dass der Topf nicht mehr da war. Der Erzieher hat gefragt, wo er abgeblieben ist. Da wir den Topf nicht gefunden haben, hatten wir auch kein Abendessen. Drei Tage später hat es einen lauten Knall gemacht und der Topf ist von der Decke direkt auf die Küchenzeile geflogen. Der Topf hatte sich anscheinend so erhitzt und war bis auf die Decke geflogen, ohne dass wir das bemerkt hatten. Der Deckel des Topfs hatte sich in die Decke verhakt. Der Deckel ist so fest am Topf gesessen wie ein Vakuumverschluss. Das Rätsel um unser Essen war somit gelöst. Der Erzieher hat ständig gedacht, dass wir den Topf versteckt hätten oder uns jemand einen Streich spielen wollte, aber dass das Essen oben in der Decke feststeckt, damit hat nun niemand gerechnet.

MEIN LÄNGSTER MARKTBESUCH

Ich war mit einer Familie in Südtirol in Bozen auf dem Markt. Die Familie wollte fünf Kilo Äpfel kaufen und hat mich bei einem Lederwarenstand abgestellt, während sie zum Apfelstand ging. Ich habe gewartet und gewartet, habe alle Taschen am Stand bereits gekannt, da ich jede abgetastet habe. Drei Stunden später war noch immer keiner da. Doch dann kam Gott sei Dank die Tochter der Familie und hat gesagt, dass es noch ein wenig dauern würde. Ich habe nach wie vor beim Lederstand gewartet. Insgesamt hat es sieben Stunden gedauert, fünf Kilo Äpfel einzukaufen. Unglaublich, ich kann mir nicht erklären, wie man sieben Stunden lang Äpfel aussuchen kann. Mir war das eindeutig viel zu lang. Am nächsten Tag haben wir alle erneut den Markt besucht und schon wieder war der Apfelkauf an der Reihe. Diesmal aber hat es „nur" fünf Stunden gedauert und ich habe wieder am Lederstand warten dürfen. Das war eindeutig der längste Apfelkauf der Welt.

ZIRBELZAPFEN

Meine Brüder und ich haben aus den Kernen der Zirbeln den Inhalt, der sehr würzig war, gegessen. Ich habe da bereits sehr schlecht gesehen. Wir sind in die Berge gefahren, um Blaubeeren zu pflücken und Zirbelzapfen zu holen. Zuerst sollten die Blaubeeren gepflückt werden, aber ich wollte schon am Anfang die Zapfen. Ich bin dann auf einen Baum geklettert und habe leider nur ganz oben auf der Baumkrone drei Zapfen ertastet, die sich aber leider nicht ernten lassen haben. Nun war ich am Baumwipfel oben, habe mich reingehängt, und dann ist dieser abgebrochen. Zwischen der Spitze, an der meine obere Hand war, und meiner unteren Hand war der Wipfelstamm verletzt, was ich aber nicht bemerkt hatte. Somit hat der Wipfel unerwartet nachgegeben. Ich bin dann vom Baum gefallen, in ein sehr steiniges und unebenes Gelände. Dabei habe ich mir beide Handgelenke gebrochen und noch dazu eine Hand geprellt. Ich musste dann im Hochsommer auf beiden Händen einen Gips tragen. Beim Abnehmen des Gipses habe ich dem Arzt fast eine gescheuert, da meine Hände sich so leicht anfühlten und gleich in die Höhe gestiegen sind. Meine Hände waren so leicht wie Federn, ich war wirklich froh, den Gips loszuwerden. Beim ersten Mal Schwimmen nach dem Gips habe ich starke Schmerzen verspürt, aber beim zweiten Mal ging's dann wieder. Ich merke heute noch, dass ich das linke Handgelenk nicht so bewegen kann wie das rechte. Aber es ist OK.

COMPUTERBRAND

Bei meiner Betriebseröffnung habe ich meine Versicherung gefragt, ob der Computer auf einen Feuerschaden versichert ist. Das hat man mir bestätigt. Nach Jahren im Betrieb hat der Computer plötzlich zu brennen begonnen. Der Sachverständige ist gekommen und hat überprüft, ob ich wirklich gegen Feuer versichert war. Ich habe dann seinen Bericht der Versicherung geschickt. Nach langer Zeit habe ich bei der Versicherung angerufen und gefragt, was nun ist. Diese hat mir gesagt, dass kein Bericht vorliegt, und ich musste nochmals den Bericht eingeschrieben schicken. Die Versicherung hat gesagt, dass kein Bericht da wäre, außer jenem wegen des Computers. Aber genau das wollte ich ja auch – denn darum geht es ja auch. Dann hat die Versicherung gesagt, dass ich nicht versichert bin gegen Feuer, wenn es nur um den Computer geht, sondern lediglich dann, wenn die ganze Wohnung abbrennen würde. Erst dann wäre der Schaden am Computer gedeckt. Super, jetzt soll ich also die Wohnung anzünden, damit ich meinen Computer bezahlt bekomme? Das war echt bescheuert. Mir ist mein Computer sehr wichtig, denn ohne diesen kann kein Betrieb funktionieren. Ich brauche meine E-Mails und all meine anderen Sachen, die ich gespeichert habe. Nun war es so, dass ich wegen des Brandes nicht auf meine Daten zugreifen konnte. Mit viel Aufwand habe ich durch eine Firma aus Berlin meine Daten retten können.

MITTEN IN DER STILLE

Ich war der Oberministrant und hatte Vorsitz. Es war Schulschlussmesse und alle Kinder und Lehrer haben sich in der Aula versammelt. Während der Messe hat ein Mädchen, das mehrfachbehindert ist, einen Furz gelassen. Sie war sehr stolz darauf und hat jedem davon erzählt. Das war wirklich sehr lustig. Mitten in der Stille hat man den Furz gehört. Jeder andere hätte sich geschämt, aber nein, sie war sehr stolz darauf. Sie ist von Person zu Person gegangen und fragte „Hast du das gehört? Das war ich." Ich möchte mit der Geschichte darauf hinweisen, wie schlimm so eine Mehrfachbehinderung ist, und wir alle, die nicht behindert sind, sollten dankbar sein, dass es uns gut geht.

ZUERST TESTEN

In der vierten Klasse Hauptschule hatten wir Tische mit großen Fächern. Wir haben eines Tages neue Möbel bekommen und die alten in den Bunker gebracht. Die neuen

Möbel waren nun in der Klasse. Unsere Bücher und Unterrichtsmaterialien waren wesentlich umfangreicher als die in einer normalen Schule. Sämtliche Sachen waren viel größer und länger. Mit den neuen Möbeln war das Hantieren damit schwer. Wir haben einfach wieder alles getauscht. Alte Möbel wieder in die Klasse und neue in den Bunker! Eines Tages hatten wir Bombenalarm und sollten in den Bunker gehen, aber da dieser voll geräumt war mit den neuen Möbeln, haben wir nicht hinein können. So sind wir dann wieder zurück in die Klasse und der Unterricht ist einfach weitergegangen.

RECHNUNG NICHT AUFGEGANGEN

Ich hatte ein Blindenhilfsmittel, das ich mir bestellt hatte, zu zahlen. 39,99 Schilling ganz genau. Ich habe meiner Bürohilfe das ganze Geld gegeben. Er ist am nächsten Tag mit einer Sporttasche zu mir gekommen und sagte mir: „Heb auf". Die Tasche war so extrem schwer, als ob Bleikugeln drinnen wären. Ich wusste nicht was er da drinnen hatte, mein Geld konnte nicht so schwer sein. Die Schillinge waren darin versteckt. Er ist damit zur Bank gegangen das Geld einzahlen und erklärte mir, dass falls er überfallen würde, würden die Räuber es schwer haben, mit der schweren Tasche wegzukommen. Diesmal ist die Geschichte gut ausgegangen, aber in den nachfolgenden Jahren hatte ich große Probleme mit ihm. Er war vier Jahre lang meine Bürokraft, leider nicht immer verlässlich und loyal. Ich bin von ihm drei Mal erpresst worden. Einmal ist er im Grundbuch der Stadt darauf gestoßen, dass die Umschreibung vom Vorbesitzer der Wohnung auf mich nicht korrekt durchgeführt wurde. Ich habe die Umschreibgebühr zwar zahlen müssen, aber das Umschreiben hat nicht stattgefunden. So hat er mich erpresst und eine dreiviertel Millionen Schilling verlangt. Wenn ich ihm das nicht zahlen würde, hat er gesagt, verrät er dem Vorbesitzer, dass er immer noch im Grundbuch steht. Ich müsste dann meine Wohnung verlassen, weil ich dort gar nicht aufscheine. Ich habe aber nach langem Suchen den Beleg gefunden, dass ich die Umschreibgebühr eingezahlt habe, und wurde dann ins Grundbuch eingetragen. Meine Bürokraft hat gedacht, so kommt er leicht zu Geld. Da hat er aber die Rechnung ohne mich gemacht und ich habe ihn sofort gekündigt.

REISEFÜHRER EINMAL ANDERS

Bei einer Paris-Stadtführung waren im Bus viele blinde Leute. Der Reiseführer hat uns während der Fahrt die Sehenswürdigkeiten geschildert, allerdings nicht so gut. Wir sind bei einem Bauwerk vorbeigefahren, aber niemand hatte eine Vorstellung davon, um welches Bauwerk oder was auch immer es sich da gehandelt hat. Wir sind dann ausgestiegen und haben uns das sozusagen angeschaut, damit wir mehr Eindrücke bekommen. Immer wieder haben wir „tolle" Hinweise bekommen wie etwa „auf dieser Seite sehen Sie das und dort das" usw. Es war leider zu 99 Prozent einzig für die Optik. Unter 20 Blinden waren vielleicht nur fünf Vollblinde und der Rest hatte zwei bis drei Prozent Sehkraft. Einer, der zehn Prozent Sehkraft hatte, war der König unter den Blinden. Also manche haben ein bisschen was gesehen, aber auch nicht gerade viel. Da ist man auf Akustik angewiesen. Irgendwann hat dann ein Blinder die Position des Reiseführers eingenommen. Er hat Paris schon gekannt und uns so besser erklären können, was alles zu „sehen" ist. Wir sind weitergefahren und plötzlich hat der eigentliche Reiseführer erzählt, dass da ein Auto steht und brennt. Unser Blindenreiseführer hat uns dann das Geschehen so toll geschildert, dass man sich das auch wirklich realistisch vorstellen konnte. Das war das Beste von Paris, an das ich mich erinnern kann. Die Rundfahrt hat mir genauso viel gebracht, als wenn ich diese nicht gemacht hätte.

WIENER PRATER

Einmal war ich mit dem Blindeninstitut im Prater in Wien. Die größeren Schüler haben auf die kleinen aufgepasst. Ich war ungefähr 13 Jahre alt und habe auf ein dreijähriges Mädchen achtgegeben. Wir sind dann mit der Märchenbahn gefahren und die Kleine hatte Angst vor den herunterhängenden Feen, die ihr dann übers Gesicht strichen. Danach ist es zum Sturmboot gegangen. Ich wollte nicht mit und habe gewartet. Es ist vielen Leuten schlecht geworden, manche haben sogar erbrochen. Erbrochenes hat mich getroffen. Das war vielleicht ekelhaft. Beim Riesenrad war es sehr uninteressant. Es war ja nett gemeint, aber ich habe nichts mitbekommen. Ich saß in der Gondel und das war es dann auch schon. Die Schifffahrt auf der Donau war auch sehr langweilig. Da fährt man nur und ansonsten passiert nichts. Für Vollblinde ist das kein Erlebnis. In den Hubschraubern am Prater ist es auch abgegangen. Da bin ich mit dem kleinen Mädchen drinnen gesessen. Man musste andere Hubschrauber sozusagen abschießen. Ich hätte irgendwie lenken müssen, wusste aber nicht, wohin. Irgendwann hat es uns gedreht, mir war total übel, die Kleine hat geweint. Ich musste zusehen, dass mir das Mädchen nicht aus dem Hubschrauber fällt, da er seitlich offen war. Es hat uns gedreht und gedreht. Danach habe ich 65.000 Freiflüge gewonnen. Durch das Drehen hat mich niemand abschießen können. Das war vielleicht ein Tag. Ich war dann froh, dass alles vorbei war und dem Mädchen nichts passiert ist.

RÜCKENMASSAGE

Im Kurbad war es so, dass ich als Angestellter arbeitete. Zuerst gibt es eine Voruntersuchung für den Kunden und erst dann ist massiert worden. Es ist ausschließlich der Rücken massiert worden. Ich habe im Kurbad 36.000 Massagen in sechs Jahren ausgeführt und wollte endlich selbstständig werden. Es war echt ärgerlich, den Kunden nicht an einer anderen Stelle massieren zu dürfen. Denn wenn jemand Handgelenkschmerzen hatte, habe ich trotzdem nur den Rücken massieren dürfen.

SCHMERZHAFT

Ich bin dann zum Personalhaus gegangen und wollte meine Winterschuhe ausziehen, die höher waren. Und während des Ausziehens ist mein Daumen nach hinten gekippt und auf der Vorderseite ist die ganze Kapsel ausgerissen. Das war vielleicht blöd! Ich konnte kein Glas halten, keine Flasche öffnen usw. Der Daumen hat mir ganze fünf Jahre wehgetan. Er ist zwar immer noch instabil, aber schmerzfrei. Dadurch, dass ich immer wieder meinen Daumen massiere, geht es ihm besser.

RUHIG BLEIBEN

Ich bin einmal mit Bekannten in die Sauna gegangen. Sie sind bald rausgegangen, aber ich wollte noch ein wenig bleiben. In der Zwischenzeit sind meine Begleiter etwas trinken gegangen. Ich habe gedacht, dass es ohnehin kein Problem wäre, aus der Sauna alleine rauszukommen. Irgendwann war es mir schon sehr heiß und ich wollte die Sauna verlassen. Aber die Tür hat sich nicht öffnen lassen. Ich habe den

Türöffner nicht erreicht. Neben mir ist der Ofen gestanden und ich habe aufpassen müssen, dass ich diesem nicht zu nahe komme. Es war alles so eng dort und ich bin einfach nicht herausgekommen. Die Tür war aus Glas und brennend heiß, und ich habe auch keine Türklinke gefunden, bzw. war sie schon da, aber sehr kompliziert angebracht. Weil alles so heiß war, habe ich nur ein wenig hintippen können. Mir ist immer heißer geworden. Irgendwann habe ich es geschafft, die Tür aufzubekommen. Ich war so fertig danach, war ja auch viel zu lang in der Sauna. Meine Bekannten haben nichts davon mitbekommen, weil sie ja im Nebenraum waren. Das war was! Zum Glück bin ich nicht panisch geworden und konnte die Situation lösen. Das ist auch sehr wichtig im Leben: sich nicht aus der Ruhe bringen zu lassen.

SCHLAFRHYTHMUS

Bei uns Vollblinden ist es so, dass 24 Stunden nicht gelten. Der Bio-Rhythmus dauert unter 24 Stunden oder über 24 Stunden. Im Jahr gibt es nur ein bis drei Tage, die mit dem-24-Stunden-Rhythmus zusammenpassen. Ich muss jede Nacht einen Wecker stellen, damit ich weiß, wann ich schlafen gehen soll. Ich war einmal so müde und bin duschen gegangen. Ich besitze zwar eine Badewanne, aber ich dusche nur. Irgendwann in der Nacht bin ich plötzlich wach geworden – in meiner Badewanne. Ich war anscheinend so müde, dass ich mich in die leere Badewanne gelegt habe. Es dauerte eine Zeitlang, bis ich gemerkt habe, wo ich da überhaupt bin. Ich war splitternackt, da ich ja eigentlich duschen wollte, dies aber dann im wahrsten Sinne des Wortes verschlafen habe. So ist das mit den Vollblinden, wir kennen keinen Unterschied zwischen Tag und Nacht.

KNALLER IM BETT

Zu Silvester haben rund ums Haus Knallkörper gekracht. Eine der Raketen ist in die Luft gestiegen, dann plötzlich wieder zurückgekommen und durch meine Balkontüre rein auf mein Federbett gelangt. Ich habe aber davon nichts bemerkt, ich bin weiter am Balkon gestanden und habe mir das Feuerwerk angesehen. Damals konnte ich noch hell und dunkel unterscheiden. Nach kurzer Zeit hat mein Bett zu qualmen angefangen, aber ich habe es nicht bemerkt. Zum Glück ist mein Vater in dem Moment ins Zimmer gekommen, hat sich das Federbett geschnappt und ist auf dem Balkon mehrmals draufgetreten. Zum Glück hat es nicht angefangen zu brennen. Mein Vater war wie so oft mein Retter in Not.

KROATIENURLAUB

Mein Urlaub in Kroatien war alles andere als angenehm. Dort am Strand ist es eher steinig, und als ich einmal aus dem Meer kam, trat ich genau auf einen großen Stein. Ich bin deshalb aus dem Gleichgewicht gekommen und wieder zurück ins Meer gefallen. Aber genau an der Stelle befand sich eine Feuerqualle, auf die ich mit meinem Hintern gefallen bin. Drei Wochen lang hat mir mein Hintern wehgetan. Die Haut war so empfindlich, dass jede Berührung geschmerzt hat. Sogar Kleidung war unangenehm zu tragen. Nach meinem Zwischenfall mit der Qualle habe ich Stellen gesucht, um aus dem Meer zu kommen, aber ich habe lange keine passende gefunden, da überall spitzige und rutschige Steine waren. Mir war schon sehr kalt im Wasser. Es war einfach keine passende Stelle zu finden. Doch irgendwann habe ich eine gefunden und konnte so endlich hinaus aus dem Wasser. Ich wollte ja nicht die Nacht im Wasser verbringen. Schon um dort hinzugelangen, wo man baden konnte und keine Quallen waren, musste man über einen Hügel gehen, der sehr steinig war. Ich musste mit Bergschuhen gehen, denn mit den Badeschuhen hätte man da keinen Halt gehabt. Das war vielleicht witzig, in der Badehose zu gehen, aber unten Bergschuhe anzuhaben. So war mein Urlaub – wie gesagt, alles andere als angenehm.

ÜBER DAS ZIEL HINAUS

In der Weihnachtszeit habe ich immer im Theater gespielt. Ich bin kein guter Schauspieler, aber habe nichtsdestotrotz gespielt. Wir sind gefilmt worden, auf einer kleinen Bühne. Ich habe auf die Bühne hinauslaufen müssen. Normalerweise bremst man ja vor dem Bühnenrand, aber ich bin zu schnell gelaufen und konnte nicht mehr abbremsen. So bin ich von der Bühne gefallen. Genau in diesem Moment muss ich fallen, obwohl ich sonst nie von der Bühne falle! Oder ein anderes Mal, in der Hauswirtschaftsschule, wo eigentlich nur Mädchen sind, bin ich auf die Bühne gekommen. Dort war ein Lagerfeuer. Der Oberhirte ist dagesessen und hat sagt: „Wir haben frisches saftiges Brot", hat es hergezeigt und plötzlich ist es ihm aus der Hand auf den Boden gefallen. Die Mädchen haben so gelacht. Denn das Brot war alles andere als frisch und saftig, eher war es alt und hart. Man hat gehört, wie hart es auf dem Boden geknallt hat.

MEINE NARBE

Ich habe auf der Stirn eine Narbe. Mein älterer Bruder ist von der Schule gekommen und die Mitschüler wollten ihn verhauen. Ich habe das mitbekommen und wollte meinem Bruder helfen. Auf der Terrasse habe ich vom Blumentopf Steine genommen und wollte damit meinem Bruder zur Hilfe eilen. Ich habe aber nicht bedacht, dass von der Terrasse zur Straße hin Stufen sind, bin in der Eile gestürzt und habe mir eine Platzwunde an der Stirn geholt. Dadurch ist meine Narbe entstanden.

DAS WAR DIE ERSTE...

Ich wollte mit der Schaufel in die Garage, weil ich dort zu tun hatte. Aber mein jüngerer Bruder wollte mich nicht hineinlassen. Da war ich so verärgert und habe dann meinem Bruder mit der Schaufel auf den Kopf geschlagen, dass er sogar eine Platzwunde davongetragen hat. Meine Eltern haben mit mir geschimpft, dass ich sowas nie wieder machen darf. Erst dann ist mir bewusst geworden, was ich getan habe. Einmal habe ich von meiner Mutter alte Leintücher bekommen und daraus ein Zelt gebaut. Die Leintücher waren sehr klein, ich musste aufpassen, dass mein Zelt nicht auseinanderfällt. Irgendwann ist es mir gelungen, hineinzukriechen, und dann ist mein Bruder gekommen und hat es zerstört. Ich war wieder so verärgert und habe eine Dachlatte von der Garage geholt und nach ihm geworfen. Er hat sich dann ums Eck versteckt, die Latte hat ihn nicht getroffen. Schade, dachte ich. Mein Vater hat das gesehen und hat mir daraufhin meine erste Ohrfeige gegeben. Jetzt bin ich natürlich froh darüber, dass ich meinen Bruder nicht erwischt habe. Aber so ist es leider manchmal unter Brüdern, da macht man viel Blödsinn.

„BEARBEITUNGSGEBÜHR“

Die GKK (Kärntner Gebietskrankenkasse) hat für meine Bürokraft, die geringfügig beschäftigt war, das Fünffache des Betrags, den ich normalerweise zu zahlen habe, von meinem Konto abgebucht. Sie haben Zugriff auf mein Konto und können so die entsprechende Summe einziehen. Ich bekomme dann schriftlich, welche Summe abgebucht wurde. Irgendwann habe ich mein Konto kontrolliert und gemerkt, dass es überzogen war. Kein Wunder, der Betrag wurde ja fünffach abgebucht. Ich musste dafür Überziehungszinsen zahlen. Ich habe bei der GKK angerufen und gebeten, dass mir mein Geld zurück überweisen wird. Daraufhin hat man mir mitgeteilt, dass ich meine Schulden zu begleichen hätte. Ich wusste aber nichts von Schulden. Doch die GKK hat darauf beharrt, dass ich meine Schulden bezahlen sollte, und das Gespräch war dann auch sogleich beendet. Am nächsten Tag habe ich mich nochmals dort gemeldet, aber die zuständige Person war leider nicht da. Das ist ganze zwölf Wochen so gegangen. Die Person war immer irgendwo beschäftigt, auf Urlaub, im Krankenstand oder Meeting und zurückgerufen hat mich natürlich auch niemand, obwohl es mir immer wieder versprochen wurde. Bezüglich der Schulden konnte man mir auch nichts sagen. Was für ein Betrag oder welche Schulden überhaupt? Irgendwann habe ich erfahren, dass die Prämie, die ich zu zahlen hatte, nicht bezahlt worden ist, obwohl die GKK die Einzugsermächtigung für mein Konto hat. Diese Prämie habe ich dann gezahlt, per Erlagschein, somit haben Sie den Betrag sechs Mal erhalten. Das Ganze war sehr mühsam, drei Monate lang ist das hin- und hergegangen. Durch den Direktor erfuhr ich, um welche Schulden es geht. Ich musste dann die Bearbeitungsgebühr zahlen, damit mir mein Geld zurücküberwiesen wird. Für das Abbuchen wurden Bearbeitungsgebühren verrechnet. Das war unglaublich, ich konnte ja nichts dafür, dass sie mir zu viel abgebucht haben. Ich war aber natürlich an dem Ganzen schuld, obwohl die GKK den Fehler gemacht hat. Ich hatte schriftlich erhalten, dass die normale Gebühr abgebucht wurde, also ein Mal. Aber das diese fünffach abgezogen wurde, daran bin ich wirklich nicht schuld. Und das sie dann deshalb mehr Arbeit hatten und mir dann noch zusätzlich Bearbeitungsgebühren verrechnet haben, ist eine Frechheit. Super Entgegenkommen, nicht einmal eine Entschuldigung habe ich bekommen!

GUTGLÄUBIG

Man glaubt, man hat eine Freundin, und diese meint es gut mit einem... Nun ja, ich bin mit meiner Freundin auf einen Berg gegangen. Der Weg war recht breit und ich durfte keinen Blindenstock mitnehmen. Ich habe mich überreden lassen, hatte Vertrauen. Am Berg hat sie mich dann einfach stehen lassen und ist davongegangen. Ich bin dagestanden und habe nicht gewusst, wie ich zurückkomme. Bei einem Strauch habe ich einen langen Ast abgebrochen und habe mich anstatt mit meinem Blindenstock nun mit dem Ast orientiert. Am Rückweg bin ich sehr nahe an einen Abgrund gekommen und meine Freundin war dann doch plötzlich da, weil sie gesehen hat, dass es hier steil abwärts geht. Anscheinend ist sie die ganze Zeit da gewesen, sie hat aber keinen Laut von sich gegeben, deshalb wusste ich auch nicht, dass sie da war. Ich war einfach zu gutgläubig bzw. wirklich dumm, dass ich das mit mir machen habe lassen bzw. ihr vertraut habe. Mir hätte weiß Gott was passieren können! Nun überlege ich mir genau, mit wem ich wohin gehe.

BUCHSTABENKOMBINATIONEN

Ich schreibe entweder mit dem Keyboard (Tastatur) am Computer oder mit meiner Blindenschreibmaschine. Wenn man ein Buch liest, sind diese in normaler 6-Punkte-Schrift (Blindenschrift) verfasst. Die Buchstaben werden durch Punkte dargestellt. Um diese Bücher zu lesen, muss man die Kurzschrift lesen können (Buchstabenkombinationen) z.B.: GG = gelegen; der Buchstabe A = Aber. So muss man sich das vorstellen. Es wird Papier gespart, da das Blindenschreibpapier auch sehr teuer ist, und man kann dadurch schneller lesen. Gelesen wird mit beiden Zeigefingern von links nach rechts. Der rechte Zeigefinger liest quasi vor, und erst wenn der Text zum linken Zeigefinger kommt, spricht man den Text aus. Und wenn man beim Lesen zum Blattrand kommt, ist der rechte Zeigefinger schon eine Zeile tiefer und der linke ist noch in der oberen Zeile. Somit geht der Sprechfluss nicht verloren. So läuft das ab. Für mich ist das ganz normal und so finde ich mich zurecht.

WICHTIGSTES HILFSGERÄT

Mein Leseinstrument (Blindenzeile, hängt am Computer) ist mein wichtigstes Hilfsmittel. Es werden Texte, die am Bildschirm zu sehen sind, in Blindenschrift dargestellt. Das ist ein Gerät wie ein Gitter. Durch die Spalten des Gitters stehen von unten Stifte heraus, so wie die Blindenschrift auch funktioniert. Wenn z.B. nur ein Stift kommt, dann ist es entweder ein A oder ein Beistrich oder ein Punkt. Es kommt immer darauf an, in welcher Position er steht. Ich lese das mit der Fingerkuppe. Die Idee stammt aus dem Militär. Man musste oft in der Dunkelheit lesen. An der Front wurden Botschaften in Punktschriften ausgetauscht, da die Fronten ziemlich nah beieinander lagen und kein Feuer gemacht werden durfte. Daraus entstand die Idee der Blindenschrift. Ein 16-jähriger blinder Franzose (Louis Braille) hat die 6-Punkte-Schrift entwickelt. Die Blindenzeile beim Computer übersetzt die normale Schrift in die Punktschrift. Wenn man etwas auf der Tastatur schreibt, wird diese dann in die Blindenschrift umgewandelt, oder wenn ich eine E-Mail lesen will, wird mir der Text in die Blindenschrift umgewandelt. Die Fingerkuppe kann man so trainieren, dass man erkennt, an welcher Stelle der Punkt ist, und auch die Abstände von Buchstabe zu Buchstabe kann sie gut erkennen. Diese fantastische Möglichkeit für uns Blinde gibt es aber erst seit ca. 30 Jahren. Für einen Sehenden mag es sehr kompliziert sein. Für mich ist mit der Blindenzeile vieles möglich und erleichtert meinen Alltag. Z.B. gibt es den Langenscheidt nicht in Blindenschrift, aber man kann sich eine CD für den Computer kaufen, die mir alles in meine Blindenzeile übersetzt. Für mich ist es mein wichtigstes Gerät.

SYSTEME: WIESO SIND SYSTEME WICHTIG?

Um das Konzept zu erklären, hat einmal ein Mitschüler einen Schuh ausgezogen und hat seltsamerweise jeden von uns aufgefordert, seine Socke zu befühlen. Als meine Finger sie untersucht haben, habe ich gemerkt, dass oben am Rand eine Sicherheitsnadel befestigt war. Die Sicherheitsnadel oben bedeutet, dass die Socken schwarz sind. Eine in der Mitte befestigte bedeutet Blau und eine an der Spitze Braun. „Systeme!", wiederholte er Mitschüler. Mit System komme ich besser zurecht. Der Mitschüler hat mir auch beigebracht, eine Milchpackung an der richtigen Seite zu öffnen, indem ich die winzige Einkerbung ertaste. Er hat mir gezeigt, wie ich Objekte hören konnte. Er erklärte: „Du wirst es vielleicht nicht glauben, aber Tonschwingungen werden von Objekten reflektiert und kehren dann zu uns zurück, das wird Echolot oder Sonar genannt. Fledermäuse besitzen diese Fähigkeit! Menschen ebenfalls! Sehende Menschen lernen bloß nie, sie zu nutzen. Um die Theorie zu untermauern, bin ich einen leeren Gang entlanggegangen. Auf beiden Seiten des Gangs waren alle Türen bis auf eine geschlossen. Ich habe ihm also Bescheid gesagt, sobald ich zur offenen Tür kam. Als ich den Gang entlanggegangen bin, konnte ich es kaum glauben: Ich bin verblüfft stehengeblieben, als der begrenzte Schall, der zu mir wiederhallte, plötzlich zu meiner Rechten in einen offenen Schall überging. Ich streckte meine Hand nach rechts aus und spürte den leeren Türrahmen. Das hat mir gezeigt: Lass dich nicht entmutigen, wenn du nach einem System suchst, du kannst dich wahrscheinlich nicht immer an das Naheliegende halten, aber du wirst eine Lösung finden!

WIE BEWÄLTIGE ICH MEINEN ALLTAG? — KOCHEN

Wie kann man als Blinder kochen? Man muss äußerst vorsichtig sein. Da ein Blinder ja riechen und hören kann und mit der Zeit lernt, wie etwas riechen muss, um zu wissen, ob es durch bzw. fertig ist, funktioniert es bald ganz gut. Wenn man z.B. heißes Wasser einfüllt und man nicht möchte, dass das Gefäß übergeht, steckt man während des Einfüllens die Fingerkuppe hinein, um zu fühlen, wann genug Wasser drinnen ist. Auch am Klang während des Einfüllens in den Behälter kann man sehr gut hören, wann der Wasserstand hoch ist. Die Kochtöpfe sollten nicht aus Aluminium sein, da Aluminium die Wärme ganz gut leitet und dadurch der Topf sehr schnell heiß wird. Man muss dann immer gezielt die Griffe erwischen um sich nicht zu verbrennen. Ich muss da ganz genau aufpassen, denn meine Finger sind mir heilig. Ich taste damit und will mir die Fingerkuppen nicht verbrennen. Deshalb ist Vorsicht angebracht!

Einmal habe ich Eier gekocht. Ich habe sie aus dem Eierkarton genommen. Als meine Eier fertig waren, habe ich den leeren

Behälter zur Seite geschoben, um ihn später in einen Schrank zu räumen, was ich auch nach ein paar Sekunden getan habe. Ich habe dann am Tisch gegessen, es hat mir aber nicht geschmeckt und meine Augen haben geträn. Mir war nicht klar, was da los war. Am Gang ist dann plötzlich der Rauchmelder losgegangen. Es war so viel Rauch, ich hatte keine Ahnung, woher der gekommen ist. Ich bin dann zur Haustür hinaus und habe Bewohner gebeten, mir zu helfen. Der Rauchmelder war ja so laut, das musste jemand gehört haben. Aber es sind ca. zehn Leute an mir vorbeigegangen, als ob ich nicht da wäre. Gott sei Dank ist ein Kunde von mir gekommen, der zufällig Feuerwehrmann ist. Er hat nachgeschaut, woher der unerträgliche Rauch kommt. Nun, die Ursache war am Ende, dass ich den Eierbecher in meinem Schrank verstaut habe (da ich den Behälter wieder verwenden wollte), aber eine kleine Ecke des Behälters hatte angefangen zu qualmen, weil sich diese Stelle in kürzester Zeit an der Herdplatte extrem erhitzt hatte. Im Schrank hatte ich Erdnüsse lagern und die Verpackung hatte dann auch angefangen zu qualmen. Es hat nicht richtig gebrannt, aber sehr stark gequalmt. Mein Helfer hatte drei Tage lang rote Augen von dem ätzenden Rauch.

ESSEN SCHWER BZW. LEICHT GEMACHT

Spaghetti essen ist zwar möglich, aber da die Spaghetti so lang und auch nicht immer gleich lang sind, ist das schwierig. Für mich ist es geschickter, die Nudeln vor dem Kochen zu brechen. Ansonsten benötige ich viel Zeit zum Essen und das Gericht wird dann kalt. Deshalb breche ich meine Spaghetti. Bandnudeln mag ich gar nicht. Die sind mir zu lang und kompliziert. Bienenstich mag ich auch gern, ist aber auch schwer zu essen. Die obere Masse ist hart und die untere weich und das ist für mich sehr schwierig. Marmelade esse ich ganz selten, denn wenn ich die Marmelade aufs Brot schmiere, kann ich nicht abschätzen, wie viel Marmelade am Brot ist oder wie viel am Messer geblieben ist. Hineingreifen will ich auch nicht, denn dann bin ich ja vollgekleckert und das ist, glaube ich, nicht Sinn der Sache.

STAUBSAUGEN UND PUTZEN

Ich sauge meine Wohnung selber. Mein alter Sauger (fünf Zentimeter Saugfläche) hat früher nur einen schmalen Bereich gesaugt, aber mein neuer ist breiter. Die Bürste hat Walzen (32 Zentimeter) und saugt um einiges besser. Wenn ich eine Fläche zweimal sauge, treffe ich diese eher als mit dem schmaleren Staubsauger. Beim Putzen ist es auch kein Problem. Ich weiß nicht, ob da viel oder mehr Schmutz ist, aber wenn es ein tastbarer Schmutz ist, putze ich einfach mehr. Man bekommt früher oder später ein Gefühl dafür, ob es sauber ist. Wenn das Regal sich anfühlt wie sonst, ist es OK, sobald es sich anders anfühlt, weiß ich, dass ich da lieber mal putzen sollte. Man muss eben seinen Tastsinn einsetzen und wird immer besser und besser.

WÄSCHE WASCHEN

Wie mache ich das? Ich sortiere zuerst die Wäsche in Weiß- und Buntwäsche. Dafür habe ich zwei Fächer im Schrank, einen für Weiß und einen für Bunt, und auch bei der Schmutzwäsche benütze ich zwei Wäschekörbe. Wenn ich meine Sachen dann ausziehe, weiß ich ja ursprünglich, aus welchem Fach ich es herausgenommen habe, und am Abend weiß ich dann, wenn ich mein T-Shirt ausziehe, in welchen Korb ich es legen muss. Ab und zu schaut auch mal jemand drüber, ob es auch so passt, damit sich in meinem Wäschekorb für weiße Wäsche nicht ein buntes Teil dazu mischt. Und welche Socke gehört zu welcher Socke? Es gibt eine Halterung aus Plastik, die das Sockenpaar verbindet und waschmaschinentauglich ist. Die Socken bleiben beim Waschen bis zum Aufhängen immer zusammen. Die Waschmaschine ist ja für Blinde nicht ausgerichtet. Es gibt aber eine durchsichtige Markierflüssigkeit, damit die Beschriftung an der Maschine lesbar bleibt damit auch Sehende weiterhin damit waschen können. Die Markierungspunkte bringt man an den Waschprogrammen an, die am häufigsten genutzt werden wie Feinwäsche, Buntwäsche, Kochwäsche oder Schleudern usw. Man muss unterscheiden können. Entweder man markiert es mit einem Strich oder einem Punkt. Beim Waschmittel mag ich das Pulver lieber als das Flüssige, weil das Flüssige einfach schwer zu dosieren ist. Denn beim Pulver kann ich tasten wie viel ich nun benutze. Wichtig ist es auch, immer das gleiche Waschmittel zu benutzen, denn einige sind aggressiver, manche riechen anders usw. So wasche ich meine Wäsche!

BÜGELN

Geht auch sehr vorsichtig. Einmal hat es an der Tür geklopft, gerade als ich gebügelt habe. Ich wollte zur Tür und habe mich beim Kabel des Bügeleisens verhangen. Plötzlich ist die heiße Seite des Bügeleisens auf meinen Unterarm gefallen. Man lernt mit der Zeit dazu, dass man bei der Sache bleiben soll bzw. einfach besser aufpassen muss.

NÄHEN

Da ist es so, dass ich mir da zu wenig Zeit nehme. Ich kann Kleinigkeiten selber machen, aber da bin ich ein wenig faul und lasse die Sachen lieber von Leuten nähen, die das besser können. Ist bei mir auch ein Zeitproblem. Ein hoch auf die blinden Mädchen, die das Einfädeln ins Nadelöhr einfach so ohne Hilfe schaffen. Ich brauche meine Einfädelhilfe. Großartiges habe ich nie genäht, es dauert mir einfach viel zu lang.

WIE GEBE ICH MIR TROPFEN?

Oft ist es schwierig, die genaue Anzahl der benötigten Tropfen zu zählen, das Licht ist nicht gut und die Tropfen sind durchsichtig. Man nimmt einen leeren Joghurtbecher und dann die Tropfen zur Hand, hält die Pipette genau über den Becher bzw. das Fläschchen und lässt es in den Becher tropfen. Dabei kann man, wenn man das Fläschchen etwas höher hält, die Geschwindigkeit der Tropfen bestimmen. Somit hört man genau, wie viele Tropfen in den Joghurtbecher fallen. Da der Joghurtbecher so dünnwandig ist, geht das besonders gut.

ZAHNPASTA

Bei der Zahnpasta habe ich die Pasta lieber als die flüssige Creme. Denn bei der Pasta kann man besser ertasten, ob etwas auf der Zahnbürste ist. Man muss da auch ausprobieren. Mittlerweile weiß ich einfach, was für mich am besten ist.

LICHTFINDUNG

Ich habe ein Lichtfindungsgerät, und das macht ein Geräusch, wenn Licht brennt. Ich drücke also auf einen Knopf und wenn Licht brennt, ertönt ein Ton, und wenn kein Licht ist, gibt es keinen Ton. Was ich noch gut damit erkennen kann, ist, ob ein Blatt beschrieben ist oder nicht. Ich fahre mit meinem

Lichtfindungsgerät über das Blatt und wenn sich der Ton ändert, dann muss etwas darauf geschrieben sein. Denn wäre das Blatt unbeschrieben, würde sich der Ton nicht ändern. Auch wo sich die Fenster im Raum befinden, kann ich mit diesem Gerät feststellen. Ich zeige mit meinem Gerät in eine Richtung, und sobald der Ton höher wird, weiß ich, dass sich in dieser Richtung ein Fenster befindet. Wenn aber der Raum gleich hell beleuchtet ist wie draußen, dann erkennt man das nicht. Es ist schon wichtig für mich, zu wissen, wo sich Fenster befinden, denn so kann ich das Fenster aufmachen und hören, ob es regnet oder fühlen, ob es draußen warm ist usw. Es gibt also Möglichkeiten für mich, ich muss nur wissen, was es gibt, und so kann ich viele Situationen in meinem Leben meistern. Bei solchen Erfindungen ist es meiner Meinung nach wichtig, Leute zu fragen, die genau solch´ eine Behinderung haben, denn nur diese können sagen, ob sie etwas bringen oder nicht.

REKORDER

Für Blinde gibt es einen Rekorder, der ein Loch im Kassettendeckel hat. Bei einer Spule, die sich dreht und die Kassette abspielt, hat eine Spule eine Achse. Diese ist nicht in der Mitte der Spule angebracht, sondern am Rand der Spule. Wie ein kleiner Stift steht sie heraus, sodass man nachvollziehen kann, dass sich die Spule dreht. Wenn man den Rekorder einschaltet und mit dem Finger ins Loch greift, bemerkt man diese Achse und erkennt, wie oft sie am Finger vorbeikommt. Wenn der Stift jetzt 100 Mal an meinem Finger vorbeikommt, weiß ich, da kommt z.B. das Kapitel Kochen, bei 300 Berührungen kommt das nächste Kapitel. Hierbei gibt es auch einen Ton, der sehr hilfreich ist, denn ich kann mich verzählen und somit hilft der Ton dabei, dass ich weiß, wann welches Kapitel beginnt. Ich finde es super, dass es Leute gegeben hat, die sich darüber Gedanken gemacht haben.

WIR SIND NICHT DURCHSICHTIG!

Ich war in einer Therme mit meinen Eltern. In einem Becken konnte man sich rundherum hinsetzen. Ich bin neben meiner Mutter gesessen und neben mir ein fremder Mann. Plötzlich hat er meine Mutter gefragt, wie ich denn sitzen könnte. Wieso sollte ich denn nicht sitzen können? Da war ich enttäuscht. Vor allem hätte er mich fragen sollen und nicht meine Mutter. Als ob ich nicht reden könnte. Komisch! Viele Menschen trauen sich nicht, einen behinderten Menschen anzusprechen, da sie denken, etwas falsch zu machen. Das zeigt wieder, wie wichtig Integration ist. Ich war einmal zu Besuch bei einer Frau, die kurz dringend weg musste. Währenddessen habe ich ein Buch gelesen und gedacht, ich bin alleine im Raum. Nach einer dreiviertel Stunde räuspert sich jemand. Da war ich überrascht, dass da jemand ist, es war der Mann der Frau. Ich habe das einfach nicht bemerkt, und er hätte ja sagen sollen, dass er da ist, bzw. überhaupt hätte er ja mit mir einfach reden können. Wieder mal ein Beispiel, das zeigt, dass man auf behinderte Menschen einfach zugehen soll. Wir haben auch Gefühle!

In dem Haus, wo ich wohne, bin ich einmal zur Haustüre gegangen. Bis dahin gibt es vier bis fünf Stufen. Ich habe vor mir jemanden gehen hören. Ich habe gesagt: „Grüß Gott!" Aber ich habe keine Antwort bekommen. Diese Person hat genau vor mir die Tür aufgemacht, war aber leider nicht so aufmerksam, um mir diese noch eine Sekunde lang aufzuhalten. Die Glastüre geht nach innen auf und der Eisenrahmen der Tür ist mir genau auf die Stirn geknallt. Aber der Person war es egal. Totaler Egoismus. Diese Person hat mich gesehen und gehört, aber nein, sie wollte nicht nett sein und Acht geben. Dies ist mir leider bisher schon drei Mal widerfahren.

INTEGRATION

Der Gedanke der Integration ist gut in der Theorie, in der Praxis funktioniert es leider nicht bzw. geht es irgendwie, aber das reicht nicht aus! Bei Kindern ist es wichtig, dass Leute da sind, die wissen, was zu lernen ist und was gebraucht wird. Man kann von einem Kind sowieso nicht erwarten, dass es mehr weiß als ein Erwachsener oder Lehrer. Aber wenn der Lehrer nicht das gleiche Problem zu bewältigen hat wie der Schüler bzw. das Kind, dann kennt er es nur in der Theorie und hat vielleicht davon gehört, aber er kann es einfach nicht nachempfinden. Es wäre einfach besser, sein Kind in eine spezielle Ausbildung zu schicken, denn dort wird man von Leuten ausgebildet, die die Erfahrung mitbringen, die sich auskennen. Die kennen das eigene Problem. Denn in der allgemeinen Schule ist man vielleicht der einzige Behinderte. Jede Behinderung braucht eine andere Ausbildung, der eine ist lernschwach und wird überfordert, wenn er mit nicht Lernschwachen verglichen wird, der Vollblinde wird mit einem Sehenden verglichen. Funktioniert leider nicht! Es braucht einfach Ausbilder, die solche Probleme kennen und schon oft mit Behinderten zu tun hatten oder es vielleicht selber erlebt haben, weil sie vielleicht selber blind oder querschnittgelähmt sind. Es ist auch besser, einem Schüler zu erklären, wenn man die Erfahrung vielleicht selber gemacht hat, wie es ist, blind usw. zu sein. Somit können sich beide in eine Situation versetzen. In der Praxis funktioniert eben nicht alles, sondern man muss es live mit jemandem erlebt haben, um wirklich helfen zu können.

BEHINDERTE UND HILFSMITTEL

Leider ist es aber so, dass sich viele Behinderte ihre Hilfsmittel, die sie dringend benötigen, nicht leisten können. Vom Staat wird dann nur gesagt, dass es zu teuer sei und kein Geld da wäre. Aber für vieles andere, wo Geld veruntreut wird, gibt es genug davon! Man spart an der falschen Stelle, nur weil man selber nicht dasselbe Problem hat wie ein Behinderter. Traurig, aber wahr! Hilfsmittel werden von einer kleinen Gruppe Menschen gebraucht, aber oft versteht ein Sehender nicht, warum diese Mittel so teuer sind. Derjenige kennt nur das Standardprogramm, aber dieses für Behinderte gerecht zu machen,dauert länger und kostet dementsprechend. Damit ich am PC lesen kann, benötige ich eine Software mit dazugehöriger Hardware und diese kostet € 30.000! Also, genauer gesagt, kostet mein Computer wie jeder andere € 300, aber damit ich ihn richtig bedienen kann, kostet das eben € 30.000! Das ist leider so, es ist mir auch nicht recht, aber da kann ich leider nichts dagegen machen. Das ist einfach mein Ersatz für meine nichtfunktionierenden Augen. Solche Hilfsmittel sind sehr wichtig für einen Behinderten, denn nur so hat er die Chance, sich zu entwickeln und dass er nicht nur „geparkt“ wird. Er ist mit jedem Hilfsmittel einen Schritt näher dran, sein Leben „normal“ zu leben. Behinderte müssen genauso integriert werden und man muss ihnen Arbeit geben. Man darf sie nicht nur zur Seite schieben! Im Blindenverband sind 318.000 Mitglieder, davon sind nur zehn Prozent berufstätig. Die anderen möchten aber auch gern arbeiten! Viele Behinderte haben genauso Talente und können fast überall eingesetzt werden, man muss ihnen nur die Chance dazu geben. Diese Menschen müssen eine Aufgabe haben.

Ich persönlich wollte immer massieren, habe die Ausbildung gemacht und mittlerweile entwickle ich sogar Spiele wie z.B. IQfun: Das gibt es sogar als App, es ist weltweit spielbar in Deutsch und in Englisch! IQfun MULTI: Hier wird man noch mehr herausgefordert. Rechnen, begreifen: Mit Holzbausteinen rechnen lernen. Ich habe sogar ein Programm, das „Leichter merken durch System" heißt, mit dem man sein Gehirn mit verschiedenen Aufgaben trainieren kann, sich alltägliche Dinge leichter zu merken. Ich habe es in der Hand, ich finde es spannend und möchte gerne weitergeben, wie man jemanden einen Nutzen geben kann, damit dieser damit etwas anfängt. Es macht mir Spaß, Menschen, soweit es mir möglich ist, zu helfen. Ich will aus meinem Leben etwas machen und nicht einfach nichts tun! Es kostet mich zwar viel Geld, meine Ideen umzusetzen, aber dafür habe ich Spaß am Leben. Man soll nicht im System arbeiten, sondern am System! Das Integrieren behinderter Menschen muss sich einfach ändern und jeder Nichtbehinderte kann froh sein, dass er solche Einschränkungen nicht hat!

WIESO „CHANCE AUS DER DUNKELHEIT“?

Warum habe ich mein Buch so bezeichnet? Weil ich es als Chance aus der Dunkelheit sehe. Ich bin auch in viele Löcher gefallen, habe aber versucht, das Beste daraus zu machen. Sicher, ich hätte verzweifeln und mich aufgeben können, aber aufgegeben werden nur Briefe. Ich habe den Kahn aus dem Schlamm gezogen, und ich sehe meine Erblindung nicht als Belastung, sondern als große Chance und Herausforderung.
Im Leben läuft nicht immer alles glatt, es gibt ein Auf und Ab, Höhen und Tiefen. Wir werden immer wieder ins kalte Wasser fallen, aber nur wenn wir drinnen bleiben, erfrieren oder erstarren wir oder gehen unter. Ich hoffe, dass Sie, liebe Leserinnen und Leser, das Gleiche darüber empfinden, was einem alles so unterkommt und wie man es bewältigen kann. Denn von den Erlebnissen, die nicht so schön waren, hat man schlussendlich mehr gelernt, man hat Lösungen gefunden, um die Situation zu ändern. Zwar gelingt es nicht immer beim ersten Mal, aber wenn man nicht aufgibt, gelingt es bestimmt. So wie ich mit meinen zahlreichen Erlebnissen. Ich habe daraus oft Chancen gesehen und nachgedacht und bin meinen Weg gegangen und das sollten auch Sie machen. Man kann es auch mit einem Apfelbaum vergleichen. Wenn die Äpfel reif sind, aber nicht gepflückt werden, dann fallen sie zu Boden und werden faul, die Kerne jedoch werden frei und bilden erneut einen Baum. Dieser Vorgang dauert jahrelang, wir hingegen können vieles mit unserem inneren Geist beschleunigen, man darf sich nicht dagegen wehren, denn nur so kann man seine Chancen nutzen.

Hier noch zwei weitere wunderbare Geschichten, die Ihnen Mut geben sollen, immer wieder aufzustehen und weiterzumachen.

GESCHICHTE 1:

Drei Frösche sind in ein Milchfass gefallen. Sie haben sich an der Milch vollgetrunken und somit ist der Wasserspiegel immer tiefer und tiefer gesunken. Als sie nicht wieder herauskonnten, war einer unter ihnen, der gesagt hat: „Ach, wir werden schon irgendwie wieder herauskommen, wir warten einfach ab, bis jemand kommt." Er ist so lange herumgeschwommen, bis seine Atemwege von der Milch verklebt waren. Dann ist er untergegangen. Der zweite hat gesagt: „Man kann ja überhaupt nichts machen!" und ist gleich untergegangen. Der dritte hat gesagt: „Wollen wir doch strampeln. Man kann nie wissen." Und so hat er stundenlang gestrampelt. Plötzlich hat er Festes unter seinen Füßen gespürt. Er hatte aus der Milch Butter gestrampelt. Nun ist er hinausgesprungen. Was lernen wir daraus? Wir sollen nicht nur untätig dasitzen und alles den anderen überlassen. Wir haben einen Verstand, den wir einsetzen sollen, wir müssen vom Gehirnbesitzer zum Gehirnbenützer werden. Ich habe mich wie der eine Frosch immer wieder herausstrampeln müssen, mich nicht aufgegeben. Meine Schulden sind beispielsweise auch nicht von selbst verschwunden, ich habe gearbeitet, mich engagiert und mich eingesetzt.

GESCHICHTE 2:

Eine Medizinstudentin ist aus dem Zug gefallen und hat dabei beide Beine und beide Arme verloren bzw. wurden diese beim Unfall abgetrennt. Heute ist sie Kinderärztin in einem Krankenhaus. Diese Frau hätte genug Möglichkeiten zum Loslassen gehabt, sie hat gekämpft, um ihr Leben, um ihren Beruf, sie hat sich engagiert, sich um Lösungen bemüht, diese Frau hat unglaublich viel erreicht. Sie hat vier Prothesen und trotzdem ihren Geist nicht verloren. Sie hat ihr Medizinstudium abgeschlossen und arbeitet erfolgreich als Medizinerin. Diese Frau hatte keine „guten" Karten als Voraussetzung, aber sie hat sich eingesetzt, gelernt und Tag für Tag, Minute für Minute um ihr Leben gekämpft. Ihr Leben hat wieder Farbe in allen möglichen Varianten bekommen.

Ich habe das Leben gewählt, und das Augenlicht kann man mir nicht zurückgeben, aber ich kann trotzdem viel in meiner Situation machen. Im Zweiten Weltkrieg wurden wir Behinderten umgebracht, weil wir „Untermenschen" waren bzw. so bezeichnet wurden. Es ist eine Frage der Wertigkeit, ich hoffe, dass viele Menschen im Laufe des Buches mitbekommen haben, dass ich, oder wir, keine „Untermenschen" sind. Ich habe viele lustige und aufregende Erlebnisse gehabt. So habe ich aus den vielen Bausteinen ein Haus gebaut, oder anders ausgedrückt, ich habe das Leben gewählt. Deshalb lautet mein Motto: „Wer das Leben liebt, ist unbesiegbar!"

DANKSAGUNG

Ich möchte mich hiermit bei allen recht herzlich bedanken. Ich möchte keine Namen nennen, damit sich niemand beleidigt fühlt, wenn ich jemanden vergesse. Es waren sehr viele, die mir geholfen haben, damit die Dunkelheit mit Licht überstrahlt wird. Generell möchte ich mich für ALLES bedanken, danke, dass es euch gibt, danke, dass ihr sehen könnt, um mich zu unterstützen.

Wie gesagt, es soll sich keiner beleidigt fühlen, weil ich seinen Namen nicht nenne, denn diejenigen wissen, dass ich sie damit meine. Man kann gar nicht oft genug danke sagen, es fehlen mir dazu einfach die Worte, um das zu beschreiben. Für mich gibt es die Alternative „Augen auf“ nicht, meine Möglichkeiten sind begrenzt und ich bin daher sehr froh darüber, wenn man mir helfen möchte. Ich möchte mich auch bei denen bedanken, die mir Schwierigkeiten bereitet haben, denn sie haben mir geholfen, stärker zu werden. Alle meine Erlebnisse haben mich weiter nach vorne gebracht, egal ob positive oder negative. Daraus habe ich vieles gelernt. Ich habe einen Beruf gewählt unter Sehenden. Ich habe gewagt, eine Berufsausbildung zu machen, die für Blinde nicht gerade leicht ist. Dennoch habe ich es geschafft. Es freut mich, dass mein Beruf sich sehr entwickelt hat und auch meine andere Firma, Clever and Fun KG, *www.IQ-fun-games.com,* die mit Geschicklichkeit zu tun hat, gut voran geht. Da möchte ich auch allen danken, die mir dabei geholfen haben. Viele wissen vielleicht auch gar nicht, dass sie mir geholfen haben, aber ich weiß es. Herzlichen Dank!

Euer Norbert Dornauer

Erste Auflage 2017

Lektorat
Mag. Stefan Schwar, AD Literam
www.ad-literam.at

Grafische Umsetzung
Die Agentur Lux
www.dieagenturlux.at